KEY·可以文化

可以悦读 · 外国文学

马可·波罗

マルコ·ポーロ

[日] 陈舜臣　著
田建国　黄　博　译
田建华　校

浙江文艺出版社
Zhejiang Literature & Art Publishing House

图书在版编目（CIP）数据

马可·波罗 /（日）陈舜臣著；田建国，黄博译 .— 杭州：浙江文艺出版社，2024.10.
ISBN 978-7-5339-7721-4

Ⅰ. ①马…　Ⅱ. ①陈…　②田…Ⅲ. ①短篇小说－小说集－日本－当代　Ⅳ. ① I313.45

中国国家版本馆 CIP 数据核字（2024）第 M2U973 号

策划统筹　曹元勇
责任编辑　张苇杭
营销编辑　耿德加　胡凤凡
责任印刷　吴春娟
装帧设计　天佑书房
封面插图　天佑书房

马可·波罗
［日］陈舜臣　著
田建国　黄　博　译
田建华　校

出版发行　浙江文艺出版社
地　　址　杭州市环城北路 177 号
邮　　编　310003
电　　话　0571-85176953（总编办）
　　　　　　0571-85152727（市场部）
印　　刷　上海盛通时代印刷有限公司
开　　本　787 毫米 ×1092 毫米　1/32
字　　数　177 千字
印　　张　9.375
插　　页　1
版　　次　2024 年 10 月第 1 版
印　　次　2024 年 10 月第 1 次印刷
书　　号　ISBN 978-7-5339-7721-4
定　　价　56.00 元

目录

冬青花开时

序

一二七一年，蒙古世祖忽必烈改国号为“元”。

同年，遥远欧洲有三个男子，离开水之都威尼斯去往东方。他们是尼科洛·波罗和弟弟马费奥·波罗，还有尼科洛之子马可·波罗。说马可是个男子，其实不过年方十七而已。

尼科洛和马费奥是第二次去东方旅行。十八年前，这对兄弟为做宝石生意去过君士坦丁堡。那时尼科洛的妻子已有身孕，肚子里的孩子正是马可。两兄弟本打算过几年就回的，却因治安混乱、战争频仍，一时半会儿没能回去。他们便到中亚的布哈拉[①]做生意，在那里遇到了忽必烈的使节。

这位蒙古使节心想：“大汗忽必烈还没有见过拉丁人，如果把这两个人带去，定能让大汗高兴。”便劝二人同行。忽必烈其人，好奇心很强。

面对邀请，波罗兄弟出于商人思维，认为“若去别人没有去过的地方，搞到奇珍异宝带回威尼斯，定能发笔大财”，

---

① 今属乌兹别克斯坦，有两千多年的历史，位于丝绸之路上，是中亚最古老的城市之一。

便答应同行。不消说，与大汗的使节同行，路上绝对安全。

正如波罗兄弟所期待的那样，他们在北京受到了忽必烈的款待。好奇心泛滥的忽必烈向兄弟二人仔细询问了基督教和罗马教皇的情况。二人要回的时候，受赐巨礼。作为一桩生意，此行的确大获成功。不过，相隔十五六年后再回国，对哥哥尼科洛来说却是悲喜参半：妻子已经去世，她诞下的儿子马可已经十五周岁。

波罗兄弟忘不了东方之旅的滋味。发大财很有魅力，但他们跟忽必烈还有个约定。离开北京的时候，忽必烈对他们说："再来时，带一百位精通各种学科知识的基督教徒学者过来。再要点耶路撒冷基督墓上神灯里的圣油来。"忽必烈还托他们给罗马教皇带去了亲笔信。

可是，兄弟二人未能很快再次出发前往东方。原因是罗马教皇驾崩，时局出现混乱，继承人难以确定。没有收信人，亲笔信便悬了起来。等了两年，波罗兄弟二人已不耐烦，不等新教皇确定便离开了威尼威尼斯。这事发生在前面所说的一二七一年，他们决定让十七岁的马可同行。

途中琐事，按下不表。在耶路撒冷，他们要到了圣油，找一百位学者的事却断了念。他们取道丝绸之路南线东进，经喀什、和田、楼兰、敦煌，从宁夏沿黄河而行。离开威尼斯已近四年，才好不容易在一二七五年走到了忽必烈所在的上都。

当时，元朝称北京为"大都"，又在内蒙古建了一座都城，叫作"上都"。蒙古族依恋草原，由于常年过着游牧生活，总猫在一个地方似乎让他们难以忍受。于是，他们建造了上都作为夏天的避暑地。

马可·波罗十七岁到二十岁的这段人格形成期是在旅行中度过的，这让他受到了远胜于任何大学水平的教育。在当时，世界上没有哪个年轻人能比他的见识更广、更深了。他看上去还是一个语言天才，竟在旅行中完全掌握了波斯语（这是当时蒙古帝国的通用语言）、土耳其语和蒙古语。不只是语言，他还通晓各民族的风俗、习惯、生活方式和人情世故。相传，他还容貌周正。难怪忽必烈会注意到这个聪明伶俐的俊美青年。

“留在我身边侍奉我吧。”忽必烈命令道。元朝是个世界帝国，完全不介意外国人做官这等事。从人口上看蒙古族是少数，不得不说，单靠他们一个民族运营这个世界帝国并无可能。最近手握重权的人物阿合马就是一个回人，即维吾尔族人。波斯族人、维吾尔族人，此外还有土耳其各族人，他们被称为“色目人”，都在政府担任要职。

所以，马可·波罗出仕元朝、受到重用，绝非例外。忽必烈当即命令马可前往云南办差，估计是想考验他一下。这是一趟艰难的差事，要花六个月深入内地，但他却出色地完成了使命。

以往派去各地的官员如果完成使命便回，忽必烈是不满意的。他们必须详尽汇报当地情况。一旦有所疏漏或索然无味，忽必烈便会大发雷霆，破口大骂道：“你这头无能的大蠢猪！”

在这一点上，马可·波罗不仅达到了及格分，甚至可以说是得了满分。他观察敏锐且准确，又有超群的记忆力。他本来就是个语言天才，在遣词造句和趣味盎然地讲述见闻方面也是天才。这一点在多年后根据他的口述记录而成的《马可·波罗行纪》中也可察知。就这样，马可·波罗成了世祖忽必烈的宠臣。

《马可·波罗行纪》里有这样一段话："……诸位读者啊！马可足足留在大汗身边十七年，这期间使节的差事从未断过。因为马可先生会从所有地方带回大量信息，而且每次回来都能不辱使命，所以每每派遣重要使节和向遥远之地遣使时，大汗都会起用他……"①

这里有一点值得注意。尽管书中这般记述，但对因什么重要差事、何时去了何地，又是如何完成使命的过程，马可·波罗却缄口不言。关于去了何地，大约就是《马可·波罗行纪》里讲到的那些地方，人们多少可以察知一二，但时间、任务、经过等等一概无从知晓。

马可·波罗称自己当上了忽必烈的宠臣，在重要场合受到起用，但他的名字在浩瀚的《元史》和《新元史》中却从未出现过。我不认为马可是在吹牛。尽管前面说过"无从知晓"，但实际上马可回祖国时最后的使命人们还是知道的，那就是要走海路，把即将成为伊尔汗国君主阿鲁浑妃子的

---

① 本书中提及的《马可·波罗行纪》内容均译自由平凡社·东洋文库出版、爱宕松男所译的日语版本，与中国的版本或有出入。

阔阔真公主送往伊朗。这是一项超级重要的任务，的的确确是大臣级的差事没错——大蒙古帝国的东方主人要把皇族公主送去嫁给西方主人做正室。阿鲁浑是忽必烈弟弟的孙子。从这个事实看，不可不信马可在元朝是个重要人物。

所以，按我的推测，马可·波罗在忽必烈身边发挥的作用，说得明白点，不就是当他的密探吗？拿德川幕府来说，就是将军的密探，幕府的特务。很少有比这更重要的使命了，但办这种差事的人，名字都会在正史的记录中被抹去。不，这种性质的人一开始就不会被记载下来。即使回到了威尼斯，马可·波罗也不可以轻率地聊起这些事。

关于马可·波罗办的这种“差事”，恐怕以后也不会有新的史料出现，会成为永恒的谜。历史学家不能根据没有依据的推测来论史，但小说家很幸运，可以进行种种推测和想象。这才是“小说”。

“马可·波罗哟！你究竟何时、因何公干、去了哪里啊？”

怀着提问的心情，我提起了笔。

一

“多么令人讨厌的工作啊！唉，真烦人！真烦人呐……”马可·波罗叹息道。可不管多厌烦，这项工作都是不许推辞的。大汗忽必烈可是个绝对的独裁者。马可刚刚上朝回来。因为不是夏天，元朝朝廷现在在人称大都的北京。马可在朝上领了密诏："着即与巴念速同赴浙江。"

他接到的命令很少有公开的，大多绝密。马可侍奉忽必烈已有三年。自第一次当使者赴云南以来，他办的差事五花八门，但都是秘史的差事，很多都让他心情不爽。而这次的差事实在太过难办，搭档还很烂。

巴念速是忽必烈的心腹喇嘛杨琏真加的弟子。同为宠臣，马可每天都会跟杨琏真加打照面，而每次照面都会让马可产生生理性的厌恶。巴念速是杨琏真加的跟屁虫，同样也是喇嘛。

杨琏真加似乎想把高徒巴念速培养成自己的接班人，一个劲地向大汗的朝廷里推送，动辄找借口把巴念速带进宫，所以马可见过他很多次。马可厌恶巴念速的师父，但更讨厌弟子巴念速。可不知什么报应，马可竟得跟巴念速一同共事。马可回到家中向父亲尼科洛抱怨，父亲道："这里不是基督教的天下。你现在得罪一下大皇帝试试，以前的苦心经营全都会泡汤。你要忍啊！忍！"

父亲和叔叔希望仗着忽必烈的恩宠尽量赚钱，回国时再得一笔巨额赏赐。这一切全凭忽必烈的心情而定，破坏他的心情是最恐怖的事情。

"老爷子真不知道这次是什么样的差事啊……"马可老实地挠了挠头，退了下来。因工作性质，马可早就决定不跟父亲和叔叔谈工作，直到今天也一样。父亲他们似乎也略有察觉他干的是特殊差事，从不勉强打听。不过，这次的差事，父亲他们恐怕连想都想不到。

“不管跟谁，都要处好啊！”父亲似乎认为马可只是不满意这个搭档而已。对马可来说，搭档巴念速固然令人不爽，但差事本身远远超出了令人不爽的程度。

“我懂！”马可只能如此作答。

“有用之人必受重视。这里就是这样的。”叔叔一旁插话道。

“是啊。听说皇帝下了诏，说宋朝宰相文天祥绝不许杀，就是因为文天祥是一个有骨气、善文章的有用之人。”父亲开导马可道。

“我很明白！”马可重复道。

两年前，南宋都城杭州陷落，幼帝跟母亲、宫女们一起被押送到北京。那年是至元十三年（1276）。都城陷落前夕，文天祥前往围城的蒙古军大营，向蒙古将军伯颜等人阐述“古今祸福”。听说蒙古的将军们被文天祥的说辞感动了。

蒙古将军说：“这可是了不得的人才啊！”于是将他扣留。可是在押往北京的途中，文天祥逃脱，向南奔去。幼帝投降蒙古，被押解至北京。但有皇室血缘的人在福州建立了流亡政权。传说文天祥后来在江西或南方打游击，现在从广东的惠州来到离海很近的海丰县与元军作战。忽必烈严令赴广东的远征军：“不许杀害文天祥！”

蒙古政权基本上就是在草原上重复着你死我活之战的军事集团。只要能打赢，什么事都做得出来。他们不摆花架子，对人评价也不喜夸饰，有用还是没用——这个评价人的标准简直明确到了索然无味的地步。

文天祥得到的评价是，他的人格和文章有用处。尽管他现在是敌人的统帅，忽必烈却禁止下属去杀害他。三位波罗也是有用的拉丁人，所以受到了优待。他们必须用事实证明自己今后会越来越有能力。

“你还年轻！任何苦，都会变成人生经验。差事交给你办，你可不能当逃兵！”尼科洛·波罗俨然父亲般地训诫道。不过，许是觉得这话说得太过形式主义，他换了话题，打听道：“有传言说杨琏真加被任命为江南释教（佛教）总统，是真的吗？”

最近喇嘛横行霸道，因为忽必烈信任他们。波罗家族的信仰虽然没那么深，但好歹还算是基督教徒，所以对喇嘛的飞扬跋扈颇感不爽。有传言说，要跟马可一起办差的巴念速的师父杨琏真加，坐上了江南释教的头把交椅。

“是真的。除了跟我一起办的差事之外，巴念速好像还带有为他师父的新势力范围摸底的使命。如果只是摸底倒也算了，但是那帮人的事情……”说到这里，马可噤口不语了。当时的喇嘛非常贪婪，不但受贿敛财，还很好色。

“金钱和女人吗……”尼科洛有些厌恶地说道。他可以想象到，巴念速比师父早一步南下，肯定会为师父聚敛财宝，搜罗美人。

“仅此而已倒也罢了……”马可小声道。

“唉，总之要忍！忍啊！”尼科洛叮嘱道。

二

一个月过后，马可·波罗已经身在浙江。

浙江最大的城市，自然是位于美丽西湖湖畔的杭州，作为南宋的首都，杭州那会儿被称为临安府。两年前，这座大都市被蒙古军包围，南宋投降，蒙古军兵不血刃地进了城，所以临安没有遭到战火之灾。

马可·波罗在书中把这座城市的名字写成“Quinsai（行在）”。南宋虽然南逃至此，但国家的最高目标始终是收复北方失地，凯旋首都开封。所以，虽说杭州是首都，不过是临时的。出于这种考虑，南宋称杭州为“行在”。在日本，后醍醐天皇逃到笠置后，也把那里称为“行在”。后醍醐天皇是在南宋灭亡仅四十二年后即位的。日本按照唐音把“行在”读作“Anzai”，而中国江南的发音则是“Kinsai”。

马可·波罗后来多次造访杭州，但此次他只逗留了五天，便渡过钱塘江朝东南方向去了，目的地是绍兴。

提起绍兴便会联想到酒。绍兴的酒以“老酒”之名广受日本人的青睐。关心中国现代文学的人，会联想到这儿是鲁迅的诞生地。这里在南宋时被称为绍兴府，元朝改称绍兴路。

绍兴路总管府的长官拥有正三品官阶。但他们知道，此次派来的两个人一个是大汗的宠臣，一个是深得大汗信任的喇嘛的高徒，所以盛情款待了他们。安排给马可·波罗的住处是绍兴城里最壮观的宅邸。

“好咧，好咧……”马可·波罗举起双手，打了一个大大的哈欠。有道是“车到山前必有路”，确实不假。马可跟巴念速这个讨厌的家伙走了一路，却一直没打过照面。巴念速是喇嘛，途中必在寺庙下榻，所以自从出了大都北京，两个人就没同住过一家旅店。“好咧，好咧！”可是马上就要开始工作了，怕不会再像以前那么好过了。从这个意义上说，马可松弛的心又得收紧了。

绍兴住处的地面铺满了大理石。马可脱了鞋，赤脚在房间里走了走。脚底板凉丝丝的，感觉很好。中国士大夫阶层认为赤脚是不礼貌的，但现在没人看见。当马可正在细品这份无拘无束的感觉时，房门悄悄地开了。

“咦？这是……”闻言，马可不由自主地看了看自己的脚。进来的是比士大夫更须马可回避的对象——女人。马可把视线从脚下抬起，时又吃了一惊——惊讶于这个女人的美貌：她皮肤润泽光滑，令人想起白瓷；头发和眼眸乌黑。

“啊，真好……”近来马可遇到美人总会这样想，这其中另有缘故。

事情发生在去年，大汗忽必烈向马可发问：“你有心娶妻吗？”这并不是询问，大汗的话用的虽是询问的形式，但实际上就是命令。

“是，有的……”马可只能这样回答。

“南方来了很多宋朝宫女，就把里面最漂亮的送给你做妻子吧。”忽必烈说道。

“非常感谢！”马可跪地谢恩。可是，第二天大汗召见他又说：“其实宋朝宫女中没有称得上出类拔萃的女人。怎么样，你是忍一忍娶个普通女人，还是放弃这次机会啊？你选择吧。”这样的询问方式则不是命令。

“在下想放弃这次机会。”马可答道。有了这次经历，马可如今每每见到美人都会觉得，当时不着急是对的。

马可眨着眼睛，向站在那里的女人问道：“有何贵干？”

“家兄说想见您。”美人答道。

“令兄？”

“是的。”

“令兄是何人？哦，不，您是谁？”

“我们原来住在这座宅邸里……哦，忘了说，人家都叫我少宝。”

“少宝？那，您找我何事？”

“有事相求。”美人当场下跪道。这座宅邸原来的主人一定是绍兴屈指可数的名门望族，这女人的言谈举止确实优雅。看她跪在地上的样子，马可觉得无比可怜可爱。

“您的任何请求我都可以听。但有的我能做到，有的做不到。能做到的事我……”马可说道。

“你们北方的使者，征召了很多劳役，对吧？”

“啊……”马可咽了口唾沫。他们确实为了大兴土木而征召了数百名劳役。

“有军队正从杭州方向朝本地来。不会是简单的工事……而且，家兄听到了一个很不一般的消息。”

“不一般的消息？”

“说是要在云门山兴土木……”少宝跪着，低头道。马可看不见她的表情。听到“云门山”这个地名时，马可脸色大变。少宝应该没有看到他的表情，但马可觉得，她已经察觉到了自己的狼狈。

“您是要说让工事停下？”马可问道。

“不，就算我拜托您这样做，您也不会听吧。我们不会提出无理的要求……只要提出的，应该都是大人能够做到的。”

“是吗？那就请您说吧。还有，您也别总是跪着，起来吧。那边有椅子，请坐下慢慢说。”马可伸出手去，轻轻地扶上少宝的胳膊。他的手指刚触碰到少宝，她就静静地站了起来，周身飘起一阵芳香，像是兰花的香味。马可在故乡威尼斯的时候，见到过很多次绅士温柔地扶着淑女的胳膊让座的场景。当时他还是孩子，并没有这样的经验。他脑子里回忆着见过的场景，照着样子把少宝让到紫檀椅上坐下。

“我们家遭到了诅咒。”少宝坐定后说道。

“不会吧……”

“是真的。我是忍着屈辱告诉您这些的。”

“难以置信啊。您这样美丽，家人竟遭人诅咒……您可是住在如此豪华的宅邸里……”

“这座宅邸是遭人诅咒才得到的，真是咒上加咒……不过，如果能得到您的帮助，现在正是可以解咒的时候……求您了！”少宝抬眼仰望马可。她眸子湿润，双唇半张，皓齿闪亮，黄金簪子插在发髻里，垂在簪子上的珍珠微微颤动。

三

绍兴，古时的会稽郡。春秋时代，越王勾践在这里被吴王夫差的大军包围后投降，但他卧薪尝胆，一雪“会稽之耻”。这个故事家喻户晓。绍兴城东南约十五公里处群山连绵，当地人统称为云门山[①]，山里出金、锡、铜等矿产，“越剑”扬名天下。相传，越王铸剑就是在云门山中的赤堇山。

云门山系除了赤堇山，还有宝山、兰亭山等。兰亭山是书圣王羲之“修禊事”的地方。大凡对书法有兴趣的人，都会因王羲之的《兰亭集序》而熟悉这个地名。

马可·波罗与喇嘛巴念速一起奉忽必烈之命去办差的地方，是云门山中的宝山。宝山又名上皋山，山脚下有南

---

① 此处原文与史实记载有出入，当地人不是统称“云门山”，而是统称“会稽山”。

宋诸帝的陵墓。南宋幼帝投降蒙古，被押往北京，接受了元朝的封号“瀛国公”。他是南宋第七代皇帝，后来出家了。他还在世，所以宝山山麓仅有六位皇帝的陵墓。

南宋历代帝陵名均冠以“永”字。第一代皇帝高宗寝永思陵，第二代皇帝孝宗寝永阜陵，第三代皇帝光宗寝永崇陵，第四代皇帝宁宗寝永茂陵，第五代皇帝理宗寝永穆陵，第六代皇帝度宗寝永绍陵。此外，附近还散落着近百座侍奉南宋历代皇帝的重臣之墓。

在北京的宫廷里，喇嘛杨琏真加向忽必烈进言道：“为我大元帝国国祚永续，必得粉碎对我们抱有怨恨的怨灵并弃之。”

忽必烈问道：“何谓‘粉碎怨灵并弃之’？”

“不能让南宋诸帝的遗骨完整地躺在那里。”

“你是说掘墓？”

“是的。把诸帝的遗骨从他们的陵寝移往别处，并割去头骨。”

“这样大元皇统就能安泰绵延了吗？”

“所言正是。”

“既然如此，宜早动手……那，派谁去呢？”忽必烈这时已经年满六十三岁，对喇嘛言听计从。

“窃以为，在下的弟子巴念速是合适人选。这等难差，非有法力者或与怨灵土地之缘遥远的异域之人不能胜任。”杨琏真加答道。

巴念速出生在西藏，是有法力的异域之人。但忽必烈听到异域之人这几个字后，却想起了马可·波罗。

“那好，就派马可·波罗去做绝密敕使。”忽必烈说道。要说远于土地之缘，威尼斯可远比西藏更遥远。在忽必烈看来，就好比毫无地缘关系了。马可·波罗才是最佳人选。

杨琏真加闻言瞬间脸上一滞，但忽必烈说话绝不可违。

“是。皇上圣明。”喇嘛匍匐在地。

这就是马可·波罗会与巴念速一同来到宝山山麓的缘由。忽必烈认为，赤发碧眼的异域之人掘皇帝之墓必定内心坦然，手到擒来。可是，马可·波罗却认为这是“地狱恶行”。若不是大汗的命令，他决不会接受。

在宝山脚下，马可不必亲自挖土。他是监督官，监督征来的大量人工掘毁一个接一个的陵墓。得知交给自己的工作是破坏皇帝的陵墓时，这些苦力无疑个个惊愕不已。

“这可不行！就算砍掉脑袋，我们也不能做这等没人性的事！”有一个苦力代表大家来到巴念速面前说道。巴念速微微歪了歪嘴唇，扭头看了一眼身边的杭州军官，命令道：“这个家伙说要砍掉他的脑袋。速速砍来！”

“啊，你这是……”苦力慌忙转身，刚要逃走却为时已晚，蒙古弯刀已经砍到了他的背上，鲜血喷溅。

“脑袋！脑袋！”巴念速叫道。军官急忙重新拔刀，砍下了苦力的头颅。苦力的头颅在缓坡的草丛里慢慢地滚动。现场有好几百名苦力，见此光景，鸦雀无声。他们都心知肚明，自己已经无法逃避这项工作了，染红草丛的鲜血已经告诉了他们逃避的后果。

南宋选中这里建造陵墓的时候，挖了一条河沟把这一带围了起来。这条河沟叫作陵河，沿陵河驻扎有军队。这当然是为了防止苦力逃跑。

“这可真是地狱啊……”马可·波罗心中感慨，凝望着巴念速。巴念速很年轻，据说与马可同岁。他面色苍白，尽管苍白，却很有光泽；浓眉，刮去胡须的地方一片乌青，像用画具涂抹过；嘴唇也红得不自然，而且很薄。

马可对巴念速心存厌恶，真想把脸扭开。但他觉得，如果自己一直不能正视巴念速就输了。许久，马可都没有把视线从巴念速身上挪开。最后，他的眼睛开始作痛，不知不觉渗出了眼泪，巴念速的面孔在视线中悠悠地晃动起来。

四

中国历代皇帝都是从在位时就开始营造自己的陵墓。所以一般都是在位时间越长，皇帝陵墓越气派，在位越短的皇帝，陵墓越寒酸。南宋诸帝的陵墓也不例外。

规模最小的，是在位仅有五年的第三代皇帝光宗的永崇陵。这位皇帝是怕老婆的典型，被迫退位后去世。第六代皇帝度宗在位也不满十年，他的永绍陵也很小。

说很小，是与其他帝陵相较而言的。第五代皇帝理宗在位近四十年，创造了南宋皇帝中在位时间最长的纪录，其下依次是：第一代皇帝高宗三十五年，第四代皇帝宁宗三十年，第二代皇帝孝宗二十七年。

高宗不愧是开国之祖，他的永思陵规模最大，他的子孙似乎都不敢在规模上超越他。另外，高宗没有子嗣，孝宗是他的养子。

掘毁陵墓的工作不是同时进行，而是一座一座进行的。马可·波罗是敕使，是监督官，实际作业由巴念速指挥。而且，这事非巴念速负责不可，因为掘毁前必须先花点时间祈祷，让怨灵安息，就像在手术前上麻醉一样。这种祈祷是喇嘛的秘技，杨琏真加之所以推荐巴念速，理由之一就是他这位高徒擅长此种秘术。基督教徒马可·波罗不会此术。

巴念速做的祈祷，是八字文殊镇宅法的一种，原本目的是祛除老宅中的鬼怪。照杨琏真加的说法，不粉碎遗体便镇不住帝陵中的鬼怪。不然，即便施以喇嘛的秘术，也只能将怨灵暂时镇压。

巴念速在寺院的一室用藏语念诵着。马可全然不懂，即使在丝绸之路的漫长旅行中也不曾见过这样的事。开始时，巴念速取的是坐禅的姿势，念着念着，身体便前后左右摇晃起来。护摩坛上焚着香，巴念速的身影在香的烟雾中时隐时现。

马可渐渐瞌睡起来。是黑魔法，马可发现了这一点。当时的欧洲也有搞恶魔修炼的，多是催眠术与麻醉药并用。护摩坛上焚着的，是使人意识模糊的药。

马可调整了呼吸。要保护身体不受恶魔咒法之害，就不能使呼吸与祈祷者念诵的咒文合拍。马可少年时代在威尼斯受过这种教育。巴念速念诵的藏语有一种节奏，会把人的心带进去，让人的呼吸在不知不觉中合上节奏，最后被咒法束缚，昏睡过去。

马可也注意到了护摩坛上升起的香烟有异样。泛红的烟袅袅上升，在法室里盘旋，像是什么人在暗暗地吹风控制。如果对方调整了风向，自己也要有意识地躲开。一团烟靠过来，就要呼呼地吹气，把红色的烟雾吹开。当然还是会吸入一点，但不像别人吸得那么多。

聚集在这屋里的人一个接一个地中招，当场昏睡过去。马可也假装睡着了，因为一旦被发现躲开了咒术，对方就会有所警惕。巴念速的念诵节奏渐渐趋缓，最后变成了一种近乎打哈欠的调子。语言也从藏语换成了蒙古语，然后又变成了汉语。

“你们要听我的话！要服从我巴念速的话！违背巴念速的命令，后果非常可怕……”他反复说着意思一样的话，暗示中了催眠术的人们须遵从他的意志。

“喝！”巴念速大喝一声，人们恢复了意识。他们并没有发现自己的意识刚才一直处在睡眠之中。

巴念速把面朝护摩坛的身体徐徐转向在座的人，说道：“结束了，都好了吗？”

在场的有三十来个工程管事级别的人。大家纷纷点头，再三地深深点头。有一个人没有点头，那就是马可·波罗。

巴念速竭尽全力用秘术做了祈祷，结束后似乎已经筋疲力尽。他把自己一个人关在屋里，锁上了门，大概是想好好歇会儿。其他人都从寺院回到了住处。宝山脚下为工程的管事、劳力和卫兵等建造了好几个临时住处。马可·波罗是最高监督官，每天从绍兴那座壮观的宅邸骑马往返宝山，而巴念速则下榻在宝山的云门寺里。

祈祷结束了，马可朝马厩走去。当他走到马厩前的时候，身后传来了低语声。

“您要当心啊……”马可回过头去，看见一个三十岁上下、肤色浅黑的魁梧汉子站在那里。

“当心什么？”马可反问道。

“您没有中招。”

“咦，你怎么知道……”

“我们明明没有中招，却假装中了招。彼此彼此啊。”

“哦……”

“巴念速已经看破您没有中他的招了。”

“你怎么知道？”

“巴念速最后对所有人说‘好了吗’，对吧？那是在试探啊，看看是不是所有人都中了招……中了招的人这时都会深深点头。只有您没有点头。”

“哦，原来如此啊……”马可想起来了。

“我点头了。尽量显出一副茫然发呆的神情……我应该没有被他看破。不过，您还是小心为妙啊。”

“你究竟是……”

“我叫林景熙……是唐玉潜的好朋友。”

“啊，就是那位唐玉潜的……”唐玉潜就是那位少宝的哥哥。马可眼下下榻的宅邸曾经是唐家的。

“以后我们之间一句话都不要说，以防万一。”林景熙道。

马可·波罗深深地点了点头。

五

掘毁工程将从永穆陵开始，南宋第五代皇帝理宗葬在那里。理宗在位四十年，醉心于朱子之学，与朱子的“天理说”产生了共鸣，以至死后谥号封为理宗。高宗、孝宗、光宗等庙号，前朝与后世都被多次使用过。但使用“理宗”这个庙号的皇帝，他是中国历史上的第一个，也是最后一个。

他试图把朱子的理想主义引入现实政治之中，结果可以说是彻底失败了。也许是因为自己的理想未能反映到现实中而感到厌倦，到了统治的后半期，他放弃了政治，一味沉溺于享乐。这位皇帝把宫殿营造得华丽壮观，陵墓自然也是极尽奢华。尽管规模比高宗的永思陵略小，但内部的营造却远在其上。

所谓“内部的营造”，指的就是陵墓中摆放的随葬品。

这些都留下了记载。蒙古军兵不血刃地攻下杭州城后，没收了保存在南宋宫廷里的所有重要文件，其中就包括陵墓营造方面的有关记录，里面详细记载了营造方法和随葬品明细。

“哎呀，果然如此……”马可·波罗心中了然，其实自打听说掘毁工程要从理宗的永穆陵开始时，他就已经猜到了妖僧杨琏真加的真实意图在此。

“粉碎遗骨，不让南宋诸帝的怨灵在大元帝国作祟。”这不过是口实而已。要粉碎遗骨就必须掘墓，而帝王的墓室里沉睡着令人眼花缭乱的财宝。杨琏真加一定是盯上了这些宝物。

杨琏真加的心腹巴念速给主要工程人员施催眠术的原因，不也如此真相大白了吗？等到搬运财宝时，他们也许会被施以更厉害的妖术。根据林景熙的说法，巴念速已经看破马可·波罗没有中招。而且，马可是直属大汗的监督官，他确实得格外注意。

工程很快就开始了。多达五百人的劳力集中在一座陵墓上，转眼工夫泥土就被挖去。工地上人头攒动。

位于长崎的拱形眼镜桥[①]是中国人建造的。拱形桥梁的力学结构和陵墓的力学结构相同，可以把陵墓想象成埋在地下的桥梁。陵墓营造技术的发展促进了桥梁建造技术

① 眼镜桥位于日本长崎的中岛川，1636 年由中国僧侣如定设计，是日本最古老的石拱桥之一。

的进步；桥梁建造技术发达了，也被用在陵墓的营造上。两者之间大概是这样一种相互作用的关系。

挖去泥土，地下的大桥梁就露了出来。拱形处装有坚固的门，厚厚的木头上蒙着铁板。这门被小心翼翼地破开。截断铁板的时候，巴念速使用了藏药，还用了火药，但用药量不会大到破坏内部结构。门扇后边堆积着石块，石块之间填满了石灰。石堆也被清除了，后面有一道铁格门。永穆陵的墓门就是这样两道、三道，层层叠叠地护卫着墓室。

这里就是地宫了。里面出乎意料的明亮，因为墙面蒙着白色大理石。巴念速点着二十盏灯笼，进到墓室内部。管事以外的人不允许进入墓道。

马可·波罗跟在巴念速的后头。

“啊！”马可刚走进墓室，就听到巴念速惊叫了一声。

“什么都没有……”短暂地惊叫过后，巴念速说道。马可走到他的身旁，环视了一下墓室。二十盏大灯笼光亮照耀下的墓室中空空荡荡。

“棺椁不是还在吗？”马可道。墓室中央，白色石棺安放在黑色石台上。

“根据记载，皇后和贵妃们的棺椁就在这后面。”不知是谁说了一句。

“嗯。”巴念速快步走进了位于深处的其他墓室，马可也跟了过去。可是，里面也只安放着棺椁。巴念速所说的“什么都没有”，指的是他所觊觎的财宝之类。

除了棺椁，什么都没有。干干净净，什么都没有。是一开始就没有吗？南宋宫廷的文件里，永穆陵有大量财宝随葬，甚至分项详列有：黄金数千两，白银数万两，大小玉器五百余件，珍珠数百两，杂宝三百余件。如此大量的财宝究竟去了哪儿了？

“嗯，呃……”只听得长长的一声沉吟。

巴念速在石板地面上蹲下身去，沉吟着。灯笼的光亮照在他的前方。石板地上有一米见方被撬开过的痕迹。

“盗墓贼！”巴念速用拳头捶在了石板地被撬开过的地方。那里已用土填埋，但明显是盗洞入口。

各地都有盗墓贼，他们的目标大体是富人的墓。帝王陵墓防盗掘的设施严密，很难侵入。就说这一带的南宋六陵，周围挖有陵河，连进去都很困难。虽然挖掘地道的方法也是有的，但会被深深的陵河挡住。要想钻到地下，破开陵墓地面进入墓室，看地形就知道不可能。然而，墓室的地面上明明就留下了盗洞口。

“难道陵河都让他们钻了过来？”巴念速呸的一声吐了口唾沫。

在陵河下面挖地道，那可是巨大的工程。当时是乱世，南宋一直与金处在交战状态。在这个时期的攻城战中，常常采用火药爆破的方法挖地道。浙江一带数量庞大的复员兵里，有挖地道经验的人应当不在少数。

“哼！先把棺材抬出去……算怎么回事啊！”巴念速翻动着法衣，连连顿足。

六

“这算怎么回事啊！”这句话，巴念速不知反复说了多少遍。

永穆陵之后工程继续，依次是高宗的永思陵、宁宗的永茂陵、孝宗的永阜陵。但结果都跟永穆陵一模一样，墓室里空空荡荡，除了棺椁一无所剩。规模较小的永绍陵和永崇陵也被掘开，结果还是一样。

不仅如此，散落在这一带的重臣、将军的陪冢也都被掘开，全都只剩棺椁，无一例外。

所有墓冢都留下了从下方掘入的痕迹。巴念速懊恼之至，让人掘开留下痕迹的地方，企图弄清楚下面是否有地道。可是刚往下挖一点，马上就涌出了地下水，无法继续掘进。巴念速把当地人传来问话，没有一个人的回答令他满意。

“避开地下水挖地道，而且还从河床下面钻过陵河，这技术可不一般。”最后，巴念速在懊恼之余，竟然莫名其妙地佩服起来。

“好像这一带的地下深处，像蜘蛛网一样密布着挖出来的大小地道呢。”马可道。

“是啊……”巴念速深深地叹息道，“想来外部的大工程只要一个就够了。只要钻一次陵河，以后就可以再往前挖分支地道，想挖多少挖多少。哼，这帮畜生！”

“话虽如此，工程巨大啊。”

“说什么呢！工程再难也不枉能赚到的钱呐。这买卖足够上算！”巴念速自暴自弃地撒气道。

就这样，师父交办的私下差事，巴念速没办出个结果。不过，面上的差事他倒做得干脆利落——六位皇帝的遗骨被拆碎了。具体来说，就是先把头骨与身躯骨骼断开。古人相信人无完尸，灵魂便无归处。埃及的木乃伊和安放木乃伊的金字塔都是用来保全完尸的。中国古代人也同样，对死后身首异处的恐惧要大于死亡本身。同样是死刑，砍头要比绞刑重。

陵墓之地有灵气，要消除怨灵就必须让诸帝的遗骨远离灵气之地。哪里离灵气之地最远呢？那就是遗骨的由来之地——杭州的南宋宫殿。砍掉了头骨的遗骨被悄悄运进了杭州的旧宫殿，埋在了宫苑的角落里。

头骨怎么办？

“像这样，头骨就不会再次跟身躯相遇了吧。”巴念速把头骨沉入了湖水之中。

马可·波罗是大汗的密使，回北京后必须汇报事情的经过。所以，巴念速处理遗骨时他全程在场。虽说巴念速的秘密差事办得没有结果，但也不是毫无收获，只是预期过高才显得收获全无。但按一般标准看，弄到手的财宝仍可谓数量巨大。

盗墓贼在宝山山麓地下深处挖出了网一样的地道，却有一个怪癖，也许是为图吉利，他们没有对棺椁下手。偌大的墓室里放置着财宝，棺椁里也放着小型贵重品，也许选的都是些故人生前爱用的东西。但不管怎样，那些可都是皇帝平日里放在手边的东西，定然价值连城。

所有棺椁的盖子都没有被打开过，所以巴念速并没有空手而归。

遗骨处置完毕后，巴念速对马可·波罗说："请您向大汗据实禀报：墓室里空空如也，所有陵墓都被盗掘过。您如果汇报得不具体，我就会被怀疑中饱私囊哟。"

"这还用说吗，我可是亲眼所见呐！"

"怎么样，能请您画一张永茂陵的示意图，让大汗更容易理解吗？大汗陛下好奇心强，一定会问这问那……吞吞吐吐的会遭到责骂。我想，最好就是请大汗看图。"

"这是个好主意。"马可点头道。

忽必烈的性格马可也很了解。他会像连珠炮一样追问"然后呢""后来如何"，喜欢绘声绘色的解说。马可也常常在解说时画素描和简图给他看，忽必烈很满意这样的具体解说。巴念速大概也从师父杨琏真加那里听说过忽必烈的性格。

"那我们速速就去？"巴念速邀道。

两个人提着灯笼，进了永茂陵，这是人称昏君的宁宗的陵墓。盗洞口的痕迹在墓室的东角。两个人隔着石板地面被撬开的痕迹，相对而立。

"来吧，请描摹一下石板地被撬开的痕迹……把灯笼放在那边……纸笔我已备妥……来，请……"巴念速递过来一沓纸和毛笔，还备了砚台。马可接过纸和笔，巴念速便盘腿坐下，对着砚台，开始研墨。

“您也这样坐下吧。瞧，姿势轻松点……来，就坐那儿……”巴念速表现出如此亲热的态度，还是头一遭。要让别人为自己干活，果然不亲热不行啊。马可心里苦笑着，盘腿坐了下来。

“瞧，墨像这样可以了吧……来吧……”巴念速放下墨，用右手把砚台推到马可这边。马可瞥了一眼，只见巴念速左手抓着一样东西。石板缝里杵出一根枯枝似的东西，马可刚才不就看见过？巴念速左手抓住的就是这东西。

“怎么回事？”马可暗自奇怪，只见巴念速左手手指在微微颤动。

“啊！”马可叫了起来。这到底是不是自己的声音，后来他自己都说不清。

刚刚还在眼前的巴念速，突然消失得无影无踪了！巴念速刚才坐着的地方开了一个洞，有三块石板大小。马可朝洞里望去，黑洞洞的，什么都看不见。他打着灯笼去看仍然看不清，洞似乎深不见底。

“这洞，简直就是通向地狱，深得令人恐怖……怎么会这样……”马可纳闷着，把身体朝后挪去。

七

马可·波罗通过美人少宝见到了她的哥哥唐玉潜。唐玉潜求了他一件事："请把诸帝遗骨的弃置地点告诉我。"唐玉潜观察巴念速刚来到绍兴后的动向，发现他好像会把遗骨分散弃置。他曾经从精通佛法的朋友那里打听过西藏封闭怨灵的秘法，并了解了梗概。

"哼，那家伙就想这么干！"如果对手想这么干，那自己把被遗弃的遗骨收集起来就可以了。但处置遗骨一定得秘密进行，地点旁人无法知晓。于是，唐玉潜只能向可能知道遗骨准确地点的人打听。

一切结束之后，马可·波罗在杭州西湖畔的小亭里，跟唐家兄妹和林景熙围坐在餐桌旁。唐家与林家是世代姻亲，至少嫡系未曾与其他家族结过姻亲。唐玉潜把手中斟了绍兴美酒的酒杯放在桌上，讲了这段故事。

"你为何想知道？"马可问道。

"有。我们两家有一个共同的秘密，一个决不能泄露给外人的重大秘密……"说到这里，唐玉潜又把手伸向了酒杯。

"我来猜猜。"马可道。

"嘆……您是说猜猜我们两家的秘密？"林景熙在一旁说道。

"能不能猜中，那可不知道……这个秘密跟活计有关吧……这个……是挖洞的活计……"马可拿起酒杯，一饮而尽。少宝把银酒壶里的酒斟到空杯里。

"您猜中了。"少宝说道。

挖洞的活计……马可用了婉转的说法，直截了当地说，就是“盗墓贼”“偷墓的”。一百年多前，唐林两家的祖上是军队里的同僚，在与金兵作战中，作为挖地道的技术军官从军。退伍后回到老家绍兴，正碰上宝山山麓开始营造帝陵。那是第一代皇帝高宗的永思陵。他子孙的帝陵将来也该建在那一带。

“我们也开始挖吧。就算现在穷死，儿孙也会成大财主。”

“说的是。我们为皇上卖命太多，得到一些他带到阴间的东西也不赖。”

林家和唐家在离宝山不远的合适地方定居下来。几乎在帝陵开始营造的同时，他们就开始挖掘盗墓用的地道。这真是一件需要极大耐心的事。

巧的是，林景熙祖上挖地道的技术得到了认可，当上了陵墓营造技师。盗墓贼是进攻方，而其同伙混进了防守方。而且，技师这个岗位可以了解到绝密事项。

位置、弱点、地质以及其他所有数据都泄露给了进攻方。两家的工作岗位都是世袭的。到了建造第二代皇帝孝宗的永阜陵时，盗墓用的地道终于挖到了高宗的永思陵。当时，唐家传到第二代，林家已传到第三代。

唐玉潜是第七代家主，林景熙则是第八代家主了。两家人靠着地下帝王所赐的财宝，一直过着富裕的日子。从上一代人开始，两家就不再干盗墓的活计了。但自从发现巴念速的意图后，他们把精力再度放在了久已罢手的祖业上。除了永穆陵、永绍陵，他们把陪冢内部也偷盗了一空。

不对棺椁下手，据说是两家的家训。

巴念速甫到绍兴，就强迫世袭营造陵墓的林家家主参加掘墓。林景熙迫不得已地参加了。他敏锐地识破了巴念速的秘术，而且假装中了招。现在，巴念速已经死在了那个洞里，人们只能依靠推测判断他从棺椁中得到的财宝恐怕都不会给师父杨琏真加，而是想揣进自己的腰包。汇报给大汗也麻烦，让师父知道也不好办。

他想伪造成“墓中一无所有”，为此，他必须让直属大汗的密使马可·波罗消失。巴念速找来了技术最为出色的林景熙。那时，巴念速满心以为对手中了他的秘术。

“在这里挖一个洞，人掉下去必死的洞……”

“是。”林景熙假装中了招的样子。

“在洞口盖上石板，只要拽一下皮绳，就能让石板和坐在上面的人一起掉进洞里。这样的机关你做得出来吗？”

“做得出来。”

“那就去做！”

“是……”但是，林景熙悄悄挖了两个洞。

“带机关的洞挖好了。”林景熙跑去报告，巴念速一听马上来到永茂陵。林景熙备好了额外的石板，做了机关的实验让巴念速看。一拽皮绳，石板和坐在上面的人都会掉进洞中。

“这样很好，这样很好！”巴念速兴高采烈道。

然而，林景熙马上改装了机关。只要一拽皮绳，巴念速坐处下方的洞口就会打开。巴念速等于让林景熙为自己掘了坟墓。

“您要回北京了吗？”唐玉潜不舍地望着马可·波罗的脸，“还会有再见的一天吗？”

马可下意识地把眼光投向了少宝。

唐玉潜和林景熙在马可·波罗告诉他们的地点收集了南宋诸帝的遗骨，又雇渔夫把沉入湖中的头骨打捞了上来。但这些事不只有他们两个人做，还有相当多的志同道合者。他们要把诸帝的遗骨重新葬在灵气可达之处，地点选在了离原来的造陵之地宝山山麓不远的兰亭山。清代历史地理书籍《读史方与纪要》有下列记载：“宋祥兴元年（1278），会稽唐珏（指玉潜）等以石函葬宋六陵骨于此。”

他们在那里种植了冬天也不枯萎的冬青树以为标记。林景熙作有古诗《冬青花》，开头吟道：

冬青花，花时一日肠九折。

马可·波罗得见此诗，但他当时的汉文理解能力还未达到可解诗心的程度。

移情曲晚

一

舒缓流淌的琴曲倏忽急切起来，俄而又带上了剧烈的震颤，听上去像人在呜咽。

“真悲切啊……”马可·波罗自言自语道。他背靠柱子坐着，双手抱膝，下巴支在膝头上。他已年满二十四岁，下颚已经蓄有浓密的栗色胡须。

昨天、前天都在同一时间传来同样的琴曲，曲调完全相同。喜欢音乐的马可一直注意着琴声。

这里是蒙古帝国元的首都——大都（北京）的宫廷。琴曲从离马可房间不太远的地方传来。他把放在地上的鲁特琴拽了过来。当时是十三世纪，曼陀林等乐器好几百年后才在马可的故乡意大利出现。鲁特琴形似琵琶，琴身大，琴把短，有些土气，是马可喜爱的乐器之一。

不久，琴曲结束。同样的曲子听了多遍，马可已经听懂了段落的构成。他抱起鲁特琴，晃了几下肩膀。这时，琴声消失。他吸了一口气，用拨片弹起琉特琴弦。

马可弹起鲁特琴，曲调和他每天听到的琴曲完全一样。他卓越的记忆力，也延伸到了音乐领域。一曲弹完，他把鲁特琴轻轻放在地上，把目光投向帐幔。他感觉到那边有人的动静。其实，他早有预感。他甚至已经知道是谁犹豫不决地站在帐幔后面。

“是哪一位站在那里啊？”马可招呼道。

“在下汪大有。有点事想请教您……”来者的话语中带有浓重的南方口音。马可刚从南方回来，觉得那口音很是亲切。

“请进来吧。”

“在下失礼……”染成绿色的帐幔被掀开，走进来一位眉目疏朗的魁梧汉子，年龄四十岁上下。

马可·波罗起身迎客。

“您是波罗阁下吧？”自称汪大有的人问道。

“对，正是在下。”

“您是从威尼斯城来的？”

“您知道得很清楚啊。”

“在下忘不了波罗这个名字。”

“却是为何？”马可问道。

汪大有迅速环顾左右，声音哽咽地道：“在下是听霁山说的……没想到一位异域人如此重情义，让我们大家哽咽落泪……”霁山是浙江林景熙的雅号。元世祖忽必烈下令遗弃南宋六陵中的遗骨，是马可把遗弃地点告诉了南宋遗臣林景熙等人。不消说，林景熙等人把遗弃的遗骨捡了回来。

“您所说之事，在下并不知晓……”马可微笑道。

“在这种地方，您只能这样说……还有一件事，在下想打听一下。您刚才弹的曲子是在哪里学的？”

“您是问在哪里吗？在下的回答是：就在这里啊。我靠在这柱子上发呆，听见琴声传来……不知不觉就记住了。”

“惭愧惭愧！那是在下即兴作的曲，没有推敲过，旋律还不流畅。不值得您学。”

“您谦虚了，水云先生琴闻天下！”马可道。汪大有本名元量，号水云，以当代首屈一指的古琴高手闻名天下。他是浙江钱塘人氏，理宗末年以鼓琴技能出仕。临安（杭州）陷落后，扈从被绑架的幼帝来到北京。世祖忽必烈劝他侍奉大元宫廷，但汪大有坚辞道：“在下侍奉临安宫廷已久。现唯愿以古琴慰抚三宫，此外不愿再做任何事情。”

忽必烈也没有勉强他。所谓三宫，就是亡国的南宋幼帝、他的母亲及庶祖母。他们都被扣在北京。元朝给他们三宫待遇，至少表面上无微不至，宴会连日不绝。然而，即使待之如宾，也改变不了他们的俘虏身份。其他什么都不会，充其量也只能靠古琴曲抚慰三宫。汪大有说起来像是口头禅。自来北京，他不再用本名元量，因为“元”灭了南宋的国号。

“听说，您还要去南方？不知……”汪大有话锋一转。

“近期也许会离开北京。”马可如此答道。尽管他的行程不能声张，但他一离开北京，人们马上就会知道，过于神经质地隐瞒反而会适得其反。

“会路过浙江吗？”汪大有似乎知道马可所负使命的性质不能公开，问话的方式也兜着圈子。

“大概路过。”

“那么，在下有件事想拜托您。”

“如果在下能做到，愿意效劳。”

“其实是给我们宋国的外交收拾摊子。这是东海日本国执权[①]委托之事，至今未能实现。国家虽然亡了，但他委托的事情与政治无关，所以在下想给他们行个方便。”

“现在中国的主人是大元皇帝。如果与政治无关，让大元政府接下来怎么样？”

“做不到啊。四年前，大元舰队进攻了日本。大元政府实难承续与日本有关的事情。”

“倒也是……那，日本国执权，是什么人呐？”

“是替日本国皇帝执掌政务的人，听说比我们说的宰相权力更大一些，可以说是皇帝的代理人。据说现在担任这个职务的人叫北条时宗。”

“这位执权委托的事情又是什么呢？”马可·波罗凝视着抚琴高手的脸问道。

二

北条时宗皈依了佛教，信仰颇深，一心参禅修行。他

① 日本镰仓幕府时期的官职名称，原本的职责是辅佐将军管理政务，后北条家族确立了其在镰仓幕府中的权力地位，执权一职遂由北条家独占世袭，成为事实上的最高权者。

的信仰承自父亲时赖。时赖皈依的禅师是宋朝远渡重洋而来的兀庵普宁，但兀庵在时赖死后回了国。儿子时宗皈依的仍是宋僧，叫兰溪道隆。无论是兀庵还是兰溪，在宋朝时都是在无准师范门下学习的僧人。

时宗皈依的兰溪道隆已经年过六十五，现卧病于镰仓建长寺。于是，时宗决定派兰溪的弟子前往宋朝，去邀请无准师范派的优秀禅僧。地处杭州的南宋朝廷便收到了时宗的使者的请求。

“要说能继承无准师范法灯的禅宗高僧，只有无学祖元，别无他人。”南宋朝廷如是认为。但元军南下，江南大乱，无学祖元不知所踪。一来二去，杭州陷落，三宫去了北京。

“事关佛道。日本国当权者的委托中只有此件，无论如何都想完成……太皇太后陛下特意嘱我，要设法成就此事。”汪大有道。

“您是说让在下去寻僧人无学祖元？”

“是，正是如此。拜托了！”

“可在下来到中国方才三年，江南并无熟人，本人又是基督教徒，可以说完全不了解佛教界的事情。在下觉得，自己实在不适合担当此任呐。”

“事情并非如此。”汪大有摇摇头，慢条斯理地说，“您的言行贴着大蒙古皇帝意志的金箔，所以您比任何人都适合此事。关于佛教界，在下介绍一位朋友给您，他叫徐长风。无论什么事，都可以问他。徐长风现在住在庆元……”

“庆元……”马可口中念道。庆元便是今天的宁波市。其实，在忽必烈给马可的命令中有要去庆元办的差。据说有贸易船从日本开来庆元。忽必烈命马可去庆元，到日本商船的船员中搜集关于日本的情报。

忽必烈正在计划再次远征日本，这已经不是什么秘密。他已通令有关方面建造兵船，组织军团。

忽必烈想知道远征日本的准备是否已按命令进行。各地地方长官已经报告了远征筹备的进展情况，忽必烈必须知道，他们的报告中有无粉饰，以及粉饰的程度。为此，他必须委派与这些地方长官没有交往的人，比如一个刚从异域来的人。从这个意义上，马可·波罗是合适的人选。

这次，一封通知以皇帝忽必烈秘书的名义发到了各地长官手中，称：“为将宋国灭亡之情形以拉丁语记载并宣示世界，特派遣马可·波罗前往南方。着各地有关官员配合。”

皇帝宠臣出游，要说没有任何目的，恐怕谁都不信。这份通知便是皇帝一派在粉饰。

两年前（1276年）的正月，南宋都城临安（杭州）陷落，七岁的恭帝与皇太后全氏、太皇太后谢氏一起向元投降。当年七月，恭帝一行，即所谓三宫，被押往北京。可以说，南宋至此已经在事实上灭亡了。但是，抗战派大臣们却让恭帝的庶兄建国公赵昰即位，拥他逃往南方。当年四月赵昰驾崩，年方十三。随后末弟永国公赵昺即位。

这个流亡朝廷一直在东南沿海游走不定，至今仍号称“大宋帝国”。大元帝国要想名副其实地成为中国的主人，就必须把这个浮萍般漂泊不定的朝廷彻底捻碎。忽必烈决定，暂时延缓他心心念念的对日本的再度远征，集中精力消灭号称“大宋朝廷”的这个集团。大军已经南下，大元的荣耀之日已近。这荣耀的情形，必须用全世界的文字记载下来——汉语、蒙古语、维吾尔语、波斯语、阿拉伯语、印度语，还有拉丁语。各语种的记录人员几乎都随军南下了。众所周知，担任拉丁语记录的马可·波罗是皇帝的宠臣，他另行南下，谁也不会奇怪。

“这次可是任务杂乱啊！难弄啊……”马可在心里嘀咕道。记录南宋的灭亡、搜集有关日本的情报、调查远征日本筹备的进展情况……此外还有一项更加微妙的任务，那就是压制江南民心的不满。

元朝的民族政策采取了严厉的民族歧视政策。蒙古族至上是毋庸置言的，仅次于蒙古族的阶层是色目人。所谓色目，不是眼睛有颜色的意思，它指的是形形色色的种族。说具体点，就是伊朗人、维吾尔人、阿拉伯人、女真人等，那些既不是蒙古人也不是汉人的人。色目人之下才是汉人。不过这里所谓的汉人，指的是居住在中国北方，早已接受辽、金等异族统治，长期服从元朝统治的汉人。包括杭州在内的江南陷落后归了元朝的统治，居住在这些地方的汉人被称为“南人”或“蛮子”，是社会的最底层。

蛮子是野蛮人的意思，但被称为蛮子的南人却认为自己享受着全世界最高级的文明。从人口数量上说，蛮子远远多于蒙古人、色目人和北方汉人。尽管采取了严厉的民族歧视政策，但元朝最害怕的还是南人起义。元朝把最底层的屈辱带给了南人，这种屈辱要是变成起义的导火索就麻烦了。一定要减弱高傲南人的愤怒。但在明面上进行安抚，与国家的基本方针又相违背。

“这可得悄悄地进行！”喇嘛妖僧杨琏真加煞有介事地向忽必烈进言，献上秘法。

“知道了。”忽必烈点头道。杨琏真加应付起世上最高统治者是轻车熟路，深知不能对细节指手画脚，比如，他想绘制一棵大树，只需绘出树干，再由统治者去添加枝叶。不然定会刺伤掌权人的自尊心。

翌日，忽必烈便召见了马可·波罗。忽必烈决定让马可去实施喇嘛妖僧献的计策。这同掘毁南宋六陵时如出一辙，他知道杨琏真加与马可·波罗合不来。正因合不来，让他们分别担任献策者和执行者，才是绝妙的组合。

杨琏真加所献计策是在南人中间散布这样的谣言：“蒙古大皇帝要把孙女嫁给南宋幼帝，并打算让他们的孩子以后成为大元第三代皇帝……”多么幼稚的谣言！但对受尽屈辱的南人而言，一想到“天下之主的身上流淌的是我们南宋的血”，又是一种怎样的救赎啊！与其现在冒着杀身的风险起来造反、讨元复宋，不如等一个时代过去，就会有身上流着南人血液的皇帝统治天下……哪还用冒什么险呢？

散布这个谣言是想让南人放下武器，的确堪称妙计。为使这个谣言产生效果，就不能让人对这谣言付之一笑，说上一句：“什么玩意儿，哄谁呢？！”只有赋予谣言以权威，才能发挥出效力。如果让当地无知的、不三不四的人信口胡说，只会把这个谣言葬送掉。

“那可是皇帝陛下的心腹，色目人说的！”

“真的吗？没搞错？”

“当然是真的。是马可·波罗，蒙古皇帝宠信的那个人，还一再叮嘱我不要跟任何人讲来着。”

“……原来如此……要是真的就好了……但愿如此……”街谈巷议得有这样的权威才行。想到这里，忽必烈便命宠臣名声日隆的马可·波罗来充当这场“谣言战”的主角。在此重任之外，汪大有又把为日本国执权邀请老师一事托付给了马可。

“下面是我个人所托，您能听听吗？”汪大有最后说。

“请您说！”马可点了点头道。

“徐长风对我来说是不可再得的琴友。所以我想拜托您，把我最近一直弹的，就是刚才这首琴曲弹给徐长风听。”

“刚才那首曲子？我？我还弹不好中国的琴呢。”

“不，用那把意大利乐器就行。请把我那首拙劣的曲子，用您的那把乐器，弹给徐长风听……他肯定会笑我吧。这的确是一首不够自然、首尾不整的曲子，但它真实地反映了我现在的心情……我想把自己的心展现给至友看……”汪大有的话语带着热度。

“明白了……回头请你再弹弹。我想尽量准确地复弹出来。”马可露出微笑道。

三

在元代脱脱等人所修的《宋史》中，度宗是南宋的最后一任皇帝。虽然度宗有三个儿子，先后被立为皇帝，但元并不承认。度宗的正妻，即皇后全氏所生嫡子是次子，他就是降了元的恭帝。度宗死时，也有要立长子昰的说法，但他的母亲杨氏称号淑妃，不是正妻，所以还是嫡出的次子恭帝即了帝位。

恭帝降后，他的哥哥昰被抗战派的重要人物们拥立为帝。宋朝一方编写的史书认他为端宗。端宗早亡，于是最小的弟弟昺即位，年仅八岁。其生母俞氏是女官，位阶是修容，只是九嫔之一。在宋代，嫔之上是拥有妃子称号的五夫人（贵妃、淑妃、宸妃、贤妃、德妃）。死去的端宗的生母杨氏曾是淑妃，所以依旧是皇太后，当了新帝的摄政。

一二七八年是太阴历中的闰年，有两个十一月。在第二个十一月里，马可·波罗离开了北京。

“要做的事情真多啊……”马可骑在马上，轻轻摇头道。

南宋朝廷已经被逼到了广东沿海。就在一年前的十一月，元朝将军阿剌罕进攻福建。拥立少年端宗在福州即位的南宋流亡政权一直以福建为根据地，遭到元军进攻后放弃了福建，从潮州逃往广州。未久，广州失陷，政权的核心人物张世杰护送端宗从秀山经井澳转移到了谢女峡。在此期间，端宗在南海遭遇狂风暴雨，患了重病。

进入今年以来，病重的皇帝乘船迁到了硇州。四月，端宗去世，八岁的赵昺即位。传说，当时黄龙现身大海，被流亡朝廷当成宋朝复兴的吉祥之兆，便定年号为“祥兴”。

六月，新帝的船迁到新会的崖山。宋史对此事有如下记载：“（六月）己巳，有大星东南流，坠海中，小星千余随之，声如雷，数刻乃已。”星星坠落，无人认为吉祥。听说连张世杰都闭上了眼睛，喃喃自语道：“不吉。”

马可·波罗出发前，南宋这种不吉之兆的说法已传到北京。关于当时南宋流亡政权辗转南海各岛的现代地名众说纷纭。

现在略去详细论据不表，讲讲我的看法。秀山就是香港岛，井澳就是澳门或九澳岛，谢女峡就是澳门南面的大横琴岛，端宗去世的硇州就是位于香港岛西面的大蚝岛，而崖山就是现在广东省佛山市①新会县南面潭江注入南海的崖门一带。

珠江三角洲一带成为了南宋最后的舞台。张世杰、陆秀夫等人拼命支撑着行将倾塌的南宋，文天祥则在外面作战。进攻南宋的元军总司令是张弘范。他是涿州定兴人，是元勋张柔的第九子。张弘范被授“蒙古汉军都元帅”，李恒被任命为副司令。

“还来得及吗？看这情况，你得赶紧了。”到北京郊外

---

① 新会县现应属江门市。

来送行的父亲和叔叔对马可说。所谓来得及来不及，是指能不能赶上南宋灭亡的决定性时刻。

“放心，我尽量赶路。”马可回答道。

“文天祥全力作战，让张弘范吃了苦头，但他又能挺多久呢……”

“他是一个文人，却很能打仗。”

两人的这种对话，当时在北京各处都能听到。

北京已伏于蒙古大元帝国的膝下，但那里的居民大部分都是汉人。他们心里极想为文天祥的骁勇善战拍手叫好，却不能公开赞美。而且，身处北京，他们目睹了武器、粮食、兵员从世界各地汇集而来，心里很清楚偏依南海小岛的南宋朝廷连万分之一的胜算都没有。正因为太清楚这一点，他们才会觉得南宋朝廷命运可哀。况且，皇帝不过是个八岁的孩子！

北京百姓一面默默声援南宋，一面却又怀有“希望早点落幕”的心情。除了害怕父子兄弟、亲朋好友被征去当兵或做随军苦力之外，他们也不愿让年幼可怜的皇帝受太多欺凌。

马可急急赶路。

“别着急忙慌的。”皇帝忽必烈召见马可时这样说道。但不急行吗？时代的脉动因时间不同而缓急有异。当下的时代瞬息万变，眨眼工夫，世间模样就会彻底改变。

“是先去崖山呢，还是在浙江逗留几时呢？”离开北京都两三天了，马可还在犹豫不决。不过，很快他就得做出决定了。马可是乘船沿运河南下的，先走白河到直沽，沿御河向西南进会通河，再利用济州河奔徐州。淮阳州的运河直通扬州，若是去浙江，就必须在这里转进江南运河。但若是去广东，这样可就绕路了。

“还是先去崖山！”马可终于做出了决定。

表面上，他的任务是见证南宋灭亡。时间紧迫，这时再绕远道很容易招人怀疑。而且，马可受托的使命中，时间限制最严的就是见证南宋灭亡。延绵已久的大王朝行将崩溃，这可是难得一见的场面。就算不是任务，他也想亲眼一见。

马可·波罗选择了从扬州逆长江（扬子江）而上，从九江进入河西的赣江，再翻越武夷山进入广东的路线。

四

南宋的文天祥在江西作战，败给了占据绝对优势的元军，退入广东省境内。他的厄运不止于此——军中又发生了瘟疫。在卫生状况不好的时代，败仗和灾害之后，流行病必定会紧随其后猖獗起来。在这场瘟疫中，文天祥失去了亲生儿子文道生。他的妻子欧阳氏以及两个儿子、两个女儿，在江西的战斗中就被元军俘获。现如今，他已是孤身一人。

文天祥驻扎在潮阳，潮阳与汕头一湾相隔。在那个时代，军队移驻并非易事。乱世之中，任何地方都会有实力人物依仗武力实行割据。文天祥要在潮阳驻扎，就必须同已在这里称霸的陈懿和刘兴争夺。扫除了这些地方势力，文天祥才驻扎了下来。

刘兴为南宋军所杀，陈懿逃脱后投了元军。

“若以大军从外围进攻，潮阳就是至难防守之地。不过进攻要有诀窍，我给你们带路。”

陈懿向元军都元帅张弘范主动请缨，为其带路。于是元朝大军进攻潮阳，文天祥所率南宋军坚守不住，向西溃逃。

元军追击。

在海丰附近一个叫作五坡岭的地方，文天祥让疲惫的士兵们休息和吃饭。就在这时，张弘范的弟弟张弘正率领元军突然袭击，文天祥被俘。

史书记载：“天祥吞脑子，不死。”所谓脑子[①]是毒药的名称，指的是乌头。文天祥被俘后试图自杀，未果。

马可·波罗到达梅江边的梅县时，便听到了消息：“文天祥被俘！”时已十二月。张弘范的司令部已移至潮阳。文天祥被俘后，从海丰押送至潮阳。

张弘范派来迎接马可·波罗的使者来到梅县，问道：“您要见宋朝丞相文天祥吗？”

---

① 脑子，即冰片，又称龙脑等，一种中草药材，味辛，苦，微寒，无毒。作者误将其与剧毒的中草药材乌头混淆。

“听说是一位了不起的人物。”

“他可是当代天下第一的人物！毕竟是状元将军。”

使者是元军军官，却对敌方南宋的文天祥赞不绝口。状元是科举考试的头名，是文人的最高荣誉。但这位状元投笔握剑，身赴国难了。

“我很想见他，但怕被人当成看热闹之人……”马可有点犹豫。

“您说什么呢？他肯定也想见您。”作为使者前来的军官说。

“见我？”

“是的……因为文天祥肯定最想知道大都的情况……想知道被押送到那里去的三宫情况如何。”

“是吗……”马可思考片刻，很快便深深地点头，“我去见他。”

军官使者看向墙壁的一隅，歪歪脑袋。一把鲁特琴竖着挂在那里。

“很像琵琶，又有点不一样。是贵国的乐器吗？”

“是的。我很喜欢弹。”马可答道。

“您好像很喜欢音乐。听说文丞相也喜欢琴。见到丞相时，请您用这稀有的乐器弹奏一曲给他听吧。他一定会高兴的。”他是元军的人，开始时还对敌将文天祥直呼其名，可说着说着，称呼上就加了丞相的头衔。

“文丞相那么喜欢乐曲吗？”马可问道。

“何止是喜欢啊！在与我军对阵时，他也经常抚琴，真是一位具有风雅之心的高尚仁者！跟他对阵很奇怪，敌方的癖好和习惯会莫名其妙地传染给我们……哈哈哈哈，我们元军最近会战时也开始用上乐曲了。哈哈哈哈……”军官使者大笑道。

文天祥被押送到了潮阳。张弘范迎接了他，没有把他作为俘虏，而是待为上宾。北京已有严令下来：“绝不许杀！”

张弘范开始时是怕他自杀才优待他的，但在与文天祥的交谈中，被他的人格所打动。政策性的优待转变成了发自内心的优待。

“您要是死了，我可就麻烦了。我的脑袋也许会搬家的。”张弘范被文天祥的人格打动之后，终于说出了心里话。

文天祥孤寂地笑道：“给你惹麻烦的心思我是一点也没有，请放心。如果想死，人啊，什么时候都可以死。都到了这个地步，不用再着急了。”

尽管笑得孤寂，但他的表情里却没有一丝阴影，真不可思议。大概是他已经尽了人事，有种充实感的缘故。

马可·波罗在潮阳见到文天祥，把三宫在大都宫廷里的消息告诉了他。三宫的话题一出，文天祥挺起身板，正了正衣襟。有使者建议在先，马可弹奏了鲁特琴。弹琴之前聊到了汪大有，文天祥好像也见过他。

“有大有在身边，三宫也会得到些安慰。”文天祥表情喜悦，非常真诚。但当马可弹奏汪大有所作琴曲时，文天祥潸然泪下，双肩微微颤抖，明显在强忍着不恸哭。

五

过了年，便是公元一二七九年，元朝至元十六年，南宋祥兴二年。这是南宋的最后一年。顺便一说，日本这一年是后宇多天皇弘安二年，执权是北条时宗，为备战蒙古来袭，举国上下一片紧张。

元朝都元帅张弘范率军从潮阳进军崖山，他在军中陪着文天祥。他们取道水路，与元帅在船的，既有文天祥，也有马可·波罗。

已经没有人相信会发生逆转的奇迹了。崖山的南宋流亡小政权旗下汇集着数万人，但就连他们也不相信会有奇迹。流亡政权在福州成立时任命陈宜中为左丞相，可他却打着去占城（中南半岛东海岸）招兵的旗号出逃，都过了两年多了也没有回来。已经没有人对占城的援军抱有期待。于是，陆秀夫被任命为左丞相，右丞相就是文天祥。

"我在扬州时听日本僧人说，"在驶往崖山的船上张弘范说，"九十多年前平氏在日本拥立的皇帝，被一个叫作什么源氏的部族赶到了西海，落水淹死。好像那也是位年少的皇帝……崖山之战不要变成那样才好……"张弘范正视着文天祥的脸说道。

文天祥沉默无语。张弘范一直把文天祥放在自己身边，曾有幕僚进谏道："天祥可是敌方的宰相，猜不透他在想什么。让他靠近你很危险，请不要这样。”

但张弘范笑笑，没有理睬，只说了一句：“他是忠义之士。”

在崖山，南宋的张世杰全力而战，元军被迫陷于苦战。这都是因为元军总司令张弘范企图不流血而获胜。张世杰的侄子叫张韩，在元军中。张弘范多次派张韩前往叔父军中劝降。张世杰对侄子列举了历史上一个个忠臣的名字，说道：“后世之人一定会把老夫的名字列入刚才所举的这些人名之中。”

张弘范听了张韩这话后，暗忖道：“毛孩子亲戚劝不动他呀……好吧，那就……”他想让文天祥写劝降信。

“我连如父如母的君主都保护不了，还能再让别人背叛父母吗？”文天祥根本不写。

“这难道不是为了拯救数十万人的性命吗？”张弘范逼迫道。

崖山有南宋官吏、宫女、士兵数万人，加上南宋统治下的这片狭小土地上的居民数十万人。这场战争可关乎这些人的性命。可以说，这正是文天祥的痛心之处。他闭上了眼睛。

“我也不喜欢流血。从潮阳到这里，我们生活在一条船上，您应该很了解我啊。”张弘范说。

“我也是一样啊。我想您也能理解我。”文天祥展纸提笔。他写的不是劝降信，写的是来崖山途中在虎门外海伶仃洋上作的诗。那是一首七律诗，尾联是：

人生自古谁无死，留取丹心照汗青。

张弘范不再劝他。他知道劝再多也是徒劳，于是下定决心要发起总攻。

“历史……历史中会留下名字……有好名有恶名……要意识到这一点再行动……”马可·波罗听文天祥解释了他的诗作，觉得自己开始懂得什么是中国的士大夫精神了。可以说，他深有领悟。

“当然！”文天祥毫不犹豫地答道。

到了二月，出了一个不畏历史之人。张世杰的部将陈宝投降了元朝。又有一个太在乎历史的人采取了果断行动：南宋都统张达夜袭了元军。元军全军戒备森严，夜袭极为鲁莽，反倒给了元军进攻的机会。元军击退了张达的夜袭，直逼南宋军舰队。

元都元帅张弘范召集全军军官，发号施令：“宋朝舰队正在西面崖山舾装，打算涨潮后向东逃窜。我们要速攻，将其全歼。进攻时，军中将奏乐！音乐就是号令！违反军令者斩！”

但是，如果一直安静地等待号令，反而会让南宋军心生警惕。于是，张弘范把北面一军拨给副司令李恒，今其趁早晨退潮时与南宋军打了一仗。张世杰与李恒所率北面元军舰队交战，并击退了他们。李恒一开始就没有认真打的意思，一心只想趁退潮逃走。李恒的任务是填上战斗之间的间隙，让敌人疲劳。

南宋军似也注意到元军的攻法可疑，没有穷追逃跑的李恒舰队。两军形成对峙。文天祥是这样吟咏当时情形的：

南人志欲扶昆仑，北人气欲黄河吞。

六

元军舰队传来了奏乐声，这正是总攻的信号，南宋军却并未在意。他们凌晨就开始跟李恒的部队交战，已经疲惫不堪。自己累了，便猜想敌人也累了，此乃人之常情。就在这时，他们听到了奏乐声。

“看来，元军那帮家伙真的累了，让兵卒听音乐休息了。”南宋军如此解读。既然敌人休息了，自己也休息吧！

文天祥在元军船上，全身冒汗。他知道元军的计谋。这是元军总攻的信号，而南宋的军舰却好像放松了警戒。尽管文天祥是文人，但他在故乡江西转战三年，能够判别军中的紧张与松懈。必须紧张的时候，南宋军却放松了。文天祥闭上了眼睛，不忍再看。文天祥的忧虑也传染给了马可·波罗。他也闭上了眼睛，许久许久。

周围嘈杂起来。战斗打响了。嘈杂声不断扩大、高涨起来，最终响起了隆隆声。

文天祥和马可·波罗所乘的元军旗舰就要正面冲向南宋军。南面元军数艘舰船紧紧跟随。那场面正如：

一朝天昏风雨恶，炮火雷飞箭星落。

文天祥睁开了眼睛。他是历史中人。为了准确传达历史，他也不得不书写南宋灭亡史。

“你就是为了用拉丁语写下这个场面才来的，对吧？”文天祥语速缓慢地跟马可搭话。马可也已睁开眼睛。

“是的。”马可点头道。

“那就请你好好看吧！”

“是。”

两人目光交汇。文天祥眼睛湿润。马可感到自己的眼睛微微作痛，也湿润了起来。

胜败立决。的确，胜败之机就在一瞬间。元军先发制人的炮声刚要停歇，就见有的南宋舰船已经降下樯旗。降下挂在桅杆上的樯旗表示投降的意思。

桅杆上的旗帜一面接一面地降下，张世杰感到大势已去。他身在前锋舰队之中，选拔精锐向后方中军（司令部）撤退。元军舰队紧随其后。南宋中军是一片连在一起的巨舰，船头朝里，船尾朝外，用粗缆绳串在一起，号称千余艘，在海上形成了一座军舰岛。

“大家砍断缆绳，各自逃吧！我们在崖山水域汇合！”张世杰大声喊道。

元军是在午后发起总攻的，现在日头就要落山。风大雨急，雾霭浓浓，为南宋军逃脱创造了很好的条件。战场在湾口，南宋军熟知地理，如果逃进了潭江，也不是没有东山再起的希望。

张世杰斩断十六艘舰船的缆绳，突破元军舰队的包围，沿潭江北上。

皇帝赵昺身边是左丞相陆秀夫。陆秀夫拼命去砍缆绳，试图跟在张世杰的后面。可皇帝的御船特别大，缆绳绑得特别结实，怎么砍都纹丝不动。

“一切都完了……”陆秀夫喃喃道，但没有人听得见他的话音。他对刚满九岁的皇帝说道：“陛下，临安的母子（三宫）已经受尽屈辱。大宋皇统所受的屈辱，到三宫已经受够了。陛下不可再受屈辱。所以……”陆秀夫用背对着皇帝。皇帝虽然年幼，但很清楚自己即将到来的结局。他爬到陆秀夫的背上。陆秀夫背起皇帝，用布带把他紧紧绑在自己身上。

“请用您的手，先把我们推下去！”陆秀夫的妻子跪在地上道。

“还是得我动手吗？”陆秀夫的妻子怀里抱着孩子。他把手放在妻子的肩上，一闭眼，把他们推入大海。下一个瞬间，他纵身一跃……

史书记载道：“后宫及诸臣多从死者，七日，浮尸出于海十万人。”

张世杰权且逃到了崖山，在那里听手下说皇帝已死。

但他仍期望东山再起。

“大宋皇室应该还有后裔，找到后拥立为帝，向大元报此一箭之仇。”张世杰咬牙切齿道。

就在这时，与皇帝失散了的杨太后在侍女的搀扶下来到这里。她刚刚得知皇帝已死。皇帝赵昺与她并无血缘关系，是自己死在硇州的儿子的同父异母的弟弟。她听见了张世杰的话，无力地摇头道：“我不辞劳苦冒死来到这里，都是为了与我儿血脉相连的赵氏的一块肉（指皇帝昺）。既然失去了他，我也就没有任何指望了。”

说完，杨太后向海滨跑去。没有人追上去拦下她。

昨朝南船满崖海，今朝只有北船在。

这是文天祥题为《二月六日，海上大战，国事不济，孤臣天祥坐北舟中，向南恸哭，为之诗曰》中的一联。

“您写完了吗？”长诗书罢，文天祥搁笔，转问同在舟中并桌而坐的马可·波罗。

马可没有回答。他把羽毛笔轻轻放在桌上。铺在他面前的纸上一个字也没有，白色的纸张寒森森的。

七

四月，马可·波罗已在庆元的宁波港口。有四艘日本商船进港了。因为文永年间“元寇”曾袭击日本，人们以为日本与元朝断绝了关系，实际上并非如此。文永年间“元寇”袭日时，南宋尚在。对日本来说，南宋是敌人的敌人，也就是朋友。因而毋宁说，彼此往来频繁。

杭州陷落，浙江归于元朝统治之下后，日本商船又出现在了庆元。当地官员大惊失色，请示北京。《宋史・本纪》[1]至元十五年（1278）十一月项下有一段记载：“诏谕沿海官司通日本国人市舶。”这是准与日本人交易。马可・波罗肩负着通过日本船员搜集日本情报的任务。但毋庸多言，他来到庆元最先见的是汪大有的琴友徐长风。

“崖山海战，令人悲伤欲绝。战争，我不想再看第二次。”马可向徐长风详述了崖山之战后加了这一句。

“不知道能不能不再看到战争，但至少可以不再看到下一场大战。”徐长风道。

“您说下一场大战？”

“远征日本。仗在大海彼岸打，我们可以不看。”

“还是得远征日本吗？”

“那当然。大宋帝国灭亡，降元宋军数十万众。这些壮丁受过训练，拿着武器，忽必烈放不下心，把他们扔到海外才是上策。”

“扔到海外？”

“正是。远征日本，忽必烈无所谓胜败。胜了，元朝

① 此处《宋史・本纪》应为《元史・本纪第十》，原文有误。

版图扩大；败了，则有弃兵之效。如此轻松的战争，忽必烈不会放弃的！”

“真够残忍的！”马可说着，叹了口气。

“不过，”徐长风换了话题，“汪大有还有什么别的话要告诉我吗？”

“他托我让你听一首他最近作的曲子。”

“啊……是移情曲吗？”

“移情曲？这个，曲名我没问……”马可觉得有点诧异。连受托的马可都不知道的曲名，徐长风是怎么知道的？

“总之，请您让我听听吧……啊，是要用那种乐器弹奏吗？”徐长风看着马可的手，好奇地问道。马可从带来的箱子里取出了鲁特琴。

“我还不会弹中国的琴，就用这种形状怪异的乐器弹奏汪先生的曲子。对于能否准确地重现原曲，我不太有自信……”

“其实，有点错也没问题……已经来不及了。”

“来不及？”马可问道。

徐长风没有回答，仰望天花板说道：“那就请您弹奏吧。”

马可弹起鲁特琴。说没有自信准确地重现原曲，那是马可在谦虚。他相信自己能够弹得九成准确。

马可一曲弹完。

“谢谢！”徐长风郑重其事地施礼道，“或许，您弹的是准确的。听了曲子，我就能推测出来。只是，正如刚才所说，这首移情曲已经晚了……太晚了。”

“太晚了？什么意思？”

“所谓移情的‘情’，指的是情报。好几年前，被元军俘虏的文人就开始用琴曲传递元军的军事情报。地名、兵员数量、军马数量、移动情况等等，都隐藏在了曲子的缓急和音阶之中……如此把情报交给同伴。这就是移情曲。”

“哦，原来是这样……”

“在与元军作战的时候，移情曲传递的情报发挥了很大的作用。丞相也因移情曲打过多次胜仗……现在，大宋已经在崖山灭亡了，移情曲已经没有用了。”

“丞相也……”南宋有好几位丞相，但只有右丞相文天祥在外作战。这是在说，文天祥也是能够解读移情曲的人之一。

“是的……把精妙的信息隐藏在曲子里的方法，很多都是文丞相想出来的……啊，文丞相现在何处呢……”徐长风垂下了头。

“大概在扬州附近。”马可说道。文天祥正被押往北京。马可脑海里浮现出在潮阳见到文天祥时，自己弹奏汪大有移情曲给他听的情景。

刚直不阿的文天祥，潸然泪下，肩膀发抖，强忍恸哭。当时，文天祥一定是在心里呼喊：“移情曲啊，晚啦！”

“这首曲子已经没有用了。”徐长风似乎想起了另一件事，抬起脸，深深地吸了一口气，然后慢慢地吐出来，说道，“我们去寻找无学祖元的行踪吧。日本执权似乎正在引颈而待呐……”

电光影里斩春风

一

三年前，高僧无学祖元名扬天下，但这位高僧后来情况如何、现居何处，问谁都不知道。

“今年应该五十四岁了。”徐长风道。

徐长风虽未出家，却是个热心的佛教信徒，向各地寺院施舍，因此他成了一位对中国佛教界了如指掌的人物。从前，他也常与无学祖元见面，但近三年来断了音信。徐长风没有刻意寻找过无学祖元的下落。现在他想悄悄找。听说元朝政府也在寻找祖元。政府的企图路人皆知，就是想在政治上利用德高望重的祖元。

“您是不想找吧，所以不问和尚的消息。如果您想找，不会找不到。”

马可·波罗问道。徐长风耸了耸肩，道：“寻找，是因为担心，就像担心走丢了的孩子……可是对祖元和尚，我们一点也不担心。不，如果要说担心的话，我们倒是更担心和尚现身。”

“您的意思，我懂。”马可道。如果祖元现在现身会怎样呢？这的确让人担心。如果只是被政府在政治上利用一下，那还算好。可他甚至会有生命危险。现在，那个喇嘛妖僧杨琏真加作为“江南释教总统”已经来到江南地界。江南的释教皆归他管。阴险的杨琏真加肯定不喜欢有比自己更优秀的高僧出现，难保不会做出暗中毒杀的事情来。

“我现在想找到和尚的下落……是因为我已经知道，日本的执权要迎他过去。”徐长风道。如果用船把他送去日本，那么纵令杨琏真加再喜欢搞阴谋，也会束手无策。可以说，无学祖元去日本就是避难。徐长风说，如果是为了这个目的，他愿意效力。

三年前，祖元和尚的一段佳话在江南一带家喻户晓，非常有名。三年前，至元十三年（1276），也就是南宋首都临安（杭州）陷落那年，据说，当时无学祖元住在台州的真如寺。

这一年的三月，元朝将军伯颜进了杭州。年幼的恭帝、皇太后和太皇太后“三宫”投降，被押往北京，但南宋仍在继续抵抗。恭帝的兄弟益王（赵昰）和广王（赵昺）在群臣的拥护下南逃，先流亡到温州。文天祥也从镇江赶到温州。不用说，元军当然挥军南下，直指温州。南宋残存势力无法在温州长时间停留，便继续南下，进入福建省的福州。益王在那里即位。

元军从杭州向温州追击，途中必经绍兴和台州。无学祖元所住的真如寺就在台州。

台州有一座名山叫作天台山。古时，这座山是中国版“浦岛传说[1]”的舞台。相传，一男子进山采药，遇一绝世美人，受邀逗留半年，回来时子孙已历十世。佛教传来之后，这座山上到处都建起了佛寺。日本的最澄（传教大师）留学唐朝时，师从天台山智者大师，回国后在睿山所开宗门就是“天台宗”。这在日本尽人皆知。

真如寺就是天台山众多寺院中的一个。尽染战场血腥味的元朝大军对寺院也毫不客气。这帮人认为，战争就是掠夺。元军杀戮、掠夺之事也传到了天台山。听到元军逼近的消息后，真如寺的僧侣们全部逃走了，只剩下无学祖元一人。

元军队长提着出鞘的刀闯进寺院，搜找伽蓝时，发现祖元在殿内盘腿坐禅。

“我还以为都逃了，这里空无一人呢，不料还有一个臭和尚！莫非是吓瘫了，想逃没逃掉吧！来，老子让你抻抻腰腿！嘿，怎么样？”

队长说着，把手上的刀架在了祖元的脖子上。

人过度恐惧时会被吓瘫，再用刀一顶，就会发疯般扭动身体，口吐白沫，拼死挣扎。这种情形队长见得多了。但他从未见过和尚口吐白沫，觉得这倒是个乐子。然而，与这位队长的期待正相反，刀都架到了脖子上，祖元却岿然不动。他非但没有口吐白沫，反而静静地吟唱起诗偈。

① 浦岛传说是一则日本民间神话故事。主人公浦岛太郎在海边救了一只海龟。作为回报，海龟驮他去了龙宫。等他三年后回来时，发现人世间已经过了漫长岁月，沧海桑田。

诗偈，就是歌颂佛的悟性与德行的诗。

乾坤无地卓孤筇，喜得人空法亦空。

珍重大元三尺剑，电光影里斩春风。

蒙古世祖忽必烈称国号为“大元”，夸耀其大。在“大元”的广阔乾坤（天地）里，竟没有立起孤筇（一支竹杖）的余地吗？大元天地之狭窄，竟容不下我一个僧侣生存吗？罢了！我已就此开悟：人法皆空……尽管如此，你还是珍重一下大元那森森的三尺军刀吧！我已开悟，看空一切。砍掉我的头颅，直如电光一闪空斩春风一般。与其空砍这一刀，你那刀还有别的用处！可惜啊……

手握利刃，元军队长读过一点诗书，听懂了祖元的诗偈。

“哦，不，这个……哪里，我没想杀高僧您……只是想如果您站不起来了，就帮您站起来而已。失礼了！我懂了！您继续坐禅吧！”队长言罢离去。

对遭到大元军队铁蹄践踏、雌伏已久、心高气傲的江南人士来说，这可是个久违的痛快解恨的故事，立时三刻将其传遍四方。

传言总有不准确的因素：现场只有元朝官兵，并无他人，这个故事是谁传播出来的呢？另外，关于故事发生的地方，除了台州真如寺，还有温州能仁寺一说。

无学祖元本人也在故事发生后不见了踪影，从未听谁说见到过他。政府正在寻找祖元的传言，很久以前就在悄悄流传。这是可信度相当高的消息。自从杨琏真加当上江南释教总统后，寻找祖元比以前更加艰难。徐长风也从事海外贸易，经常处理那些玉石混杂的情报。他断言此事不谬，恐怕这事属实了。

二

“请问，您是商人吗？哦，不，我知道您现在在侍奉朝廷，但我听说您的家族一直在经商。我是想问，您现在还在用您的商人思维行事吗？”徐长风问道，问得很谨慎。

但马可·波罗的回答却没有半点犹豫。“打我懂事起，接受的教育就是要我成为一个商人。我曾祖父、祖父、父亲、父亲的兄弟，都是商人。现在驱动我的就是一颗商人的心。”

“您的回答敞亮，比我干脆！大宋已在崖山灭亡。现在，我终于可以做一个真正的商人了。以前，不过是个半吊子商人……那好吧，波罗先生，就让我们都以商人的身份来交谈吧。”

“好的。我懂了。”

“你受汪大有之托，要把祖元和尚送到日本执权那里去。我们索性以商人的身份来运作这件事吧。”

“我有点不太理解这是什么意思。”

“简单。作为商人，我必须为最重要的客户尽力……详细情况我们一边在海边散步一边聊。”徐长风说着站起身来。

这里是徐长风的宅邸，这宅子离港口很近。徐家经营贸易行业，把家安在船舶停靠的码头附近，多有方便之处。

庆元就是现在的宁波市，曾经叫作明州。现在，明州还被用作宁波的别名。南宋庆元二年（1196）改名，直接取了年号做名称。宋代有不少类似的情况。比如，以酒乡和近代文豪鲁迅的诞生地而闻名的绍兴，曾经叫作会稽或越州，到了绍兴年间（1131—1162）改名为绍兴。以瓷器之城闻名世界的景德镇，也是在北宋景德年间（1004—1007）以当时的年号命名的。

庆元位于甬江岸边。位于甬江入海口的镇海面朝大海，但庆元则是一座江边港口。不过市民们都知道，这条江连着大海，连着舟山群岛之外的远洋。所以，人们习惯把江岸叫成“海岸”。马可·波罗和徐长风在这“海岸”上缓步慢行。这天没有船只进出港口，码头不怎么热闹，人影稀疏。

即使有人与他们擦肩而过，也只是略微侧目，表情淡然，没有人觉得稀罕。元军占领这里以后，来了很多西域的土耳其人、伊朗人，赤发碧眼已不那么稀奇了。

“作为商人，我们的主要伙伴是高丽和日本。”徐长风道。

不愧自认本质是个商人，马可·波罗在很短的时间内就把庆元的商业状况记在脑子里了。

当时，中国的海外贸易比想象的更为繁盛。不过，与东南亚、印度和阿拉伯方面交易的中心在福建省的泉州，执牛耳者是一个叫作蒲寿庚的阿拉伯人。庆元把与西方的交易交给泉州，自己则全力专营与东方诸国的贸易。不过，元军占领后，高丽疲敝，购买力和生产力眼见得衰退下来。徐长风的家业是海外贸易，现在主要跟日本打交道。

“去高丽的船很少啊。”马可把目光投向了码头上如林的船帆，说道。

“高丽生意不好做，近来不行了。我们现在最大的客户是日本。”

“日本很富吗？”

“我没去过，但听说是一个相当富裕的国家。我们的商业伙伴在日本的贵族中也是最有势力之人。”

“您刚才说的最重要的客户，就是指他吗？”

“是的。这位贵族姓西园寺，名实兼。”

“西园寺实兼……”

“这个人与日本皇室关系极近……不过，日本皇室内部情况复杂……”徐长风迅速扫了一眼左右，这似乎已成了习惯，确认没有人后，他扼要地介绍了日本皇室的内情。

虽然我们为了方便将日本的皇帝叫作皇帝，但其实原本叫作天皇。天皇与中国的皇帝相当不同。在日本，政治实权几乎全部掌握在位于镰仓的幕府执权北条氏手中。天皇的职责是负责祭祀和官位授予。但实际上，皇室的这些工作并不由天皇来做，而是由当过天皇的上皇作为“治世之君”来做。这就是所谓“院政”。

七年前，治世之君后嵯峨上皇驾崩。这位上皇原本是由幕府推戴当上天皇的，在位四年后，禅位给长子后深草天皇，自己则作为“治世之君”实施院政。院政时代天皇没有任何实权。新天皇年纪尚幼，后嵯峨上皇又生了二皇子。二皇子十分伶俐，被定为“皇太弟”，意思是让其在哥哥后深草天皇之后登基。

正元元年（1259），十七岁的后深草天皇患病，十一岁的皇太弟趁机即位，是为龟山天皇。上皇就有了两个。十七岁的后深草天皇当然不能施行院政，因为父亲后嵯峨天皇还健在。九年后，龟山天皇的皇子被立为皇太子。这意味着经后深草和龟山两兄弟之后，皇统将传给弟弟龟山一脉。

后嵯峨上皇薨后两年，龟山天皇禅位于八岁的皇子，自己当了上皇，成为“治世之君”。后深草上皇感到不爽，因为父亲非但将皇统传给了弟弟，院政也跑到弟弟那边去了。后深草天皇在当了名义上的天皇之后，又成了名义上的上皇。他太不满了，说要出家。弟弟龟山上皇也大为惊讶，向幕府咨询解决方案。

北条时宗拿出了一个妥协方案。

现在的后宇多天皇是龟山上皇之子，八岁即位。那就把后深草上皇十岁的儿子熙仁亲王立为后宇多天皇的皇太子。皇太子比天皇还年长，这事乍一看很怪异，但除了让皇统轮流更迭之外，没有更妙的方案了。于是，双方约定：目前由亀山上皇施行院政，将来皇太子即位，便由其父后深草上皇施行院政。哥哥后深草派被称为持明院统派，弟弟亀山派称为大觉寺统派，这成了日后南北朝战乱的原因。

“现在是大觉寺统派处在阳光照耀之下，但持明院统派却在寻找机会取而代之。贵族们也分为两个阵营，暗中活动。”徐长风解释道。

“暗中活动？他们不是有约定，说要轮流即位的吗？”马可不解道。

“约定得很笼统，没有约好任期，而且皇太子比天皇年纪还大，持明院统派要等到什么时候才是头呢？这不已经急不可耐了吗？还有，让位和即位的决定权现在在幕府手中。”

“哦……实权还是在幕府啊！”

“听说两派贵族分别对幕府展开了猛烈攻势。持明院统派正在做幕府的工作，以便天皇早日让位。大觉寺统派则强烈要求维持现状……而我的大客户西园寺家族，可以说是持明院统派的代表人物。”

“原来如此……明白了，徐先生是必须支持西园寺家族的。增加交易量，配合以西园寺家族为代表的持明院统派筹集活动资金……”

“还不止这些。刚才不是说了吗，拥有最终决定权的是幕府，也就是执权北条时宗这个人物。如果有人能够影响到这个人物……听明白了吗？如果能把这样的人派到北条身边……”

“无学祖元！支撑执权精神的老师……不过，就算找到了这位高僧，他能接受徐先生的请求吗？他可是高僧，我想，他会避免陷入世俗权力之争的漩涡。”

“也许很难，但不做怎么知道呢？我们也有说服他的办法。我认为，这是个相当有效的办法……”

“有效的办法？”马可停下脚步，双手抱在了胸前。

三

庆元城东约二十公里有一座山，叫阿育王山。“阿育王”是公元前三世纪印度孔雀王朝第三代国王阿输迦的汉语译名，他以虔诚皈依佛教、建造寺塔、大兴社会福祉事业而闻名。这座山以他的名字冠名，不用说，显然与佛教因缘深厚。

现在，阿育王山里汇集了百余人，其中三分之一左右是僧人打扮。山中台地中央有一座高约一点五米的白色大理石塔。从大小上讲，与其说是塔，不如说是塔的模型。塔的左右各站一人：一位是江南释教总统喇嘛杨琏真加，还有一位是尼泊尔出身的建筑家兼雕塑家阿尼哥。只有他们二人站着，其余众人都坐着。

“不明之处可问这位阿尼哥。”杨琏真加道。他本来脸就长，又戴着一顶红色的尖顶法帽，看上去越发怪异。青黑色的脸上，一双眼睛的眼梢吊起，半睁半闭，几乎一眨不眨。自打在北京朝廷上见到他的面起，马可·波罗就对这个喇嘛产生了生理上的厌恶感，而且还听说他既贪婪又好色。马可对这个人物，怎么都喜欢不起来。

马可不想让他看到自己，所以没站在这块台地上。东侧有一块地形略为复杂的山体，马可藏身凹陷处，窥视着这边的情况。

杨琏真加上任江南释教总统之前，曾派高徒巴念速去江南。掘毁南宋诸帝的陵墓只是表面上的任务，其真实目的在于夺取陵墓里陪葬的金银财宝。然而，巴念速掉进了永茂陵的深洞里。

马可·波罗回到北京，只报告说："巴念速失踪了。"马可向忽必烈报告时，斜眼观察了杨琏真加的表情，难得眨眼的喇嘛这时眼睛眨得很厉害。

马可从后来的迹象察觉到，杨琏真加似乎认为高徒巴念速卷着财宝逃走了。作为总统，他刚到江南便下令道："搜寻失踪者！"

他还点名道："例如无学祖元。"

两天后，他再次严令："全力以赴搜寻失踪者！"并点了第二个人的名："比如巴念速。"

"他真正要找的人是谁呢？"马可曾与徐长风探讨过此事。结论是：他要找的是财宝，也就是要找到巴念速。

可能连杨琏真加也知道，只寻找巴念速的行踪在面子上过不去，这才先点了失踪僧侣无学祖元的名。也许是害怕为一个人失踪花如此大的力气会惹人怀疑，杨琏真加就把祖元称为“外道”。外道就是违背佛道的人。这样他就找到了借口：必须将此外道抓获并进行佛罚。

“好好看着！”杨琏真加说道。

放在那里的是喇嘛塔模型。在发出搜寻失踪者的命令后，杨琏真加接着下令让各寺院建造喇嘛塔。喇嘛教的塔同以往常见于中国的那种将同样形状的构件累上去的造塔形式不同。喇嘛塔基本上与日本的五轮塔一样，从下往上，按方、圆、三角、半月、宝珠的形状逐层往上累。在密教派的喇嘛教中，塔的各层分别表示地、水、火、风、天之意。

江南寺院的人员不熟悉这种建筑，不知道建造方法。杨琏真加这才决定，把尼泊尔出身的建筑家阿尼哥从北京叫来，让他解释。阿尼哥这一年刚在北京大圣寿万安寺建造了一座四十九米高的巨塔，这座寺院后来改名妙应寺，这座塔也被称为“白塔”，留存至今。汇集在这里的是杨琏真加管辖下各寺院的人员、建筑技师、施舍者等，徐长风也在其中。有几个人举手提问，似乎都是建筑技师；还有人备了纸笔做记录。

提问完毕，仍有人不甚了了。杨琏真加硬行结束了提问，道：“这几天我们都住在庆元，详情可以到住处来问。现在开始诵经！”说着，杨琏真加坐到了塔的模型前，开始用藏语念起经来。经文很长。从马可这边看，杨琏真加的身影几乎全被塔的模型挡住。

“塔真碍事……”一个压得很低的声音传了过来。马可下意识地抓住了身旁的树干。他藏身的低洼处附近有人。

“别慌！现在是紧要关头！”传来了另一个声音。

“早点干就好了！”

“别。在场的人大部分是我们的同胞……不能殃及他们……小心……小心……”

“可是，不下点决心干的话……”声音有点高起来。

“嘘——”然后声音消失了。马可大体找到了声音传来的方向。但“早点干”“下点决心干”指的是什么呢？

藏语的诵经声还在继续。须臾，一片新绿的阿育王山清风乍起，风吹树梢，发出响声，为诵经伴奏。喇嘛的声音时断时续。

经终于念完了。

“各位僧众，拜托在各自寺院里建造喇嘛塔！好，今天到此结束！请回吧！”杨琏真加的声音传了过来。他仍隐在塔影里，虽然经已念完，但他仍旧原地打坐。只听得一阵嘈杂，汇集而来的人们陆续沿山路下山去了。人们一定是被迫集中而来的，回去时脚步飞快。不一会儿，台地上便只剩下杨琏真加和阿尼哥两人。

“结束了……好了好了……没想到还挺累人的……”

杨琏真加一边说着，一边站起身来。刚才他的身体一直被表示地的方形物件和表示水的圆形物件挡在后面。现在，他身体的一半暴露在塔的外面。

说时迟，那时快……马可只听得耳畔“嗖——”的一声鸣响。这声音他已经听过多次，只能是离弦的飞矢穿过空气的声音。

“果然……”马可心想。刚才听到悄悄话的时候，他就预感会出现这样的场景。

然而接下来的一幕却出乎意料。

飞矢的啸声连响两次。“咣、咣……”接着传回来两声金属的回声。

杨琏真加的红色尖顶帽晃动了一下。帽子下面的脸，面色漆黑。那不是原来那张青黑色的脸，而是漆黑一片——一张没有眼睛、没有鼻子、没有嘴巴的脸，不，那已经说不上是一张脸了。

“护面……”马可当即明白过来。他戴着金属面具！脸上都戴了护面，那他红色法衣下面肯定也穿着厚厚的蒙古铠甲。铠甲把箭挡了回来。

毫无疑问，杨琏真加知道会有刺客放箭。既然事先已经知道，那除了护面和铠甲以外，他肯定还会做好准备——抓捕刺客的准备。

杨琏真加把护面颚部近处略略抬起，叫道：“抓住他！”

四

“这边！这边！”马可·波罗朝着喊声的方向跑去。那声音根本不是叫马可的。他藏身的凹陷处附近至少有两个以上的刺客，其中一个正在给同伙引路。

马可没有在这里做任何坏事。他认识杨琏真加，只不过觉得不方便与杨琏真加打照面，才从稍远点的地方看看情况而已。可是附近有刺客！箭都飞过去了，如果被发现在场，肯定会被当成刺客。这下可真是麻烦了。

不知道刚才埋伏在哪里的一队武装士兵包围了凹陷地。刺客们像是中了埋伏。

“畜生！真臭！”马可身边传来了刚才一个劲催促赶紧动手的那个男人怒冲冲的声音。

一阵沙沙声响起。一个男子在马可面前推倒了一座柴火堆成的山。

“快！快点进来！快点进来，盖上盖子。”柴山背后的悬崖上开着一个洞，人可以蹲着进去。出声的那人好像把马可错当成了自己的同伙。他一跃进洞后，马可也毅然跟了进去，接着好像又有一个人翻滚进洞。

“盖子……听着，把洞口盖好！”前面有人出声道。

“明白……嗨！”后面有人应答道。

洞口堵上了，一片黑暗。前面的人和后面的人都以为这个秘密地道里只有两个人，恐怕做梦也没想到，他们中间又多了一个人。

“听着，朝右手边靠……再忍一忍。沿着右边的洞壁慢慢往前。别慌！”

“嗯，右边。好嘞……就这样……”

“睁着眼睛也什么看不见，说不定还有沙子眯眼，不如把眼睛闭上。”

“是啊……呸！眼睛闭上了，沙子进到嘴里了。”

“最好把嘴也闭上！”

“畜生！那家伙，把箭挡回来了。唉，遗憾啊！”

“把嘴闭上！”

两个人在对话。洞里也有坡，马可脚下一滑，发出了很响的声音。

前面的人说：“小心！”

“没事……”后面的人回答道。

前面的人以为后面的人滑了一下，后面的人以为前面的人滑了一下。不光是声音，就算是身体相碰，两个人也不会发现还有第三个人。

“终于到了……我现在掀开地板，稍等一下。”前面的人说着，把地板敲得咚咚响。不一会儿，一束光线照进洞里。

“我先看看情况，你别动，等一会儿。”前面的人说着，身子从板子掀开的缝隙中间钻了出去。

接下来就要出问题了。前面那人说出去了，洞里应该只剩一人，如果仍有两人就蹊跷了。马可也认为蒙不下去了。他跟在前面那人的后面，拧着身子从缝隙中钻了出去。

“呀！呀！这是……”先出洞的人用手背揩了揩额头上的汗水和沙子，看到跟着出来的马可的脸，瞠目结舌，一副见到鬼的表情。

“没时间解释了，我也是一个不能被杨琏真加发现的人。”马可飞快地说道。

“吓死人了……你是波罗先生。你怎么会在这里？”马可不认识他，但他似乎认识马可。

“先不说这些。这里安全吗？说这说那，不如先看一下这里是否安全。”

“那倒是啊……”

“这里究竟是哪儿？”马可问道。

“阿育王山到处都有寺院。这里是寺院的厨房间……不过，波罗先生，您……”

那人细细地凝视着波罗的脸。他会朝杨琏真加放箭，大概是反元运动的志士，肯定是南宋遗臣。在他们中间，肯定口口相传着波罗先生救出了南宋诸帝遗骨的秘密故事。他们无条件地相信，波罗先生是同情他们的。

那人的脸上有惊讶的表情，但没有警惕的神色。

“可您怎么称呼？”马可问道。

“我名叫李锡，字守八。一起逃进洞的是堂弟李铁。”男子答道。

这厨房间一定少有人来，堆着的木箱里面像是装着经文。厨房间有十张榻榻米的大小，箱子只占了一个小小的角落。厨房间里空荡荡的，馊味弥漫，脚一动就灰尘四起。

“嘿哟嗬！”随着一声号子，扬起一片灰尘。地板挪开处，露出一张年轻男人生动的脸庞，圆圆的鼻子有点可爱。他慢慢地爬了出来。

“您就是李铁先生吧。”马可招呼道。

五

这座寺院叫作隆能寺，有僧侣二十人，长老大和尚卧病在床。李锡和李铁在厨房间换了衣服，扮成郎中和助手的模样。杨琏真加的手下总会搜查到这里，幸运的是他们刚才没见到李氏兄弟的脸。而且，李锡的确医术高明。

连通厨房间地下的洞口很快被埋了起来。

杨琏真加手下的士兵也来到了隆能寺，寺院连大和尚病房的门都打开让他们看了。病床旁边坐着从苏州请来的名医李锡。

“有什么可怀疑的吗？”李锡问道，“我们还请来了波罗先生，看看西医有什么可参考的东西。”

马可·波罗坐在房间的一角。

“哦不，这厢……打搅了！”队长模样的人轻轻地点了点头，连门都没有进就要撤走。李锡冲着他的背影道：“能不能请杨琏真加总统介绍喇嘛名医啊？”

“啊……嗯……”队长不得要领地应着，快步离去了。就凭他一介守备队长的身份，根本和江南释教总统说不上话。

“我们想请波罗先生听听我们的故事。”队长集合士兵退出隆能寺以后，李锡对马可道。他好像有话要说。

“我也想听听。你们为什么要杀掉杨琏真加？”马可问道。

“这样，我们换个房间慢慢聊。”李锡礼貌周全。看他扮成了郎中的样子，根本想象不出他就是刺客。在去另一个房间的路上，李锡与马可并肩走着，聊起了自己字的由来。

“守八。”

在中国，骂人时经常说“忘八蛋”。孝、悌、忠、信、礼、义、廉、耻。“忘八蛋”的意思就是“忘记了这八种德行的家伙”。李锡几年前给自己选了这个字，每当他向别人解释由来时都会说：我是满怀坚守八种德行的心愿取了“守八”这个字。然而，他的本意在于文字的组合。去掉“守”下面那一点加上“八”就成了“宋”字，表达了追怀业已灭亡的宋王朝的心情。被去掉的那一点，李锡认为就是自己，是多余的，不去掉写不成“宋”字。

“杀身复宋！”应该说，这是一个壮烈的字。

“之所以要杀杨琏真加，就是因为他指使人掘了宋陵。这是复仇！不，是天诛！”进了另一个房间，李锡道。

“天诛？真够激烈的……可是，宋王朝已在崖山灭亡了，不可能复兴了。”马可道。

“我所说的宋不一定是赵家（宋朝皇室是赵姓）的。汉是刘家的，魏是曹家的，晋是司马家的，唐是李家的。承天命的家族是会变的。人道是，天命就是民声。现在天下之民不希望受蒙古的统治，就不能说蒙古承了天命。我用复宋这个词表示顺从民声。”李锡的话充满热情。

“我明白了。”马可点头道。

“我们有很多伙伴。但很遗憾，分成了想法不同的两个党派。为做大事而团结一致，是很困难的。我们的分歧，在于对元朝远征日本的看法。”

“远征日本？”

“是的。有人欢迎元朝远征日本，有人不欢迎……大家的想法正相反，只能分裂。”

“宋的遗臣为什么欢迎元朝远征日本呢？”

“大规模的远征对元朝是一个巨大的负担。现在元朝的统治看上去稳固，但有人期待远征的重负大大动摇元朝统治。这些人心里竟想煽动忽必烈远征日本。”

“不欢迎远征日本一方的理由呢？”

“明确说，我就属于不欢迎远征日本的党派。因为元朝远征日本用的是我们江南百姓。军船也命江南建造，载着降元的原宋江南军远征，所有辎重都用江南的财力采购。远征日本真的能削弱蒙古的力量吗？被削弱的也许是复宋的力量，是我们江南百姓的力量，难道不是吗？看看以前第一次远征日本就能明白。人力、财力全是从高丽调配的。远征失败了，但元的力量削弱了吗？被削弱的是高丽的力量，耗尽了高丽的力量，高丽甚至失去了抗元的气力。换句话说，元朝通过那次远征日本，确立了对高丽的霸权。第一次远征对元朝来说不是失败。这次也会是一样的。”

“原来如此……”马可很理解这个想法。在北京的朝廷里，这种气氛也很浓厚，存在着赢是好事、输也是好事的轻松观点。朝廷首脑层有强烈的愿望，要把潜在战斗力尚存的降元宋军彻底解体。这也是事实。

“反对我们观点的是波罗先生下榻的那家住宅的主人徐长风。他是反对派的巨头。”李锡道。

“是巨头啊……”马可想起徐长风温厚的脸庞。他说，既然宋已灭亡，那就当个彻底的商人。

“是的。徐长风的想法是，江南的力量也就是元朝的力量……跟高丽不同，蒙古没有任何需要依赖高丽的地方。可是江南不一样。粮食、食盐、财源，蒙古都极大地依赖江南。弱化江南，元朝也会被弱化……通过远征动摇蒙古的基础吧……他热心鼓吹这个观点，意外地获得了很多支持者。”

“原来是这样啊……”这种想法的确也存在。在马可看来，两派的说服力旗鼓相当，谁都没有强有力的理论压倒对方。这可不是小小局部脱落形成的“分派”，而是一分为二的“分裂”。

“波罗先生身处北京朝廷的核心，是皇帝的心腹，您的话能上达天听。请为了我们，力劝皇帝打消远征的念头吧。”李锡道。

“守八先生，您高估我了。皇帝不会因为我这种异国年轻人的话而动摇的。我的确在皇帝的身边，但都是办些杂差，绝不是皇帝的辅佐。”

“不，您是异国年轻人，没有人认为您有政治野心，惟其如此，您的话才在某种意义上比大臣们的话更有分量。”

“我的话没人信。您不了解朝廷的氛围啊。”马可嘴上否定，心里却在想“且慢！看皇帝的样子，你说的情况可能也会存在”，已有一半赞同李锡的话了。

“我们也没有打算依靠您一个人。北京的朝廷里也有我们的同伴，可以把我们的观点传给皇帝。是的，就在大臣里……他们作为大臣向皇帝陈述意见。您作为局外人，帮我们陈述不能远征的意见就可以了。不，即使谈不上陈述也可以。哪怕让皇帝嗅出一点味道也会奏效的。”

李锡越说越快，马可感到他内心炽热起来。那热量也传递给了马可，稍不留神，也许就会被火焰包裹。

“总之，我再过一段时间才回北京，还有工作。”马可道。他想，权且灭灭这火吧。

六

火焰飞到了很远。马可·波罗回到了庆元码头附近徐长风的宅邸，两天都没见到主人了。他左思右想，究竟该如何向他解释徐长风在阿育王山被士兵包围，又从秘密地道逃出来的事情。他觉得，主人徐长风大概也想听听事情的经过。但是，到了第三天才回来的徐长风一见到马可就说：“祖元和尚找到啦！”说完之后，他根本就不想提起阿育王山的事情。

初次见面时，在马可的印象中，徐长风有一种从容不迫的大家风范。但是一提到祖元和尚的话题，徐长风就会难得地充满热情，很像马可在隆能寺从李锡身上感受到的那种热情。阿育王山的火焰飞到庆元城里来了……

从阿育王山再向东十公里，有一座山叫天龙山。山里有一座佛寺，住持是一溪和尚。从学统上讲，一溪和尚是无学祖元的法兄。为了慎重起见，徐长风去见了一溪和尚，询问了他，得到的答复是："贫僧知道祖元所在之处。"

和尚的回答非常平淡，但他没说在哪里。

"贫僧很快会让你们见面。请稍等几天。"一溪和尚只说到这里。但他说了，要让两人见面，所以不会有错。听一溪和尚的口气，好像地方没多远。

徐长风好像在抑制自己的兴奋，可这样恰恰把兴奋表现了出来。

马可·波罗越来越疑惑了。

"徐长风果然像李锡所说的那样，为了复宋在促元朝远征日本吗？抑或为了大客户西园寺实兼，要把具有绝对影响力的人物送到北条时宗的身边？"搞不清究竟是何者。说不定，两者兼而有之。

三天后，有一位美少女站在徐宅玄关请求为他们带路："老师吩咐我如约前来接你们。"

徐宅看门人问是哪里的老师。少女笑着答道："您这样说，他们就明白了。还有，请波罗先生也一同前往。"

一溪和尚派人来接了，真是等待多时了。徐长风已经迫不及待，催马可来到宅子门口。门口备了三台轿子。

“嗬……”马可被少女的美貌所打动。他想起了绍兴的美人少宝。如果说少宝是成年人的美，那么眼前这位女子可以说就是成人之前的美，是尚未成熟的美。看着这位少女，会令人感到这世上不会有污泥浊水。

徐长风为她的美感到惊讶。

“请问芳名？”他故作镇静地问道。

“我叫少宝。”少女回答道。

“难道是同名……”马可觉得，绍兴的美人和庆元的美少女同名，其中一定有原因。但当时在中国，很流行在女性的名字前加“少”字，以示爱称，少宝这个名字很常见。在绍兴、庆元这等城市，叫少宝的少女怕是有好几十人。

徐长风没有问去哪里。要问也得问一溪和尚，问侍女，她也不可能回答。徐长风、马可默默上了轿子。

轿子载着他们穿过眼熟的街道。尽管马可来庆元的时日不多，但这条路他已经熟悉。这不就是要进阿育王山吗？！不仅如此。轿子停了下来，下轿后朝正面望去，有一座略显破败的山门，匾额上书“隆能寺”。

马可是从地下爬进这座寺院，从后门离开的。这是他第一次看到山门。

“啊，原来是隆能寺啊……”徐长风喃喃自语道。从他的口吻可以察觉，他似乎也不是第一次来隆能寺了。

没有寺僧出来。少宝在前面带路，绕过大雄宝殿往里走。马可一边回忆着五天前的情形，一边跟在少宝后面。

“哎呀，这是……”马可有点迷惑。少宝停住脚步的地方，正是大和尚病房的门前。

“是这里吗？”马可问道。

“就是这里。”少宝莞尔道。马可这才第一次发现，少女的微笑里好像带有一种阴翳。

病榻上的大和尚抬起上半身，面对马可招呼道：“您又来啦！”

“啊，您就是祖元大师……”站在马可身边的徐长风声音惊讶地说道。

“唉，这位就是祖元……”马可比徐长风更加吃惊。

后来他们才知道，隆能寺的住持悄悄出门修行去了，无学祖元顶替他卧病在此。

“来吧，先听我说。他们的话已经听了很多了。”祖元道。

马可心想，“他们的话”，肯定是指李锡说的那些话。这位和尚是想听听一分为二的宋朝遗臣双方的说法。

“在我们这边，大师是唯一的依靠。”徐长风走到无学祖元身边，一边说一边坐了下来。

“他们也是这么说的。”

“他们只是这么一说，就把所有人都动用了起来。听说降将夏贵和范文虎向皇帝进谏停止远征。范将军在谋划以周福为正使，配以副使栾忠和译员陈光，把他们派到日本去。”

“哦，您只知道这些吗……那，日本僧人的事情呢？”

“日本僧人？没，没听说。”

“听说一个叫作本晓房灵杲的日本留学僧会跟周福他们同行回国，说是要说服日本恭顺大元……如果日本表示了恭顺之意，元朝也就不会再派兵远征了……”

“靠日本僧的三寸之舌……这……”看来不用外国人去说服，而是要让亲眼见过元朝威势的日本人去说服日本当局。日本僧的三寸之舌也许能够说动日本首脑。

“我听闻了北条时宗这号人物。”祖元道。

“这位北条时宗正在找老师。”

“我不去不成。听说兰溪道隆已经作古。”祖元淡然道。

一直传说病重的宋僧兰溪道隆在建长寺去世。他是北条时宗的精神支柱。他去世了，北条时宗需要新的支柱。求到了祖元，祖元说要去。

七

信念！

坚韧的信念可以全方位突出人的存在感。马可·波罗来到庆元，遇到的好像净是拥有坚强信念的人，搞得他身心俱疲。

流经庆元城的水，直接连接着日本。仅在这十多天里，就有好几个船队出发去了日本。那些都不是单做贸易的船。驱使那些船扬帆东去的不是利欲，而是人类的信念。

马可·波罗站在城后的小山岗上，眺望庆元港里林立的桅杆。他从威尼斯由陆路而来，船帆不会让他感受到太多乡愁。现在他感受到的不是甜蜜的乡愁，而是人类行为的炽烈火花。

“结局会怎样呢？”少宝问道。马可是与少宝一起来到这山岗的。

“我怎么会知道呢。”马可答道。在他看来，这位少宝也是一位具有坚强信念的人物，耀眼得很。现在马可已经知道了少宝的真实身份，她是那位反对远征日本派的干部李锡的妹妹。尽管如此，她本人还是坚定地赞成远征，正在朝这个方向行动着。

一支船队最早扬帆出航离开了庆元，船队的核心是载着无学祖元的那艘徐长风所属的船。两天后，日本僧本晓房灵杲和范将军的使者周福等人的船队追踪而去。几天后，西园寺所属船只扬帆启航。接着，传说与大觉寺统派关系密切的日本船只也在慌忙之中离开了庆元，追踪而去。

结果会怎样，马可·波罗不知道。他所知道的，是火焰正在炽烈燃烧。

“你和家兄他们在阿育王山被士兵包围，中了圈套。设圈套的是谁，您知道吗？”

“你说设圈套，意思是指向杨琏真加告密的人吗？”

“是的。”

“不知道。”

“是徐长风。”少宝继续道。

“真是这样啊……”

“没错。不过，他并不是想杀死家兄他们。他让你去了家兄他们附近就是证据。关键时刻，你这个皇帝的宠臣就是最大的盾牌。”

“那徐长风的目的是……”

“为了削弱反对远征日本派的气势，也为了得到杨琏真加的信任。因为江南释教总统有利用价值。”

“你一开始就知道这些吗？”

“知道的。”

“真是了得！”马可·波罗喃喃自语道。他是想说，信念坚强的人无人能敌，包括少宝。

无学祖元于弘安二年（1279）六月抵达日本。八月被迎到镰仓，住进建长寺。他在日本以圆觉寺开山鼻祖而闻名。三年后，北条时宗为他建了圆觉寺。

就在同年六月，范将军的使者周福等三人在本晓房灵杲引导下抵达对马。对马方面把他们送到了大宰府。他们带来的文书被送到了镰仓。文书劝日本归顺大元，写道：“亡宋旧臣直奏日本帝王。”

七月底，周福等人在博多被斩。

据传是镰仓下的命令。

燃烧泉州路

一

尖尖的山顶上，有几棵松树幽默地杵在那里。当地人管这座圆锥形的山叫“笋山”。

“果然是笋啊……”望着笋山，马可·波罗笑了。这名字起得的确妙，听说人们顺便把流经山边的河也叫成了“笋江”。

这附近有很多造船厂，恐怕是当时世界上最大的造船工业区。

这里是“刺桐”。“从Fuguy出发，五天就可以来到一座十分繁华的大城市，叫作Caiton。”马可在《马可·波罗行纪》中这样讲述道。也有版本说行程是六天。

“Fuguy（浮啾）”好懂，就是“福州”。但“Caiton（仔彤）”又是哪里呢？即使看现在的地图，也很难找到类似发音的城市。“仔彤”其实就是泉州。泉州城周边种植了很多刺桐树，所以也被称为刺桐城。“仔彤”是“刺桐”的谐音。

泉州作为贸易港而繁盛。附近有一个发音容易混淆的城市“漳州”，所以外国人都喜欢用“仔彤”这个发音完全不同的名称。“Zaiton”在阿拉伯语中是橄榄树的意思，所以也容易被记住。

“它与亚历山大港并驾齐驱，是世界两大贸易港之一。”马可·波罗叙述道。但大约半个世纪后的大旅行家伊本·白图泰[①]报告说：“‘仔彤’港是世界最大港口之一，不，应该说是唯一的最大港口。我看到，这座港口汇集了巨大的帆船百余艘。如果包括小型船，可以说几乎无数。”

进出的船只多，在泉州附近不断造出的船只也多。这段时间，远洋船被称为“舶”。据唐代记载，舶之大者长二十丈。宋元时期则更大，有的大舶甚至有船员数百人至千人。都说撒拉逊人是航海高手，但相传他们只用中国船。他也为前面提到的伊本·白图泰留下了记载，说在印度与中国之间海上航行所用的海舶几乎都是中国船。

中国船的特色是与船长相比，船体较宽，有的还会呈四方形。造船材料主要是松木，船帮两层，船底三层。桅杆一般有四根，有的船甚至达到十二根。

笋江一带是名副其实的桅杆林立，只不过船不是停泊在那里，而是在建造中。

据《元史》记载，至元十六年（1279）二月，“以征日本，敕扬州、湖南、赣州、泉州四省造战船六百艘。”四省之中，泉州最擅长造船，分得二百艘。现在正在建

---

① 伊本·白图泰（Ibn Batutta，1304—1369），十四世纪摩洛哥穆斯林学者、旅行家，曾数度游历非洲和亚洲，大约一三四五年到达泉州。著有《伊本·白图泰游记》一书。

造中。

给马可·波罗的任务就是调查造船情况，详细报告给皇帝忽必烈。如果光明正大地来视察，地方当局就会粉饰实况。尽管已经有这种正式的视察官了，可交给马可的工作是秘密调查实际情况。

“很景气啊！”马可跟路人打招呼。

“光忙活了，挣不了几个子儿。”对方笑道，露出满口白牙。那人也是赤发碧眼。不，不确定是不是赤发，因为他缠着头巾。他满脸胡须，胡须是红色的，因而推测头发也是红色的。

马可来到泉州，心情松弛了下来。自打蒙古元朝夺得天下以来，西域人开始进入中国各地担任官员，马可这副拉丁人长相已经不再那么引人注目了。话虽如此，异域人的长相就是异域人的长相，还不至于完全没人在意。但泉州不愧是世界第一贸易港，外国人极多。说不定有的地区外国人数量已经多于本地人了。笋江边上的造船工业区就是这样，见到五个人，会有三个人长相异样。所以，马可待在这边心里很舒爽。

“你，喝几杯吗？”那位缠头巾的胡子男邀请马可。

“那太谢谢了！”马可莞尔一笑。对方的年纪似乎与自己的父亲相仿。他的汉语可以说完全没有一点点口音。

相传自唐代起泉州就有伊斯兰教徒定居。这里与广州同为海上贸易中心，所以这也是理所当然的。唐末黄巢之乱时，广州曾一度落入黄巢之手。879 年，波斯人阿布·赛义德在他的著作《东方志》[1]中说："广府陷落时，被杀的伊斯兰教徒、犹太人、基督教徒、琐罗亚斯德教徒[2]人数达十二万至二十万人。"即使少说点，居住在广州的外国人也确实数量庞大。南宋以后，泉州比广州更加繁华，河岸地区形成了外国人居留地，称作"藩坊"。南宋绍兴元年（1131），一个叫作兹喜鲁丁的人建起了清真寺，人称"清净寺"。居留的伊斯兰教徒考中科举也不再是稀罕事儿。有记载说，唐末阿拉伯人李彦升中了进士头名。

晚唐诗人李商隐把"穷波斯（贫穷的波斯人）"当作"不相称"的代表，与"病医人（生病的医生）""瘦人相扑（消瘦的相扑手）""肥大新妇（肥胖的新娘）"相提并论。

波斯人和阿拉伯人曾被当作富豪的代名词。但像在泉州，西域人有数万之众，居住几代下来也拉开了贫富差距。穷人也有很多。

邀请马可的大叔，穿着不太体面，衣服有点脏，鞋子沾满了泥。大概是低级船员或在造船厂干活儿的人。

"大叔是造船的？"马可问道。

"是啊！"

"您不是说挣不了几个钱吗，我请您吧。"

---

① 即公元十世纪时阿拉伯人阿布·赛义德·哈桑（Abu Zaid Hasan al-Siraf）根据商人苏莱曼口述所撰"Ancient Accounts of India and China"一书，原文为阿拉伯文，有中译本《中国印度见闻录》（穆根来等译，中华书局，1983）及《苏莱曼东游记》（刘半农等译，中华书局，1937）。

② 琐罗亚斯德教（Zoroastrianism），即祆教（拜火教），是伊斯兰诞生之前中东和西亚最具影响力的宗教。

“唉，是我邀请你的……”虽说如此，这位大叔还是皱起了满是胡须的脸，笑了。打听造船工程的进展情况是马可的工作，所以请人喝酒，对他来说是必要的开支。

江边的酒馆鳞次栉比。

二

蓝旗，是中国酒馆的标志。自从造船热潮掀起，江边就陆续建起简陋的小屋，不断有酒馆开业。酒馆里有酒、下酒小菜和娇柔的女子。店内有柜台，类似现在日本的柜台式酒吧。中国的酒馆从公元前开始就是这种形式。《史记》中有文章讲到司马相如的妻子卓文君开酒馆“当炉”。炉就是柜台。

马可·波罗和缠头巾的胡子大叔走进了一家酒馆，在柜台前的椅子上坐下。马可觉得没有什么好隐瞒的，就说出了自己的真名。

“哦哦，是吗？”大叔道。看上去，他好像完全不知道马可·波罗是皇帝的宠臣，如果知道的话，多少应该有点反应。

“大叔怎么称呼？”马可问道。

“我叫刘火堂。”他的汉语里没有口音，从这点看，尽管他已有一把年纪，但大概已经是第二代或第三代西域人了。几乎所有汉化的西域人都会取一个有渊源的姓，也有用本名的一部分当姓的。很多阿拉伯人的名字以阿布或依宾开头，所以不少人把“布”音变成汉字，改姓了“蒲”。

“那就叫您火堂大叔吧。”

“哦，随便叫我什么吧。”火堂大叔看上去一副见酒没命的样子，斟好的第一杯酒，他一口就喝了个精光。

这时马可才注意到，当炉即柜台里面的女人是一位清秀的美人。进门时店里昏暗，等眼睛适应过来，才看清了女人的容貌。

形容美丽的词汇多多，但这个女人的美用清秀一词最恰当。她的脸轮廓分明，眉毛浓黑，眼鼻棱线鲜明。从高高的鼻梁看，尽管她身着的服装是汉族的，但她血管里也许多少流淌着一点胡人的血。

“请问下酒菜要点什么？”当炉女人问道。这位轮廓分明的美人年纪大概也就二十刚出头。

“除了猪肉，什么都行啊。”刘火堂答道。他的名字像汉人，却没有放弃信奉伊斯兰教。在伊斯兰教中，猪肉是禁忌，这是戒律。

“活计还顺利吧？”马可问道。说是要秘密调查，但造船现场却很难进。就算进去了，外行也搞不懂。向做工的人打听是最方便快捷的。

“不行啊！进展跟不上计划。”

“为什么？”

“因为他们一下子就想造很多条船。首先，这附近山上的松树已经砍光了……瞧，笋山顶上那细细的几棵松树，好不容易才留了下来。有人手，但缺材料啊。活儿哪里会有进展！”

“有工期的吧。”

“哈哈哈，听说皇帝要进攻日本。我不知道他打算什么时候进攻，这跟我们没有关系。”

“工期晚了要挨骂的。”

“挨骂的是上面的那些家伙。蒲寿庚那家伙，挨骂，挨宰才好呢！呸！”刘火堂从胡须丛中啐出了一口唾沫。

“哦，大将军好像也不受人拥护啊！”

“当然没有！那种东西，见鬼去吧！”

“唉，火堂大叔，别那么激动。声音太响了。”马可说着，看了看左右。这家酒店里，客人只有他们两人，再就是当炉的美人了。

“我的耳朵可什么都没听见。”美人静静地道。

“不过火堂大叔，您跟大将军不是一个国家的人吗？”马可问。

元朝政府在这里设置了泉州路总管府。当时的总管是一个名叫王之问的汉人。在他上面，还有一个叫“达鲁花赤”的长官。这个职位一定是任命给蒙古人的。当时的达鲁花赤是蒙古人，名叫咬都。但当时在泉州有一个人物，拥有一个威风凛凛的头衔——“闽广大都督兵马招讨使”，实力第一。他是一个阿拉伯人，名叫蒲寿庚。最近，他被皇帝忽必烈授予了“昭勇大将军”的称号。

泉州路的上面是福建省，省的长官是“平章政事”，下有右丞和左丞各一人。蒲寿庚握有师团级大都督的兵权，同时还作为福建左丞而身居文官高位。

阿拉伯人蒲寿庚是如何获得了这么大的权力？

从“蒲”这个姓来看，他的本名大概是“阿布”或“依宾”起头的，不过他的家族从很久以前开始就一直定居在中国。南宋朝廷任命他为“提举市舶司”，掌管泉州所有对外贸易。

蒲寿庚虽是南宋官员，但自己也大肆经营贸易，传说他的财富多得无法想象。为什么这位蒲寿庚会如此不受欢迎，以至于同乡刘火堂大叔都要对他啐唾沫呢？

首都杭州陷落，南宋遗臣们南逃时，他们最依赖的就是泉州的财富。南宋遗臣集团试图在海上跟不善水战的蒙古军作战，抓住机会。对他们而言，聚集在泉州的数量庞大的船舶也同泉州的财富一样具有魅力。

“为了大宋复兴，我们要借军费和船舶。您也是被任命为提举市舶司、受到大宋恩惠的人。”被赶出杭州的遗臣集团有点歇斯底里了，对蒲寿庚施加了高压。

“什么恩惠！大宋朝廷净盘剥我们商人的利益。时代潮流变了，已经无法回头。不识时务的笨蛋……你们可以洗心革面，重新做人了！”蒲寿庚心中暗忖，随便应付了过去。

南宋遗臣集团急得团团转，强抢了停泊在泉州的船舶、江边的仓库。这事发生在一二七六年。

蒲寿庚怒了。

南宋朝廷不但靠重税剥削商人们，还因泉州是一座富裕的城市，便在此设置了南外宗正司，即地方上的宫内厅[①]，让大量皇族住进了泉州。泉州必须养着他们。清朝因辛亥革命而灭亡时，皇室（广义的皇族）多达两万人。王朝持续三百年，皇族就会有那么多人。甚至有学说认为，皇室人数增加，会压迫朝廷财政，加速其灭亡。

南宋初期，居住在泉州的皇族有三百人。但是一百五十年后，这个数字成了两千三百余人。他们只是妄自尊大，对泉州城并无贡献。非但如此，还抢夺商人的船舶和财物，公然倒卖黑市盐。地方长官还得对他们小心翼翼。

根据记载，他们"仗势为虐""为民所苦"，是一群令人无奈、被深恶痛绝的人。蒲寿庚被杭州逃来的南宋遗臣集团施暴掠夺，为了复仇，他把住在泉州的皇族杀了个干净。

这件事发生在那年的十一月。第二个月，即十二月，蒲寿庚正式降元。假如南宋遗臣集团盘踞在泉州进行抵抗，元朝政府也会非常麻烦。泉州颇具财力，还住着很多南宋皇族。他们都会成为元朝的劲敌。蒲寿庚摆平了这一切。不得不说，授予蒲寿庚大都督和大将军就是理所当然的。

同时，由于蒲寿庚杀光了南宋皇族，封建思想深厚的

---

① 宫内厅是日本国政府中掌管天皇、皇室及皇居事务的机构。

普通人等当然会对他有不满。即使同为老乡，像刘火堂这样半汉化的人，也会认为蒲寿庚的行为是背信弃义。

“就算是同乡，不能原谅的事就是不能原谅……啊，酒壶又空啦！蒲寿庚这个家伙！呸！”刘火堂又啐了一口唾沫发泄道。

三

听说刘火堂年轻时当过船员，而现在专干造船工了。在一两百年以前，阿拉伯人当造船工是不可想象的。马可跟这个刘火堂处得很好，甚至可以跟他进到造船厂里面。进了造船厂，马可才知道刘火堂的工作是伙夫。

笋江造船厂——不知道这是不是船厂的正式名称，人们都这么叫。厂里有两间伙房，有一间是专为不吃猪肉的伊斯兰教徒建的小伙房。真正的工人还是汉人多，所以刘火堂干活的伙房非常小。除了他，只有三个女人。三个女人中，两个是年老的汉人，另一个是年轻的“波斯妇”。

波斯与大食（阿拉伯）[①]大不相同。波斯是印欧裔，大食是闪裔，语言也完全不同。但在中国人看来，都是从遥远西方来的信仰伊斯兰教的人，对波斯和大食这两个名称不太加以区分，都模糊地当成“外国人”的意思来用。

---

① 唐代以来的中国史书，如《新唐书》《宋史》等，均把阿拉伯称为大食。

不过，还是有一些特定的使用习惯。说女人的时候，不管是波斯的还是阿拉伯的，一律称作“波斯妇”。而叫波斯妇的时候，语感中一定有“美人”的意思。在唐朝灭亡到宋朝长期政权成立为止的半个世纪里，有五个短命王朝更迭，即所谓的“五代”。这一时期，各地小政权林立，称为“十国”。正史中记载，割据在中国南部的南汉政权末代皇帝刘鋹就宠爱波斯妇。

中国人也许分不清，去中东旅行过的马可却能分清。在马可看来，伙房的波斯妇无疑是阿拉伯女人。这个女人美得甚至让马可有点动心，但她却像个哑巴，绝不开口。除了阿拉伯语，她好像也懂汉语，用汉语命她做事，她会做得不打折扣。但做事的时候也不出半点声音。

“那个女人是什么人？”马可问道。

刘火堂毫不犹豫地答道：“她呀，是我的女儿！”

“喔……”马可对比看了看刘火堂满是胡须的脸和年轻阿拉伯女人眼瞳澄澈的脸。

“他叫清月。”刘火堂道。

“好名字！”

“我还乘船看到过故乡的样子，女儿就只知道中国了。”

“火堂大叔的故乡是？”

“八吉打。”所谓八吉打，就是巴格达①的意思。

“八吉打可是个好地方。”

① 现伊拉克首都。

“不赖，但跟这仔彤比，就是一个冷清的城市。”

两个人就这样热络起来，说话可以深入些了。一天，刘火堂趁女儿清月不在的时候说：“我这女儿不会说话，是个哑巴啊……被人弄哑的。”

“被弄成了哑巴？”马可反问道。

“被人下了药。”

“为什么？”

“这个您就别再问了。”刘火堂摇了摇头说道，眼里噙着泪水。

这件事好像有什么深层的原因，为了照顾到刘火堂的心情，马可没再打破砂锅问到底。但第二天，在他们常去的那家酒馆，酒过三巡，马可还没问，刘火堂就提起了这桩往事。偶尔聊到了蒲寿庚，才引出了这个话题。刘火堂似乎一提到这个老乡就会非常兴奋。他兴奋的时候有个怪癖，就是不停地啐唾沫。

“一听到那家伙的名字气就不打一处来！呸！清月不会说话，也怪蒲寿庚！”他的头在微微颤动，红色的胡须尖也跟着抖动。

刘火堂的女儿清月曾是一个健康的姑娘，声音甜美，表达自如，汉语、阿拉伯语和波斯语样样会讲。这也是刘火堂的骄傲之处。他们已经在中国定居数代，每代人都只跟本国人结婚，所以，清月保持了阿拉伯女人的容貌。

马可·波罗在造船厂的伙房见到她，印象最深的就是她那清澈深邃的眸子。那是经数代人遥望无垠沙漠上的星空后才会有的美瞳。虽说迁居中国南海的人已经过了好几代，但跟以前的岁月相比，这只是短短一瞬间。不，几代人定居南海，为她的眼睛增添了温润。她清澈的眼睛微微湿润。

泉州的阿拉伯人有个习俗，儿女长大成人后，都要送到提举市舶司衙门或与之相关的地方修业若干年。刘火堂也按照这个习俗把女儿清月送进了提举市舶司衙门，打算让女儿为日后出嫁做点修业。说是衙门，但蒲寿庚已经在这里干了三十年，衙门的后院就是他的私宅。清月被安排在这所私宅里帮着打杂。

常住泉州的伊斯兰教女教徒都是戴头巾的，但平时都只遮住头部，露出面部，在需要的时候，才用手拽一下头巾角，遮住半张脸。

花容月貌的清月，在蒲寿庚家里大概也很引人注目。蒲寿庚的二儿子蒲师武对她一见钟情。蒲寿庚的长子叫蒲师文。父亲想让两个儿子文武出众，便给次子取名师武。但实际上却反了过来，长子师文性格勇猛，次子师武却出落成了一个温和的青年。

蒲寿庚反对二儿子恋爱。

“那家伙说身份不一样。什么身份不一样！不就是有钱没钱吗？”刘火堂说着，用拳头砸柜台。因为砸得太重，杯子倒了，酒洒了出来。

“啊呀，不好……真糟糕！秀玉，对不住，对不住！”刘火堂忙不迭地道歉。

当炉美人的名字叫秀玉。秀玉用抹布揩去柜台上的酒。

“没事的。别在意，您接着聊。别太兴奋。”她说道。

“我一直在控制着自己，但一提这事，就会光火……对不住，对不住！”夹杂着道歉的话，刘火堂继续说了下去。

“有一次清月着了点凉。蒲寿庚装作亲切地给了药。听说是黏稠的水药，掺了枇杷汁，说容易吃，对喉咙好……清月就把那药吃了下去。这下怎么着？发不出声音了……”刘火堂说到这里声音哽咽了。喉咙深处响着强忍住的痛苦呜咽。他在忍着，不让自己恸哭出来。

“啊，太残忍了！就是为了把两个人拆开吗？”当炉美人在客人说话时第一次插了话。

她总是娇美地笑着，但感觉跟客人隔着一层，不让对方逾越，客人也就不会想着要去逾越了。但是，刘火堂的话，最终还是吸引住了她。

“只能这么想了！可怜的清月，发不出声音可吓坏了，跑回家来……她不愿意让师武看见自己说不出话来的惨样……太可怜啦！让人痛心啊！姑娘家的心思……”大概是过于压抑激烈的情绪，刘火堂两次全身痉挛。然后晃晃肩膀，把秀玉斟的满杯酒一饮而尽。

“所以大叔才这样喝酒的？”秀玉道。

伊斯兰教的戒律禁止饮酒。实际上，他们有时会把一种叫作沙拉布的含有微量酒精的砂糖水当作清凉饮料饮用。饮酒一般也不像吃猪肉一样禁止得那么严格。尽管如此，平常伊斯兰教徒手上端起酒杯时，都会带有一点拘谨。像刘火堂这样不要命的喝法，不得不说十分少见。

“那是当然！不喝酒，我怎么活啊！”刘火堂答道。

“喝醉了，心里就过去了？”当炉女人问道。

“就是喝干了笋江的水，也难平我心头之愤！”

“那您为什么还喝？”

“你为什么问这些？”刘火堂紧紧盯着秀玉的脸。

“您不恼恨吗？”秀玉正面接受了这个半老男人的凝视，耸了耸眉毛问道。

“不恼恨？！别开玩笑了！我的恨比笋山高！”

“那您为什么又要忍气吞声呢？”

“我好几次去找他评理，每次都被赶出来，说我有什么证据？！我说出不了声就是证据，那家伙就说那是生病引起的……我是越来越恨啊！可没有人信我！”刘火堂近乎在嘶喊。

“为什么不信呢？”秀玉的声音总是很冷静。

“这个呀……”刘火堂摇了摇满是胡须的脸道，“因为我是一个破了戒的人吧……”

“女儿出事前您就喝酒吧？”

“不……喝是喝点，但喝得没这么凶。”他本人似乎也知道，现在的喝法太凶。

“喝酒也不解恨，那干吗不想想别的办法呢？”

“别的办法？”

“报仇啊……报仇雪恨啊！”

“报仇？”刘火堂把举到嘴边的杯子放回到了柜台上。

四

马可·波罗可没有只在笋江岸边游走，他还走遍了城内各处。尤其是人员密集的场所，他都频繁地走过，为的是听听人们的街谈巷议。

令人不可思议的是，尽管人们都在传说蒲寿庚的种种恶行，但在市井里却感受不到像刘火堂那样怒火中烧的憎恶。听着人们的传言，马可明白了，原因似乎是蒲寿庚平时不太出深宅，谁都没有感受过亲身与他面对面的感觉。

还有种说法是他恶有恶报，得了孽病。

提举市舶司的差事由他的手下具体经办。直到几年前，衙门一直都由长子蒲师文掌管。后来他另有任职去了北京。听说长子是个野心家，不满足于父亲干了三十年的职位，心里有更高的奢望。

蒲氏家族在泉州人数众多，是个大家族，长期由蒲寿庚主持着。不过有一种看法认为，随着年岁渐老，他的领导力也越来越差。蒲氏的主要差事是代中央政府负责税务，但这些差事一直是由一线人员处理的。杀绝南宋皇族的暴行当然也是蒲氏家族的年轻人一手干的。憎恶都冲着这些执行者去了，到不了后院里蒲寿庚的身上，也许他正是如此算计才不抛头露面的。

即使人们在观念上明白“蒲寿庚是个狠角色”，但对他还没有恨到骨子里去。蒲氏家族之所以被南宋委以重任，是因为他们的祖先在讨伐海盗上立了功勋。这是祖先的遗产，在人数众多的家族中，不应由蒲寿庚一人独享。听说就是因了这一点，蒲寿庚遇事总是跟家族的骨干们商量。

虽说采取了这种合议制，但围绕着这个利益多多的职位，同族里应该也有不少人心怀不满。市舶司提举的衙门围墙很高。墙内是一个庶民无法窥知的世界，人们无法看到实际发生了什么，但佣人们的口中有时会点滴透露一些真相。

“听说他们自家人也经常闹不和。”

“听人说，二儿子师武看到美人一见钟情了。”

“好像大儿子师文想当宰相呢。”

这些传言的真伪程度不得而知，但城里街头巷尾都在窃议。马可·波罗信步城中小巷，耳朵都听出了老茧，便来到笋江边上。笋山顶上比昨天愈加寂寥，松树又被砍伐掉了几棵。肯定是为了远征日本，北京督促造船更加严厉了。

马可把目光从山顶降到了笋江江面上，凭想象在水面上描摹着年轻美人的面容。他还年轻……绍兴的少宝，庆元的少宝，酒馆的秀玉，哑巴清月……

离他最近的是当炉美人秀玉。她简陋的酒馆小屋打着蓝旗，看着就在附近。

“喝一杯吧……”他想。

以前马可去秀玉的酒馆时必是跟刘火堂一起，从未一个人去过。但现在他想一个人去。

他朝酒馆走去了。他来到近旁，打声招呼柜台上都能听到。忽然，他躲到身边一棵柳树的后面。

秀玉的店里有人出来。虽然日头还高，但中午就开始喝酒的人也是有的。这一带的小酒店一大早就开业，有人从店里出来并不奇怪。马可下意识地躲起来，是因为他记得他见过出来的那个人。

“李铁……”在庆元近郊阿育王山暗杀喇嘛妖僧杨琏真加失败的那位汉子。既然李铁到了泉州，也许堂兄李锡也一起来了。

李铁从酒馆出来的情形让马可感到奇怪。客人从酒馆出来时，要么是悠然剔牙，要么是醉步蹒跚。可李铁出来时却是左右张望。马可碰巧没有进入他的视线。

李铁明显很紧张，看他那样子就知道。没有客人会紧张地从酒馆里出来，应该说，他情况异常。李铁从秀玉的酒馆出来，小心翼翼地环视了一圈，然后快步离去。

“他来泉州干什么？”在阿育王山，他从容地听过李铁和李锡他们的想法。首先，他们是南宋忠诚的遗臣。其次，他们反对元朝远征日本。

至元十一年（日本文永十一年），元朝向日本派过远征军，结果失败，撤回了军队。现在正在准备第二次远征。

关于元朝远征日本，南宋遗臣集团分成赞成与反对两派，这正是马可从李铁和李锡的堂兄弟那里听来的。庆元的富豪徐长风是赞成派，理由是：“通过远征日本，可以消耗可恶元朝的国力。岂止是赞成远征，恨不能推波助澜。”

李锡他们反对这个说法，理由是：“远征日本投入的都是江南汉人的财富和汉人部队，消耗的是决心消灭元朝的江南人的力量。”

“就算如此，他为什么会来秀玉的店里，还表现得那样呢？”马可把额头抵在柳树干上，闭上了眼睛。秀玉凛然的面容浮现在他的眼帘，浓眉微动。秀玉追问刘火堂为什么不报仇时的表情……马可越发强烈地感到，即使把李铁他们与秀玉联系起来也没有什么可奇怪的。不，像秀玉这样的烈女仅仅是一个酒馆的女主人，那才奇怪呢！

大约过了一刻钟，马可下定决心，从蓝色酒旗下进到了秀玉的店里。

“哎呀呀，您这是……一个人来的吗？”店里迎接他的是刘火堂的声音。

“一个人来，这还是头一回呢。”

马可答道，想解开一个问题：“李铁在这里见了刘火堂，他们两个人究竟是什么关系？”

“是啊，有事想请您帮忙。”刘火堂道。

五

自从笋江等河流的水深因泥沙变浅之后，泉州贸易港的地位就被附近的厦门夺走了。不论是水深还是江面宽度，现在的泉州都不能与往年的泉州同日而语。

泉州城南有一座要塞，叫作狮子寨，靠近江边，石墙码砌，但并没有军队驻扎。南宋残余势力在崖山灭亡后，狮子寨里的百余名军兵向北撤走，狮子寨一带成了造船用的木材的堆场。从石墙下到江边，木材整齐地堆起了一座座山。

五艘刚刚建造好的巨船在江上停成一排，接近完工，只等舾装。这些巨船都是用于远征日本的。

至元十六年（1279）就要到年底了。虽是岁末腊月，福建南部的泉州却没那么冷。泉州的纬度差不多跟台北一样，是北纬二十五度。

狮子寨木材堆场里有一座值班小屋，里面只有一个上了年纪的蒙古老人。这个老头嗜酒。这天晚上送来了酒，老头大概喝醉了，初更时分便睡着了，鼾声雷动。

老头当了一年多看护人，木材从来没有被盗过。有谁会来偷这么重的东西呢？木材是用于造战船的，所以是政府的财产，偷盗者将被处以斩首之刑。这谁都知道。

“反正都豁出命去偷了，谁会不偷点更好的物件呢！”值班小屋里的老人也这么说，上班的状态不尽如人意。本来监督他的是提举市舶司，但他抓到了蒲家的小辫子，一点也不害怕。所谓的小辫子，就是指蒲家经常挪用官家木材建造自己的商船。尽管事后会补上，对上账，但老头在现场，知道这件事。

“东西送来了！”一个女人的声音响起，一个酒坛放在了小屋门前。

老头应道：“谢了！”

平时总是这样的。照老头的理解，这是蒲家的封口费。他没发现酒里有阿拉伯的安眠药，难怪他早就呼呼大睡了。

两三个黑影闪了出来。他们伏低身体在洒着什么。那是油！很久没有下雨，木材和空气都干透了。一旦点着火，肯定会烧得很旺。但放火的人还是小心翼翼，遍地浇了油。

有几处点着了火。火舌一齐升起，就算发现得再早，跑到跟前时怕也无计可施了。

拴在河边的船也被放了火。放完火，黑色人影便躲进了城里通往狮子寨的道路近旁。那附近的河边上拴着一条小船。篷下已经摆好了菜碟和酒杯。

说是小船，大概也能坐六七个人。现在只有马可·波罗一个人躺在船上。

“会顺利吗，这伙搭档……”他自言自语道。马可已经知道了当炉美人的身世。秀玉跟南宋皇室有血缘关系，她的父亲和哥哥都是被蒲寿庚杀害的。她开了酒店，伺机复仇。

“您不恼恨吗？”

“报仇啊……报仇雪恨啊！”秀玉曾经这样追问过刘火堂。这话也是她追问自己的。

夺走刘火堂爱女声音的可恨对手跟夺走秀玉父亲和哥哥生命的对手是同一个人。他们两人有着共同的敌人，所以一起合作了。这时又出现了反对并试图阻止远征日本的一帮人。他们原本就属于南宋遗臣集团，一开始就跟南宋皇室的血亲秀玉休戚相关。

“一箭双雕！”李锡、李铁他们寻思。一把火烧掉造船用的木材和已经造好的战船，多少可以阻碍元朝远征日本，而且还可以抓住机会报南宋皇族被赶尽杀绝之仇。

建造战船的一切事务都由提举市舶司负责。如果知道狮子寨失火，坐镇深宅的蒲寿庚再怎么也得赶到现场来吧。自从去年屠杀皇族事件以后，蒲寿庚很少露面，他也害怕遗臣集团复仇。但这可是事关皇帝所托付重大任务的重大案件，他本人必须出动。这种时候，必须向朝廷上奏事情原委。奏折里必须写上：“惊愕之余，臣赶赴现场……”

发生大案时，御史台（负责弹劾高官的大臣）首先要问的就是：“当时，你采取了什么措施？”

如果回答说自己坐镇幕后，现场是派别人去的，那一准就会被下“赐死”的判决。

火烧狮子寨也是一道机关，不论发生什么事情，都会把蒲寿庚从幕后拉出来。刘火堂认得蒲寿庚的长相。他精神亢奋，摩拳擦掌。听说清月也想来现场，刘火堂拼命说服她，才让她打消了这个念头。

通过阿育王山袭击杨琏真加一事可知，李锡兄弟，尤其是李铁，那可是弓箭高手。

“这次一定要射死他。瞄准白色头巾的下面就行。”李铁说着，两边嘴角向下撇去。李铁在阿育山也射中过他，但彼时对方带着铁制假面。这次是半夜，但蒲寿庚肯定会戴白色头巾，即使在夜里也该看得清楚。李铁说的“白色头巾下面”，就是指他要射的目标。

马可躺在船上，神经都集中在了两只耳朵上。在这个距离，一旦发生异动，一定能听到声音。

“一定会顺利的！”马可对自己嘀咕道。

狮子寨的火焰把这一带都染红了，通明通明的。给弓箭高手李铁提供方便的不仅仅是白色头巾这个目标，连整条道路都被照亮了，瞄准起来很是容易。

“呀！”马可·波罗跳起身来。

一阵刺耳的声音传来，明显是惊慌失措的人们发出的叫声。他们眼下这一瞬间肯定不知道该怎么办。对暗杀组而言，眼下正是逃脱的机会。

“快！”马可短促地喊道。这声音不可能穿得过去，但他坐卧不安。

过了七八分钟，传来了脚步声。马可掀开船篷。李铁正朝这边跑来，背上好像覆着火焰的红光。秀玉紧跟在后，李锡的身影也出现了。李铁一边跑，一边频频左右甩着脸。他这样做大概是在甩掉汗珠。

六

李铁操棹，小船逆流而上。

李锡报告了前后经过。

未等片刻，提举市舶司一行便骑马直奔狮子寨。借着火光，连上了年纪的刘火堂都能认出蒲寿庚了。一行六骑，大概都是蒲家的头头脑脑。他们还是想着要向朝廷报告，顶层团队先向现场飞奔而来。相当距离之后，徒步的团队肯定也在紧跟而来。先头团队只有六骑，这让暗杀者信心大增。

“把他们全部射下马怎么样？”李铁道。

“不要多杀了。剩下那五骑是抓不到我们的。射蒲寿庚一人就行。”李锡道。

“好！”李铁搭箭弯弓，靶子瞄得不偏不斜。他没有单把白色头巾当作目标。火光中，蒲寿庚的全身都暴露在李铁眼前。真带劲，一箭穿心！

蒲寿庚好似跃起一般，从马上摔到了地上。听说还发出了短暂的呻吟声。

剩下的五骑慌了手脚，好像并不知道蒲寿庚落马的原委，也许还以为蒲寿庚是因为骑马技术差才掉下马的。五个人根本没想到会有人搞暗杀，全部下了马，向落马人处奔去。

他们发现落马人胸口上扎着一支箭，这才想到抓刺客。

箭是从哪里飞来的呢？

蒲寿庚有大都督兵马招讨使的头衔，但绝非职业军人。他的那些手下，用现在的话说，都相当于海关官吏和贸易商，缺乏军事知识，根据箭插立的情况无法当场判断箭的方向。

他们想到要追犯人，便跑回马身边，好不容易上了马，却不知道应该让马头朝哪个方向。李锡说他回看的时候，他们还在拽着马头转圈，不知所措。

暗杀小组悠然逃脱。不管李锡怎么劝刘火堂，他都不愿意逃走。

“谁都知道我不会射箭。骑马人可是一箭穿心，没有人会怀疑我。不如让我看个究竟，看蒲寿庚那王八蛋到底死了没有。”刘火堂说着，就是不离开现场。尽管李锡是头儿，但也毫无办法，只好把他留下。

“真是个老顽固……虽说大家都知道他使不来弓箭，可以免去暗杀嫌疑，但也许会被怀疑有放火嫌疑……”马可耸了耸肩。

小船载着他们逆流而上，穿越戴帽山和将军山之间的峡谷。继续前行，就进了南安县县城。泉州路下辖晋江、南安、惠安、安溪、同安各县。宋代的“府”到了元代改称为“路”，但由于改称不久，人们还没有习惯这些称呼。

“就快到了！”李锡道。

河边的气氛似乎非比寻常，听得见混杂的马蹄声。既有马进泉州城，又有马出泉州城，根据马蹄声判断，马的数量在逐渐增多。照现在的说法，大概是下了戒严令，笋江上的船只当然也是搜查对象。李锡这句话的意思是警备船马上就要到了。

很快就有两只挂着灯笼的船一左一右地靠了过来。

“什么人？”声音从左边船上传了过来。接着右边船上又传来了尖声高叫：“在那里干什么？”

马可·波罗慢悠悠地掀开船篷，站到船头。“我是马可·波罗，奉敕命来到闽地（福建），检查战船建造。现在正在船上设小宴。有何贵干？”

“狮子寨附近出现了暴徒，已经戒严了。我们要上船检查。”措辞果然郑重起来，但语气很严厉。

“你是说要搜查敕使的地方。”

“职责所在。”右边船上的人像是个硬骨头。

“既然如此，就请你自己在敕书的封面上写清楚搜查敕使船只的目的，签上官职姓名。回京后，我可得向陛下报告原委。”

马可从怀里掏出一份三十厘米见方的黄色封口书信，上面有红色骑缝大印，上半部分大大地写着一个威严的“赐”字。不可一世的硬骨头汉子也犹豫了，这可是会留下对敕使不恭的证据的。

“你签了名，我就让你检查船里面。”马可·波罗道。

“不了，这就可以了。再见……”官家的船远去了。

马可一行跟在这帮官差的后面把船划了回去。码头上有专门停泊外国航线船只的地方。马可乘坐的小舟在巨船的夹缝中蜿蜒穿行。

七

狮子寨起火使得泉州城里情势紧张，但令人不可思议的是竟然听不到有关提举市舶司蒲寿庚的传言。似乎是暂时不打算公开蒲寿庚遇刺的消息。马可·波罗通过走街串巷的拿手伎俩收集了各种小道消息，但却没有关于蒲寿庚的任何传言。

“皇帝陛下亲自任命的波罗先生来泉州微服私访啦……”对此传言，马可只有苦笑而已。关于他的传言，流布范围相当广，他思忖这正是一个不得不摘下面具的好时机。

秘密调查之后，马可必须拜访泉州的重要人物了。送李锡他们回浙江之后，马可首先去泉州路总管府，拜访了总管王之问。

“波罗先生来泉州，我通过北京来的通知已经知晓。但先生隐蔽得很高明，一直让人找不到。”王之问笑着说道。

“有一次差点被你抓到。”马可道。

“是在水上吧？”王之问收到了那个硬骨头手下的报告。

“总管府真有优秀人才啊。船上的官差是个好样的。”马可赞道。

话题转到狮子寨的火灾上。对地方当局来说，损失还是巨大的。当然，与造船有关的事情，一切都是交由提举市舶司办理的，在总管府管辖之外。

“提举市舶司来了请求，我们帮着戒严了。”王之问道。

“他们肯定惊到了吧。”

“那是当然，他们吃了一大惊！蒲寿庚刚刚旅行回来……上下乱成了一锅粥。”

“是吗……”因狮子寨火灾而乱成一锅粥可以理解，但蒲寿庚遭到暗杀应该会引起更大的混乱才对。可是，总管王之问却绝口不提此事。

“难道他们也向总管府隐瞒了暗杀的情况？又不可能永远瞒下去……”马可暗忖。

“您准备去仁风门吗？”王之问问道。仁风门是泉州的一座城门，相当于东门，提举市舶司的衙门就在那附近。

“我想去表示一下敬意，顺便对火灾表示慰问。”马可答道。

“很意外，他倒是很爽。当时我也赶紧去探望了，他的精神比想象的好。”

“喔？你说的是谁？”

“谁？蒲寿庚呀。”

“哦，原来是他……”马可假装平静道。

高手李铁用他那称心的弓箭，精准地射中了蒲寿庚的心脏，不可能再有救了。这一点不光李铁，就连李锡、秀玉都异口同声这么说：落马的人肯定死了。但总管却说在火灾的混乱之后，他见到过蒲寿庚。

那么，那次暗杀弄错人了？认识蒲寿庚容貌的刘火堂在旁边啊……这位刘火堂自那以后再也没有露过面，一直在造船厂厨房的清月那晚以后也不见踪影了。马可对刘家父女担心得不得了。他觉得，尽管他在泉州已经没有公干了，但他不能在刘家父女还没有消息的时候就离开。

“听说蒲寿庚这个人很少见人……”马可道。

“他的确不喜欢见客，但不会不见您这位敕使。他肯定会见您的。”

“那我们就去见一下吧。”马可非常好奇。

马可辞别总管府，向仁风门走去。提举市舶司的衙门气派比总管府大。马可把自己签名的名片递给门卫，很快就被引了进去。

客厅极尽奢华。铺在椅子上的坐垫蓬松柔软，马可觉得坐不踏实。侍女端上了茶水。

看到侍女的脸，马可不禁发出了声：“啊……”她正是从造船厂厨房消失的清月。

“让您受惊了，对不住啊！”清月低头道。

“咦！你的声音……”不会说话的清月居然用清纯美妙的声音说话了。

“事出有因，我一直装哑来着。请原谅！”清月仍然低着头道。

“令尊呢？”马可问道。他急切地想知道刘火堂的消息。

“让您担心了！托您的福，他很好……这也得请您原谅，他不是我的亲生父亲，而是我的公公。”

“你丈夫的……那你……已经嫁人了……”马可·波罗眨了眨眼睛，无论如何都不能相信。

“我的丈夫是蒲师武……”

“啊？那……”蒲师武是蒲寿庚的次子。她公公岂不就是蒲寿庚吗？那刘火堂就是蒲寿庚喽？

“这事情太过分了，怕见面后您太吃惊，公公就命我先来解释一下。”清月道。

蒲家一门有好几个野心家，都盯着提举市舶司这个肥差。这几年来，争斗已经表面化了。蒲寿庚认为这是自己的统率力减弱造成的，想尽量稳妥处理。

但他发现，有个野心家比想象的更加凶恶。南宋遗臣集团抢走了泉州的船和财货，这个野心家就不顾蒲寿庚的反对，强行杀光了城里的数千皇族以示报复。这个野心家就是他的堂弟蒲寿丁。

蒲寿庚感受到了生命危险。蒲寿丁杀了大批南宋皇族，却像个没事人一般。这样的人为了把蒲家第一把交椅弄到手，连杀人也干得出来。所以，蒲寿庚隐身了。

“这么做看上去怯懦，但可是最有效的办法。只要蒲寿庚匿迹，蒲寿丁就篡不了权。任命提举市舶司需要向朝廷申请。只有在前任已经死亡的情况下，申请才会得到批准。父亲想，就是为了蒲家，自己也不能死。除非前任死亡，负责的人员肯定会进行调查。父亲想，到那时再现身，去北京解释原委。”

蒲寿庚匿迹的这个意图，蒲寿丁当然知道。他已经察觉到，如果以失踪为由向朝廷申请新的任命，堂哥肯定会现身朝廷。所以，他实际上只能见势而动。不过事实上，提举市舶司的职责已经由蒲寿丁独断专行了。

这样做太过分了。

“这样下去，蒲家就完蛋了。”作为一家之长，蒲寿庚做了深刻的思考——除掉蒲寿丁。

清月和丈夫蒲师武一道充当了父亲的耳目。她说，为了这个目的，装哑巴更有利。有南宋皇族血统的秀玉正在寻找复仇机会的情报，就是女子清月探得的。当时，李锡、李铁已经联系上了秀玉。

他们的目标是蒲寿庚。蒲寿庚失踪的事情被绝对保密起来。他本来就不怎么见人，这对此有利。社会上的人都以为蒲寿庚躲在大宅深处。

蒲寿庚已经下定决心要用非常手段除掉堂弟蒲寿丁这个家族破坏者，但要考虑行动的安全。他通过清月的丈夫蒲师武了解到马可·波罗来泉州打探造船情况。如果把直属于皇帝的马可拉进来，何止是办事方便，在实行非常手段后脱身也方便。

为了接近马可·波罗，蒲寿庚化妆潜入了造船厂。说是化妆，其实只要把胡子留长点就行。他不喜欢见人，人们并不认识他的长相。就在他寻找机会接近马可时，马可主动向他打了招呼。

蒲寿庚早就盯上了秀玉的店，便把马可·波罗带到了店里。趁马可在场，他刺激秀玉，让她觉得他们“拥有共同的目标”，可以一起合作。

“后来的事情不解释您也知道了。公公的任务就是告诉李铁谁是蒲寿庚。公公指着蒲寿丁说：就是他……”

“明白了。”马可说道。

蒲寿丁被杀后，蒲寿庚可以直接回提举市舶司衙门了。在失踪的一年里，蒲寿丁欺骗总管等相关人等说：“堂兄旅行去了。”

“公公要守护的东西很多。事关众人生活的组织——蒲家、提举市舶司的职位。为了守住这些，公公只能那么做。”清月道。她大概从马可的表情中读出了责备的意思。

“大概吧。”马可安慰她道。

挂在房间门上的真丝门帘晃动起来，进来了一位老人。虽然胡子短了，但他就是自称刘火堂的那个人，这一点千真万确。他红色的胡子中间，露出了白色的牙齿。

南天不见云

一

传来一阵笛声。

那调子很悲切，时不时掺杂着低沉的吟诗声。吟诗的声音持续不长，声音的主人不断变换。只有笛声悠长，持续不断。

马可·波罗面对窗户，俯瞰洞庭湖。

这里是岳阳城。岳阳城西门上，建有漂亮的楼阁。古代文人墨客经常来访赋诗。和着笛子的曲调吟唱的，大概就是这些古人的诗。

马可·波罗用中国话沟通一般没有问题，但对中国的诗歌，最多只能理解一半。

江路东连千里潮，青云北望紫微遥。

歌伎一边斟酒，一边把诗的意思即兴讲给马可听。

那是五百二十年前的唐代诗人，请一位被贬到更远的南方去的友人来到这座岳阳楼上，设宴款待时作的诗……紫微星是天子之星，在这里意指天子所在的地方。唐代的国都是长安。“北边天际浮青云”，令人怀念的长安就在云的那边。你遭贬谪就要走了，向更南去……

“为什么如此恋慕长安呢？要是我，会更喜欢这样多水的地方，才不会喜欢沙尘那么多的地方。”马可说道。

洞庭是大陆中央的一面大湖。它不是大海，但任谁看去都像大海一样，所以诗人才用“千里潮”来形容洞庭。

“大概是长安都城里有美人。”歌伎说着，嫣然而笑。

“不不，美人这里更多。”

“您真会说话。”

“这可不是吹捧。”

“京兆府（长安）您去过吗？”

“途经过。那里有宏伟的宫殿，雕梁画栋，金碧辉煌，地面由大理石铺就，庭院里可以狩猎。”

“哇，真棒！”

“可惜的是水和美人少。虽然有一条河叫渭水，但跟这里的水比起来，少得太可怜了。”

“水啊……也太多了……”

“水，没有可不行。”马可说道。他可是在水之都威尼斯生长的，水少的地方，宫殿再好再富饶，也有些缺憾。

“您在岳阳逗留多久？”歌伎问道。歌伎的名字叫梅秀。

宋代，这个地方叫作“岳阳军”，是要塞城市。唐代称巴州或岳州。南宋王朝在崖山灭亡前四年，即杭州陷落那年，至元十二年（1276），这里落入了元朝之手。大概是元朝不喜欢宋朝时的名称“岳阳”，采用了旧名“岳州”，称为岳州路。但当地也有人使用原来的旧名岳阳，比如梅秀。

“差事是办完了，但好不容易来一趟，就想稍微游玩一下再回去……这里也很棒啊。不过，听说‘桂林山水甲天下’，我一定要去看看。”马可道。

“桂林……”梅秀瞪大了眼睛。

在那个时代，桂林是俗称。正式名称是隶属于静江路的临桂县。流经那里的漓江风景被誉为“甲天下”，即天下第一。既然已经来到天下第一的附近了，当然要去那里看看。只要沿流入洞庭的湘江逆流而上即可到达。

自从被父亲带来中国侍奉元朝，马可·波罗就没有过自己的时间。他的时间全都献给了皇帝忽必烈。如果想偷闲的话，还是可以做到的，但他的脸皮还没有那么厚。

“我的脸皮终于变厚了吗？”就在马可决定，即便什么差事都没有也要去趟桂林的时候，他这样问自己，发出了一丝苦笑。

皇帝忽必烈交给马可的任务是调查各地是否在认真准备第二次远征日本。因为害怕各地官员在报告中作假，在人脉上与官员们没有任何瓜葛的外人马可，被当成了调查员的最佳人选。

马可不是蒙古的家臣。父亲尼科洛和叔父马费奥为了能做点赚钱的买卖，在讨皇帝的欢心。马可是在配合他们。奉皇帝圣旨巡访各地，在马可看来，也是为了帮助自家的生意——“家业”。

背着对方在暗地里调查，并不是一件让人愉快的差事。马可是一个厌恶在背地里做事的年轻人，所以感到更不愉快了。不过，他有说服自己的借口：“让皇帝了解真相，避免无谓的流血……”也许想法有点天真，但如果蒙古政权的确没有什么人支持，那就如实汇报。忽必烈可能会做些反省。就算皇帝准备再次远征日本，如果了解到准备还不充分，即使不至于取消计划，也可能会推迟。这样，许多人便不会因此丢掉性命。

年轻的马可肩上担负着众多人的性命，他少不了为这份重量感到紧张。他想排解这些紧张。“去桂林玩吧。见识一下甲天下的山水……”差事差不多都办完了。

再次远征日本的计划需要六百艘战船。受命造船的有扬州、湖南、赣州、泉州四省。四省之中，泉州的进度原来是最快的，但由于火灾大大后退了。

湖南的造船工程在洞庭湖周围进行。不过跟自古以来一直建造外海航船——“舶”的泉州不同，湖南造的一直都是在湖泊和江河里航行的船只。这是理所当然的。不管号称“千里之湖”的洞庭湖、长江（扬子江）多么宽阔，跟海洋相比，条件也是不一样的。尽管泉州派来了专家，但要建造不熟悉的东西，进度仍然跟不上计划。

马可据此写成了详细的汇报文件，交给了湖广行中书省秘密派来的密使。碰巧，这事今天早上办结了。他正放松下来。

“今天小酌一番吧。”马可把手搭在梅秀的肩上。她稍微扭了扭身子，但不足以把马可的手指从肩上甩掉。

“湖南的女子很漂亮。”马可道。

“您可真会说话！”梅秀不再扭动身体，改成了上下耸肩。

马可见到女人就会想起两位少宝。跟两位少宝比，梅秀感觉成熟得多。她该有二十四五岁了吧。

“明天我要坐船从洞庭南下……梅秀，一起来。”

“我可以送您到汨罗一带。”

“别说汨罗了，一起去桂林吧。”马可搭在梅秀肩上的手指使了使劲。不，应该说他的手指本来就憋足了劲。梅秀的身体不再动了。不知从哪里飘来了一股妖冶的香气。

二

汨罗位于岳阳以南约六十公里处。虽然这里变狭窄了，但仍处于洞庭湖内，要比走河道逆流而上容易。汨罗这个地名因战国末期（公元前三世纪）楚国屈原投江而闻名。从岳阳南下需要一天的行程。

洞庭湖泊辽阔。不同季节的长江水量都会在洞庭湖得到调节。所以，洞庭湖的面积也会因季节而异。到了夏天的丰水期，洞庭湖的面积超过五千平方公里。到了枯水期，面积只有三千多平方公里。日本最大的湖泊琵琶湖是六百八十平方公里，即使在枯水期，面积也是琵琶湖的五倍。

至元十七年（1280）的夏天即将过去。看船只数量的增加，可知洞庭秋天的到来。夏天丰水期捕鱼困难，沿岸渔民不进湖打鱼。等到夏天行将结束，渔民们才开始陆续上工。

渔船一天比一天多。不光是渔船，一般船只也多了起来。这是最适合水上交通的季节。

马可·波罗游览了岳阳楼，第二天由梅秀伴着泛舟洞庭湖。虽说是二人旅行，却不只有两个人。当时乘船旅行，到了晚上也不上岸，多在船上住宿，既要带上粮食，又要雇人做饭打杂。行船也需要好几个人。

在船上，梅秀弹起琵琶，用清脆的声音吟唱起诗歌。那是曾几何时唐人李白在洞庭吟咏的诗歌。马可也知道这位著名诗人的名字。

洞庭西望楚江分，水尽南天不见云。

日落长沙秋色远，不知何处吊湘君。

神话中的圣帝舜巡游南方时客死苍梧。舜的妃子是尧帝的女儿，传说因悲丈夫之死而投湘江。今天人们祭祀她，奉为湘君。

“这地方死了好多人啊！”听了梅秀的解说，马可半开玩笑道。听到湘君的故事之前，他已经听过屈原的故事。

“据说这一带的人比北方人脾性烈。”梅秀道。

“太烈了就会想着死吗？”

“大概吧……就在五年前还有很多人投江呢。”

五年前，就是元军占领岳阳的那一年。马可听说湖北襄阳曾经发生过激战，但陷落后那么激烈的战斗就很少了。马可没听说过这个地方也流过壮烈的鲜血。

“竟有这样的事啊……”马可凝视着梅秀的手指。她再次弹起琵琶，手指快速地移动着。银色的拨片在阳光的照射下不时地闪烁。四弦四码的琵琶仿佛是梅秀身体的一部分。

马可正听得心旷神怡，梅秀的手指却突然停了下来。银色的拨片闪了一下，琴声就消失了。梅秀的嘴里发出了短促的叫声：“啊！”

刚才还一直低头专注地看着琴弦的梅秀抬起了头，脸上露出了恐惧的神色。

“怎么了？”马可顺着梅秀的视线回头望去。

“喔！”他也叫出了声。眼前出现了一艘尖锐的船头，眼见白色浪头击碎飞溅。一艘船正向马可他们乘坐的船的侧腹撞了过来。

“危险！”梅秀终于说出话来，但她的尖声高喊仿佛也被晴朗的秋空瞬间吸走了一般。

说时迟那时快，马可受到重重的撞击，飞了出去。事发突然，他想护着梅秀，可连自己的身体也无法控制。

乾坤颠倒。他感到水面在上，蓝天在下。一切瞬间发生了。

啪的一声，马可被拍在水面上，连他自己都不知道是身体的哪个部分先触到了水面。

“梅秀！”他呼喊那女人的名字，却不确定自己是否叫出了声。他生长在威尼斯，对水还是有自信的，游泳也游得好。尽管他现在离岸边很远，但刚才已经看到了一座岛。他有信心游去任何地方，但他担心梅秀。

马可一度沉到了水里，但他顺水而动，轻轻地划了一两下，脸就慢慢地抬出了水面。

到处都是手忙脚乱的人，相撞的船只已经倾覆。

马可所乘的船是一种叫作麻阳船的小型船。船可载十人左右，装少量行李，但吃水很浅。麻阳船是“南船”的一种。所谓南船好像是湖南船的简称，是专门用于把大米从鱼米之乡湖南运到大型物资集散地武汉的船只。湘江、洞庭等水路途中没有太多险阻，船造得并不那么坚固，也没怎么考虑稳定性。一旦被撞，很容易翻船。在这方面，穿过三峡艰险激流而下的“川船”——四川船，就造得很坚固，稳定性也高。

“为什么没有命令四川建造再次远征日本的战船呢？”听说北京也已经有人在问这个带有反省意味的问题。

“梅秀！梅——秀——”马可拉长了音喊叫着女人的名字。他不担心船夫们。水乡的汉子们很会游泳，而且尽管有了秋意，但水还温暖。梅秀究竟会不会水？她说自己不是外乡人。水乡人，就算是女人也该会水吧。马可想尽量乐观些。

他一边游着，一边不停地喊着她的名字，但是她没有反应。

有两条渔船向撞船的地方靠了过来。他们投出缆绳、伸出船棹，开始救助那些在水里噗嗤噗嗤挣扎的人。马可身边也投过来了一根相当粗的缆绳。他抓住了缆绳，试着撑到肚脐的高度。

“你会游泳吗？”渔船上传来了大声喊话。马可没有回答，把缆绳缠在手腕上，开始爬泳。

马可刚被拽上船，开口第一句就问：“女人呢？”

“什么女人？！”一个筋骨强壮的古铜色大汉抱着胳膊粗声反问道。

“被撞的船上有个女人，是岳阳的歌伎，叫梅秀。”马可道。他刚才拼了力气游泳，现在也上气不接下气。

“没拽上这条船啊，多半在那条船上。”大汉道。

赶到现场的有两条渔船，不知不觉两条船就拉开了距离，再大的声音也传不过去了。

“有女人吗？梅秀在吗？”马可双手围在嘴边，喊出了最大的音量。但是对面没有反应，救助好像已经结束。马可想确认梅秀有没有被救上来。如果还没有，就得请他们继续救人。但他不能命令渔船上的人。

“掉进湖里的人都救上来了吗？”马可问道。

大汉大幅点了点头，回答道：“湖里一个人都没有了，都救上来了。”

三

救助马可他们的两条渔船似乎不是一个村子的，分别朝不同方向驶去。马可担心起来，问了一下，得到的答复是：“那条船不是同村的。不过，救了什么人马上就能知道。”

船终于抵达湖边的村庄。来了几个男人，开始帮着卸鱼。

“从湖里捞上来十人左右呢。”渔船上的人说道。来帮忙的人只回答了一句“啊，是吗”，根本没打算询问当时的情形。也许水上撞船事故之类的事情经常发生，并不特别稀罕。

孩子光着屁股跑，老太背着背篓走，年轻女人拖着渔网。起码从村里这情形看，根本看不出一丁点兴奋来。静悄悄的，甚至可以说是静得过头了。

拖渔网的女人身后出现了一个中年妇女。她穿着一条黑色裤子，跟这个渔村的大多数女人装束一样。裤子只遮住了膝盖。不过，这女人不像是渔夫的老婆，她皮肤白皙。渔村里没有这么白的人，不论是男人还是女人。

“客人，请到这边来。”女人道。

马可赶紧从船上下来，打算走到女人身边去。女人背过身去走了起来，马可跟在她的身后。钻过房屋间的缝隙，有一片晒渔网的场子。走到这里，马可才发现同一艘船救上来了十来个人，现在跟着女人走的却只有他一人。

“怎么回事？”他回头望去，可是有民房挡着，看不到湖边了。马可无奈地继续前行。

马可被撞进湖里时鞋子掉了，现在赤着脚。日头开始西斜，但初秋的阳光依旧温暖，沙里还留有余温。走着走着，脚底板有种舒适的感觉。

走在前面的女人穿着木屐一样的东西。马可进村后看见过几个人，可是除了这个女人外，全都打着赤脚。地面是细细的沙粒，赤脚感觉要好得多，可她为什么却穿着沉重的木鞋？走路都不利索了。

这个女人的脸色也白得异常，马可可以断定她不是渔村的人。只有这个女人不是渔村的人，也只有马可在跟着她走。渔船上有很多人，湖边也能看到很多村里人，可是没有一个人试图制止马可跟那个女人走。不，甚至没有人朝他们看上一眼。

穿过渔网晒场，有几座民家草房，后面是一片竹林。进入竹林，脚底板一下子就凉嗖嗖的。走出竹林，有一堵红墙，看上去是一座与庙宇相仿的建筑。他们绕过去，来到庙的后边。

那里有一座白墙小房子。墙壁的白色同刚才看到的庙墙的红色形成对比，深深地映入了马可的眼睛。

走在前面的女人在白墙前停住脚步，回过头来。

“我们要进这房子。离开这座房子的时候，请忘记这里的一切。”女人道。

马可来中国的时间还不长，但语言的格调还是懂的。这个女人说话的用词与渔村里的人不一样。

“忘记？”马可歪着脑袋，不解地问。叫我出了这座房子的时候忘记这里的一切，那这房子里究竟有什么？这也是个疑问。但让马可不解的是这个女人说话的用词，她白净的面色，还有鞋子……所有这些都是谜。

“是的……请当作人世间没有发生过那些事情。”

“这可麻烦了……”马可犹豫起来。承诺去忘记很简单，但他不知道要忘记什么。他害怕承诺之后会反悔。

“您是因为不知道什么事才犯难的吧？”女人道。女人一直面无表情，年龄约摸四十。正对面看过去，可知是个眉清目秀的美人。这位中年美人微微一笑。

“就是啊……再想忘记，也会有忘得了的事和忘不了的事。”马可像是受到了女人的感染，笑着说道。女人已经恢复到原先那样面无表情了。如果是日本人，大概会用“能面一般的”①来形容她的表情。

“那我就告诉你里面有什么吧……不过，我告诉您后，您可不能从这里转身就走。这点请您明白。”女人发出了金属般的声音，没有一点点温润。那是特意抹去了温润的声音。

马可点头。既然已经到了这里，那就只有点头的份儿了。

“里面有五个女人。”女人接着说道。那声音，别说温润了，连抑扬顿挫的音调都抹掉了。用二十世纪的话说，她的说话方式应该用“机械感”来形容。马可又点了点头。

“请您从五个人中挑一个。您进屋后，五个人相互间隔三尺，就坐在椅子上等着您。请您从她们面前慢慢走

---

① “能面”即能乐面具。能乐是日本最具代表性的传统艺术形式之一，能面是能乐表演中的重要道具，由桧木雕刻而成，有角色之分，同一角色的能面还分为不同的等级。

过，进到下一个房间里去。我在里面等着您。请您把挑中的女人告诉我，说进门后的第几个就行。”

“然后会怎样呢？”

“您和您挑中的女人在这个房间里过夜。”

“啊！过一宿……”连老道的马可也不禁吃了一惊。这究竟是怎么回事？不可思议的是，女人的声音里充满着一种不可违逆的强烈语气。

“是的。过一宿。”女人严肃地重复道。

四

从外面看，白墙映得房子很明亮，进里却很幽暗。窗户很小，从窗户射进来的光线照不到很远。五个女人在离窗户很远的地方分开坐着。

很明显，这五个人都不是渔村里的女人，都跟刚才的中年女人一样，面色太过白皙。掩过膝头的裤子也是黑色的，包括上衣在内也都很整洁。

女人们几乎都没有表情。硬要说的话，就是表情僵硬。女人们在二十五岁到三十岁之间，她们的身体肯定成熟了，但却让人感觉不到女人味，真是不可思议。

“这真是怪事……”马可暗忖。他还年轻，很容易动情。挨个儿坐在那里的五个女人，没有一个能勾起他的情欲。不是因为不漂亮，五个人个个漂亮过人，但似乎都缺少韵味。

“她们平时肯定不会是这种表情。”他只能这么认为。这些女人，好像都在把自然流露出来的女性魅力刻意掩藏起来。

都到了这一步，就不要再装腔作势了。马可盯着这些女人挨个观察。女人们并没有想躲开马可的目光，但无论如何就是不想让他看到真实的自己。这又是为什么呢？这些女人们试图掩藏的，难道不正是她们最具魅力的东西吗？又没有叫她们笑脸相迎，眼神悲伤也可以……有点什么表情，才好成事。

马可很失望，带着一脸失望的表情进了下一个房间。那位半老徐娘在里面等着。

“您意下如何？”女人问。

马可摇了摇头。

“这就麻烦了。”女人皱着眉头说着，微微咬了咬下嘴唇。看过五张毫无表情的面孔之后，这个女人的表情在马可看来显得很丰富。多有魅力啊！

“只有那五个人吗？”马可问道。

“是的，没有别的……”

“在我面前的不就是第六位吗？”

“什么！我吗……”女人目瞪口呆，好像是发自内心地震惊了。

“是的。如果你也算在内的话，我会毫不犹豫地挑中你。”马可定定地凝视着对方道。

女人瞪圆了眼睛盯着马可看了好一会儿，然后闭上了眼睛。再次睁开眼睛时，她的嘴角露出了微笑。她往前跨了一步，道：“明白了。我就当第六个人吧。不过我得提醒您，我可比那五个人年纪大多了……如果您不介意的话……”

“不介意。年龄不是问题。”

“是吗？说不定我的年龄都跟您的母亲差不多了。”

“我说过了，年龄不是问题。”

“好吧。我不再提年龄了。请您在这里等一会儿，我有很多事要做。”女人微微行礼，走出房间，进了隔壁五个女人的房间。

马可等了许久，将近一个小时。传来了一阵海潮的气味，不像是从湖边飘来的，或许是从马可衣服上散发出来的。马可的衣服湿透了，是在船上脱光了弄干的。船到湖岸的时候，衣服已经干透，然后马可又穿上了。明明是淡水湖，衣服怎么会沾上海潮的气味呢？唐朝诗人也曾用“千里潮”来吟咏此湖……

马可在脑子里胡思乱想，在等人的小一个钟头里一点都不乏味。

女人再次进门来。这回轮到马可看得目瞪口呆了。女人穿着淡淡的桃色上衣和蓝底红条长裙。不过，尽管衣裳换了，却没有换了一个人的感觉。看来这个女人个性很强。

“让您久等了。来，请！”女人道。

女人把马可让进了下一个房间。这座白墙房子好像有三个房间。第三个房间里立着烫金的屏风，屏风前摆放着一张红漆桌子，上面摆了一桌酒菜。

“这是为什么？”马可问道。

“请别打听原因。”女人把马可让到椅子上坐下。

“不知道原因，饭菜咽不下去。”

“您这人可真难缠……那我就告诉您吧。这桌饭菜是村里人为了庆祝捕鱼丰收送来的。您瞧，这些都是在这里捕获的，没有花钱。”的确，桌上的东西几乎都是湖鲜。中间的盘子里盛的是漂亮的红烧鲤鱼。所谓红烧，就是用酱油和少量的油烧的。洞庭湖一带至今仍是这样，能捕到很多鲤鱼。汤里的好像是班鱼，一种类似杜父鱼的鱼。还有一种像白色肉圆的东西，大概是把鱼肉切碎做成的。

因庆祝捕鱼丰收而受赠，所以没有花钱，这点是搞清楚了。但这并没有回答马可的问题。他想知道的是，她为什么要请他吃饭，又为什么邀请他跟女人过夜。

“您说是村里人送来的，那你们不是这个村里的人？”马可问道。

女人没有回答。不回答，在这种场合应该可以视为肯定。

“请用吧。”女人没有回答马可的问题，却拿起了酒壶。马可犹豫起来。他想起了故乡威尼斯流传的故事。一个男子迷了路，来到了一个天国一样的地方，受到了美人的美酒款待。可是自从喝了那酒以后，每隔一段时间就会无端地想吸人血，杀死了好多人。这就像是一个把武陵桃源乡、浦岛传说和吸血鬼德古拉的故事掺和在一起的传说。

女人似乎看穿了马可的心。“呵呵呵，这些酒菜都没有什么花招。我来试吃。”她把酒斟进自己的杯子，一饮而尽。她喝酒的风度很是优雅。

“我不是怀疑食物有问题，我是不明白自己为什么会受到如此款待。”

“那我索性就告诉您吧。”女人出乎意料地爽快说出了原因，“为了请您慰藉我们，我们要先款待您。礼尚往来。”

“您所说的慰藉是……”

“但凡世上鲜活的女子，谁都有女人的业和性。请您体谅……”

五

屏风的后面是一张眠床，是两人用的大床，床框和桌子一样刷着红漆，挂着淡蓝色的纱帐。里面的寝具是粉色的，艳得扎眼。

马可·波罗按照请求留在那里跟女人过了一宿。但他没有触碰女人的身体，而是假装拼命喝酒，烂醉如泥，躲过了与女人的肉体接触。他也是男人，而且年轻。拒绝五个女人而挑中第六个半老徐娘的时候，他的确对这个女人的肉体感兴趣。可是，一起吃饭聊天的种种，让他不知不觉间失去了抱她的心情。尽管他年轻，身体精力旺盛，但他有着不凡的自制力。

“对不起！我话太多了……不说这些就好了……真的很抱歉！”女人在分别的时候道。马可问女人的名字，她却只说了句“请记住汨罗女吧”，终究没有说出她的真名。

正如马可看透的那样，她不是这座汨罗渔村里的人。在这片土地上，她是一个外乡人。不过她说，因为一件事，她对这片土地怀有一种执着的爱。不光是她，那五个女人也跟这座汨罗渔村有着牢不可破的渊源。

“为什么？”借着酒劲，马可执拗地问道。他甚至觉得，如果不问清楚这个问题，他会后悔一辈子。在马可的热情追问下，女人终于道出了真相。

马可当时想，她先前下定决心绝口不提，最后却又开了口，就是因为年轻的自己撩起了她的母性本能，像是母亲在哭闹磨人的孩子面前终于软了下来，听了孩子的话一样。

“您是个外国人，我就不再隐瞒了，告诉您吧。”女人终于开口道，“我们都是失去了丈夫的人，都是寡妇。而且，都是在同一个时候失去的丈夫。”

“原来如此啊……你们的丈夫都是一起的吗？”

“是，是的。都是大宋的军人。”

“战死的吗？”

“不是。”女人摇头。

“那怎么会同一个时候……”

“元军打来的时候，湖南抵抗得很厉害。襄阳之战耗时很长，给人们留下了深刻的印象。湖南之战耗时不长，却很惨烈。提起潭州（长沙）之战就让人落泪。知州李芾让手下沈忠在他自杀后砍下他的头颅。沈忠杀了全家后，自刎而死。偶尔来到潭州的衡州知事尹谷，一把火点着了房子，跟家人一起烧死了……”

“原来是这样啊……”在元朝的宫廷里，不大能听到被灭一方殊死战斗和忠烈的故事。元朝很想把自己说成因南宋德衰，自己是靠人民拥戴而得天下的，不太愿意让南宋殉国人士的故事广为传颂。

昨天，他刚刚从岳阳楼的梅秀那里听说了一些湖南人激烈抵抗的故事。听到李芾、沈忠、尹谷他们的壮烈之死后，有很多潭州士民追随他们而自杀。有人投了井，有人进树林上了吊。

史书记载：“城无虚井，林木缢者相望。”城里没有空井，因为人们一个接一个跳了进去。树林里有很多人上吊死去，面面相望。

“丙子年元旦，守将吴继明投降，湖南落入元人之手。”丙子，就是至元十三年（1276），女人不屑于说出元朝的年号。

“当时，我们的丈夫都不在潭州。”女人继续说道，“要问为什么，就因为他们是大宋水军的将领，战船正在洞庭湖上。元军不擅水战，一直在躲避，所以，我丈夫率领的水军将士跟敌人没打上一仗……而湖南却陷落了。仗打完后，丈夫把我叫去，对我说……”

声音已成了呜咽，女人停顿了片刻。她的丈夫是大宋水军的指挥官，是洞庭舰队的司令长官。他面对妻子说道：“潭州被元军包围，知州和手下及他们的家眷全部为国殉难。我们水军军官也不能落后，已经决心殉国。但仗已打完，我们不想再带家眷上路。决心一死的同志除了我以外还有五位军官。所以我有事托付于你，想请你照顾好那五位军官的家眷。不管什么事，你都要帮她们拿主意。”

水军殉国同志们选定的殉国之地，就在他们游弋的洞庭湖畔的汨罗岸边。那里也是一千五百多年前楚国忠臣屈原投江的地方。

“说到这里，您该明白了吧。”女人道。

马可点头。五个女人，是跟司令长官一起投了汨罗江的舰队军官们的妻子。司令长官的妻子遵照丈夫的遗志照顾着她们，虽不能说照顾得十分周到，但已经尽力而为了，物资上的帮助也是在所不惜。但她们还有金钱解决不了的烦恼。

那就是这个女人提到的，女人的业、女人的性。在封建家庭里独守空闺，一定会有人耐不住的。要抚慰她们，就需要男人。可她们都是良家寡妇，不是任何事情都能遂愿的。

曾经的长官夫人约她们到丈夫殉国的地方去上香，家里是会允许她们出门的。

“之所以变成这样，并不是我们的本意。我原本是想让您挑一个更年轻的……”女人道。

话都说到这个分上了，哪里还能搂女人呢？马可只能靠喝酒打发时间。深怀闺怨的女人，必须由来自外地、旋即离开此地的男人来慰藉。女人说她要找的就是这种男人。

“没有人比您更符合这个条件了。您非但不是湖南人，连中国人都不是……所以，我们非常想请您成为这个馆舍里的客人，这才把您请来了。请您来的方式也许有点粗暴，恳请原谅。”女人在床的一头坐下，说道。

“哦！这么说，您是知道我坐那艘船去湘江的喽？”

“您是在岳阳租的船吧。我的丈夫作为水军将领，跟生活在水上的渔民和水运行业的人来往密切。波罗先生要去桂林的事情，今早我们就已经听说，所以才有时间准备。”

“这么说，撞船也是故意……”

“正如您所察觉到的那样。”

“难怪……”马可·波罗的疑问解开了。渔船靠岸时，这个女人——“汨罗女”已经早早地迎候在那里了。她是等在那里的。

六

翌日早晨。

马可·波罗跟着汨罗女出了白壁馆。马可酒喝多了，一宿都没清醒。女人似乎也是一宿没合眼，早起就是因为这个。

出得白壁馆，北边有座不高的山丘。两个人登了上去。马可脚步还有点不稳，绊了好几下，每次都靠着年轻身体的柔韧度和反射神经的敏锐性把姿势调整过来。

“山上有什么东西吗？”马可问道。

“能看到湖和江——洞庭湖和汨罗江……当然，还想让您看一样东西。”汨罗女答道。

“原来是这样。”马可抓住脚下的藤蔓，一边攀登一边说道，“天气真好啊！”

“是啊。诗人李白在这一带吟咏过‘南天不见云’……他们投汨罗江那天，也是这样的大晴天。”

“那可太……”马可过意不去，让她想起悲伤的日子，心里很想道个歉。但看汨罗女的样子并没有太在意。

终于爬到了山顶。的确景色绝佳。何止是南天，北天也是万里无云，晴空一片。

“就在那边。看……两棵松树面对面，枝连枝的地方。就在那下面。”女人道。

“哦哦……就在那儿啊！”马可不问也明白了。女人用手指着告诉他的地方，正是她丈夫带领自己的五名幕僚军官奋不顾身投江的地方。

“水军的人很会游泳，即使投江也会下意识地游起来。所以，他们是身穿重甲，头戴铁盔跳江的。”马可迷惑了，不知道该不该点头。这话太深刻了。汨罗女抑制着即将喷涌而出的激情，一个字一个字地说道。

“六个人的遗体被打捞上岸，分别葬在了他们的祖坟里……我们经常聚在一起，登上这座山岗……最近，我们请了熟悉的石匠，刻了一座小碑……现在这个时候，为大宋殉国的人，碑不能造大……虽然六位烈士是分别下葬的，但心却连在一起。所以我们想，至少立上一块刻着他们名字的碑，一块刻着他们六个人名字的碑……”

汨罗女在一片荆棘丛生的草丛前慢慢蹲下身去，拨开杂草，丛中现出了一块新碑。说是碑却也太小，还不到三十厘米高，草丛里都能藏得住。正方形的石碑上，刻着六个人的名字。

“按年龄顺序刻上了六个一条心的汉子的名字……第一个就是我丈夫的名字。”女人说道。碑上只刻着姓名，并没有写上令人肃然起敬的官名爵位，也没有“殉国烈士”“忠烈义士”这样的称号，毕竟现在的元朝统治者恐怕不会喜欢。只写名字，反倒让人联想起他们壮烈的死。

方庆涛

许起钧

范鹏年

张　镇

张喜修

李杰生

微风拂来，草丛里草儿一齐轻摆，很像是在抚慰着那方小小的石碑。

现在他知道，汨罗女是方庆涛的妻子了。她一直凝视着丈夫投江的地方，许久才回过头来，看着马可道："回去吧。"

"您不要对我太客气。"马可道，"偶尔才来一趟，您就好好看看吧。"

"丈夫的赴死之地不能看得太久。这也是按年龄来的，人越年轻，看的时间就越长……我这样已经足够了。下山吧，去湘江的船该等在那里了。"

女人走了，马可也跟在她身后下山。也许是在山岗上望着悲剧上演的土地、头脑清醒下来的缘故，宿醉似乎也已经消散。他的脚步踏实起来，连他自己都佩服起自己。

到了庙前，昨天渔船上的大汉也来了，道："请您放心。跟您同行的女人很安全，是被那边的人救起来的……不过她说约定的是送你到汨罗，所以她马上就要返回岳阳……她让我给您带好呢。"

"是这样啊……那真好。太好了，太好了……"马可嘴上这样说着，心里却在想，那是理所当然的。方庆涛夫人说出的真相，大汉和这座渔村里的人并不知道。

马可已经知道了，岳阳的歌伎梅秀也在这出戏中扮演了某种角色。梅秀也知道要在那里撞船，她的任务就是让马可坐在自己的面前。撞过来的船是从马可背后驶来的，船老大他们也是一伙的。为什么直到两船相撞，船上的人都没有注意到？

这个谜极其简单。照汨罗女所说，是一种叫作“钓钩船”的船冲撞了马可他们乘坐的船。这种船船头很尖，形似钓钩，主要用来装载木材从湖南运去武汉，可说是半船半筏。到了武汉卖掉货物，就会顺便把船体拆掉，当木材卖掉，只带回桅杆和帆布即可。这种钓钩船是伐木山区的人的船，回程不需要装载任何物资，因为没有需求，做不了生意，所以连船体都会卖掉。可见，这是一种开始就准备拆掉的船，受到剧烈冲撞便会散架。而且正如船名所示，它的船头很尖，撞起船来，力量足够掀翻被撞的船只。

选择这样的船，也是策划者的聪明之处。

马可坐着新雇的船从洞庭沿湘江逆流而上，进广西，游览了甲天下的桂林。这世上竟然有如此无法用语言形容的景观。马可·波罗多年后向笔录者详细讲述了桂林的种种风物，但对方却怎么也理解不了。讲述时热情过头，反倒容易被误解为是创作上的虚构。在欧洲人看来，根本不可能存在桂林那样的风景。

由于马可放弃讲述，《马可·波罗行纪》中就不见有“桂林”一词。同样，在湖南发生的故事，马可也因别的情况没有向笔录者讲述。

从桂林返回途中，马可·波罗在潭州城见到了皇帝忽必烈的密使。那是一个西域人，名叫阿里，办的差跟马可一样。马可从阿里的嘴里听说，北京已经确认日本执权北条斩杀了元朝使者的消息。使者很久以前就被斩杀了，但这事到现在才得以确认。

由此可知，再度远征日本已经无法阻止。元朝必须动员自己最不擅长的水军去打仗了。

“目前我们最缺的就是水军指挥官。皇帝交给我的任务就是找到隐藏在水乡湖南的宋朝水军指挥官，让他们协助远征日本。广受赞颂的天才水军提督方庆涛，他的幕僚许起钧、范鹏年一干人等，好像就躲在某个地方。就是挖地三尺，也要找出来。”阿里道。阿里口中提到的名字，马可全都知道，就是刻在那块碑上的姓名。

“方庆涛、许起钧他们，还是断念为好。因为他们已经不在这个世上了。”马可把从汨罗女那里听到的情况说给了阿里。

“请告诉我刻着六个人姓名的碑在哪里。我也是身负皇帝特命的，必须确认这件事啊……”

马可把地方告诉了阿里。由于确认了湖南水军名将已死，阿里便与马可同行，返回了北京。第二年，皇帝忽必烈向日本派出了第二次远征军。

七

这个故事日后还有下文。不，谈不上是下文。因为这件事情比前文更重要。

马可·波罗侍奉了忽必烈皇帝十七年后回国，这是众所周知的事实。而他此次去湖南办差，是侍奉忽必烈五年之后的事情。所谓“日后的下文”，发生在湖南办差的五年之后。当然，第二次远征日本已经结束，而且是以惨不忍睹的失败告终的。

当时，马可去武昌办差，在那里游览了著名的黄鹤楼。这座楼阁也是因唐代诗人的众多诗篇而闻名的名胜。马可为了抚慰旅途寂寞之情，在那里叫了歌伎。碰巧，来的正好是他五年前在岳阳楼叫来并陪伴他乘船旅行了一天的梅秀！

梅秀见到马可也非常惊讶，二人谁都没有想到会在这样的地方重逢。奇遇让他们惊讶，也让他们高兴。二人推杯换盏，喝起酒来。看来酒这东西，会让人把不住嘴。

“波罗先生，我骗了您，现在可以告诉您了。”梅秀道。在那次设的圈套中，梅秀也扮演了一个角色。这一点，马可早就从汨罗女告诉他的话中知道了，但此时只能佯装不知。

“哦……我是怎么就被你骗了？”马可装傻，歪着脑袋问道。

“远征日本已经结束了，我想可以告诉您了。当时北京的皇帝渴望找到老练的水军指挥官。方庆涛将军人称湖南水军之神，那可是北京望眼欲穿想要得到的人啊。”梅秀说到这里，用酒润了润口。和五年前相比，她的酒量大有长进。

“是啊，蒙古军里就没有水军指挥官……”马可道。

“可是，在方将军看来，让他帮蒙古军，就是白日做梦。如果是抵抗蒙古，他会拼了命去战斗；若是为了蒙古而远征日本，他是宁死不从的……啊呀，说这些，要是被皇帝陛下知道了，那可不得了啊……呵呵呵……得了，无所谓啦，反正方将军已经不在人世了。”

“哦，是吗……”

“呵呵呵，波罗先生，您是来找方将军和他的幕僚的吧……您不用继续装傻了，事情都过去了……水军的人很抱团。他们已经知道波罗先生是来查找他们的，都已经联系好了……嗯，还约了我呢。我和母亲都受到过方将军莫大的关照……对不住啊。”

“我不知道是怎么回事。”马可道。

“不光是我，受到方将军关照的朋友们也都动员了起来，决定让你和其中的一个人睡觉……把你带到小山上去看石碑，就是为了造成方将军已死的假象。”

“你说造成已死的假象……就是说方将军没有死？”

“当然没有。方将军和他的幕僚都藏在桂林，活得好好的。直到去年，将军才去世。”

“等等！”马可整理了一下思绪，“你说的朋友们，就是做……卖笑生意的？”

“是的。除了我之外，还有五个人……她们必须伪装成水军参谋妻子的样子，吃了不少苦呢。绝对不能卖媚，得哭丧着脸。你想，让平时总使媚眼的人装出哭丧的脸……很难吧。你说没一个你喜欢的，我懂你的心情。

听说，第二天一大早带你去那座小山岗的是方将军的夫人……大家合起伙来骗了您。但当时，大家都豁出去了。”

“嗯……”马可低声沉吟。这是怎么回事？那五个板着脸的女人，原来平时都是出卖色相的女人，却受命偏要去掉做生意用的色相。

方庆涛夫人……只有她是外行，但戏演得最好的就是她。

“有人来找方将军这事，我们提前就知道了。北京来了密报，说姓名不明，但是是一个蓝眼睛的人……您叫我去岳阳楼的时候，我就怀疑您是那个人。当时您说要去桂林，我一下就明白了，您就是那人没错。方将军等一众人等就躲在桂林……是的，是我发出的通知，方将军的夫人布的局……唉，当时真的很紧张。现在一切都已经过去，才可以这样笑谈……”

“笑……哈哈哈……是的。大声笑吧……”马可笑道，发自内心地笑，笑意喷涌而出，许久都停不下来。

受命挖地三尺也要找到水军高手的，是那位蓝眼睛的西域人阿里。马可的任务是调查战船建造的情况，他们搞错对象了。尽管如此，马可在潭州碰见阿里，把方将军等宋朝洞庭水军军官全体覆灭的情况告诉了阿里，他们还是取得了同样的效果。

即便当时起用了方将军他们这些有经验、有能力的水军，远征日本恐怕也不会成功。方将军的命也许会丢在日本。不得不说，能够多活几年，死在家乡附近，他是幸福的。

“将军的夫人呢？”马可问道。

“她在三个月后突然去世，追随丈夫去了。夫妇感情很好……”

“原来是这样……去世啦……”马可叹气道。

马可脑海里浮现出了汨罗的白屋馆，还有万里无云的洞庭秋空。

“不说那些阴郁的话了……不过，方将军夫妇几乎同时去世，叫我说，这可一点都不阴郁。我很羡慕啊！我也想跟自己所爱的人一起，像将军夫妇那样赴死。”梅秀说最后这段话的时候语气平和。片刻之后，她拿起了琵琶，心情似乎好了起来。

“上次是岳阳楼，这次是黄鹤楼……吟唱一首在黄鹤楼创作的诗歌吧。嗯，还是李白的。”

她轻弹琵琶，唱道：

故人西辞黄鹤楼，烟花三月下扬州。
孤帆远影碧空尽，唯见长江天际流。

卢沟桥晓云园

一

卢沟桥美，在夜色下尤其美。

这座桥建于金代明昌年间（1190—1192）。马可·波罗到访这里时，桥已建成八十多年。他在《马可·波罗行纪》一书中对卢沟桥极口赞道：“值得一提的是，这条河（桑干河）上横跨着一座非常美丽的巨大石桥。如此美物，世所罕见……”

因其热情洋溢的赞美，后来欧洲人把这座桥称作马可·波罗桥，以至于不明就里的人还误认为这座桥是马可·波罗所建。

桑干河发源于太行山，在现在的地图上，流至官厅水库（官厅系地名）的一段称为桑干河，往下的河段标为“永定河”。这条河曾经水流湍急，被形容为“激流如矢”，因此水体混浊，人称黑水河、浑河；又因其河道多变而被叫作无定河，直到清代改建水路时，才甩掉俗名，定名为“永定河”。

跨河而建的石桥与长崎的眼镜桥一样，是一座下有拱洞的拱桥。卢沟桥很长，有十个拱洞，大理石栏杆的柱首上雕刻着大小不同、形态各异的石狮，表情各不相同，做工讲究。长长的淡灰色石桥浮在水面上，衬着苍茫昏暗的背景，如梦似幻。星光月夜中的卢沟桥更是美不胜收。

桑干河是进出北京的大门。人和货物无论是经陆路还是水路而来，都会在这里歇歇脚，然后进京；出京的旅客也会在这里小憩。所以这一带自古以来旅店就多。

马可·波罗在卢沟桥边的一间旅店安顿下来，正从窗口眺望着大桥的美姿。说是旅店，其实是官府宫廷大员下榻的官家旅馆，可称为别墅。正门处悬着一块匾额，上书“晓云园”。

这是至元十七年（1280）年底。若不是冬天，这里本是一个可在庭院中的亭下小酌、享受远眺风光的去处。园亭堆土而建，亭中可以望见卢沟桥绝景。但因天寒无法体验，马可·波罗这才登上晓云园，从房间的窗口向外眺望。房间里，与他隔桌相对的是将军范文虎。

“我太天真了。”范文虎说道。

“可他们也太残暴了……”马可道。

汉人将军范文虎为阻止皇上忽必烈讨伐日本操碎了心。上次远征日本是在南宋灭亡之前，主要动用的是高丽兵，最后不了了之。如今南宋已经灭亡，如果再次远征日本，势必动用江南汉兵，军费也必由江南负担。汉人的财富将被掠夺一空。

去年，范文虎已被皇帝任命为征讨日本的司令官。八月，他上奏皇帝道：“以日本僧人为向导，已派出周福、栾忠等人前往日本劝降。他们明年四月前归来。待他们有了结果再发兵，陛下意下如何？”

忽必烈听了进去。

范文虎派往日本的代表团中，周福为正使，栾忠为副使，译员是一个叫作陈光的人，当向导的日本僧人是本晓房灵杲。如今他们被扣押在大宰府。他们带去的文书大意如下：“大宋况且为元所灭，以日本之力必难抗元。为日本计，老老实实恭顺大元方位上策。”

使节原本打算前往镰仓，但执权北条时宗始终强硬，下令道：“不必解来镰仓，着就地斩首。”

周福和栾忠在博多被斩首。

范文虎从陈光等庆元（宁波）海商那里听说过日本的情况，有一定知识储备，了解日本的院政，知道皇统分裂为后深草派与龟山派，两派更迭，政局不稳。范文虎理解政局不稳即有机可乘。他还知道后深草派的西园寺实兼和大陆做贸易，是一个主和派。

范文虎并不认为日本会轻易接受劝降文书，被文书内容说服。但他期待使节的文书能在日本政界激起波澜。

“使得国家舆论分裂”，这才是范文虎瞄准的目标。如果两派争斗起来，往里投进石子，必会导致意见对立。主和派与主战派相持不下，国家舆论不得统一，国家的综合实力必会相应削弱。如果顺利的话，不仅是舆论，连国家本身都可能分裂。

“自古以来，不战而胜都是兵法的理想。如若不战，江南汉人的生命和财产损失都可避免。”这个想法太天真了。范文虎反省自己。

四年前第一次远征后，派去日本的蒙古使节杜世忠一行五人在龙口被斩首。当时，这个消息还没有传回中国，人们以为他们只是被扣押了。如果知道龙口斩人的消息，范文虎肯定不会再派周福他们去日本。

马可口中的“残暴”，指的就是使节在日本被斩一事。

范文虎把目光从马可身上移开，投向了卢沟桥，道：“波罗先生，有事拜托。近期，我将率领远征军赴日本，生死难卜，所以下定决心拜托先生……所托之事有二……”

二

翌年，至元十八年（1281）二月丙戌，日本远征军出征。

远征日本的官署“征东行省”已在前一年的八月设立，首脑是忻都、洪茶丘、范文虎三人。远征军是在这个机构设立半年后踏上征途的，分东路军和江南军两路。东路军从朝鲜半岛渡海，江南军从浙江庆元附近渡海，两路人马在壱岐岛汇合后攻打九州大宰府。因此，所谓二月出征，只是指少数将领在那时离开北京。大部队则从各地陆续前往出发地点集合。

离开北京时，范文虎并未率领大部队，几乎是只身一人。马可·波罗送他送到卢沟桥畔的晓云园。在送别宴上，范文虎再次提起去年年底所托之事。

“波罗先生，多多拜托您了！”

席间有一位美人侍宴，所以是一场三人宴。美人唤作王绮儿，曾被誉为襄阳名妓。襄阳位于湖北省北部，是汉水的临江要冲。从华北进攻华中时，襄阳是必取之地。读过《三国演义》的人应该记得三顾茅庐的故事：年轻的诸葛孔明隐居在襄阳附近的茅庐之中，刘备三次前去拜访他，孔明在此向刘备献上了三分天下之计。喜爱李白的读者，肯定会联想起《襄阳曲》《襄阳歌》等诗篇。李白吟咏此地为“襄阳行乐处”。

襄阳城外的大堤，更是著名的烟花之地。

汉水临襄阳，花开大堤暖。

这正是李白《大堤曲》的起句。

绮儿是襄阳大堤的青楼花魁。用今天的话说，就是夜店头牌。范文虎曾作为南宋殿前副都指挥使，驰援被元军包围的襄阳城。驻守襄阳的是南宋武将吕文焕。他是驻守鄂州（武昌）的吕文德的弟弟。率近卫军驰援襄阳的范文虎娶了吕文德的女儿为妻。然而范文虎率兵赶到襄阳城下后，却未继续进兵。《新元史》记载道：“宋以文虎统禁军来援，遂蓄异志。军中为乐，日与妓妾击鞠宴饮，不进攻。比战，又为不力，兵屡败，所丧舟械甚多……”

记载说范文虎意图降元，故意拖延救援叔丈驻守的襄阳城。襄阳城曾被元军包围五年有余。说范文虎一开始就有怀“异志”，这不是真相。

范文虎已经看清了时代潮流，但他并不打算轻易背叛一直效忠的大宋。况且当时作为大宋宰相君临天下的贾似道还是他的主子。范文虎之所以奋勇杀奔襄阳，就是想尽可能挽回颓势，复兴大宋。

但在襄阳附近，他邂逅了一位此生未曾见过的美人。虽说她是大堤上的妓女，但却是“击鞠”名手。“击鞠”就是“蹴鞠”。范文虎其实是当时的蹴鞠高手，无人可与之比肩。当然，男女有别，两人的本领还是有相当差距的。但在范文虎眼睛里，一个女子能有如此技术，真乃前所未见。

不仅是击鞠技艺，她的倾城美色更是撩动了一介武夫范文虎的心旌。为了拥有美人，只要她要求，范文虎愿意把全世界都送给她。区区襄阳城的存亡，更不在话下。

这位妓女就是绮儿。绮儿崇拜一位八十三岁的道士，名叫天阳老师，万事皆从道长的卜卦行动。“今年十月，贵人将现，当救汝出污土……”天阳老师如是预言。果不其然，至元九年（1272）十月，范文虎出现在了她的面前。

“您就是救我出污土的贵人。”妓女说道，并把自己的身心全部献给了范文虎。范文虎是个乡巴佬，自然是被弄得神魂颠倒。他所指挥的近卫军停止了进攻，就好像手脚被束缚住了一样。

“仲春之前，若离此地，您的前途必呈凶相。”绮儿将天阳老师的话告诉了范文虎。范文虎早已对她言听计从，当时就决定再也不从驻地前进一步。阴历的春天是一月至三月，仲春就是二月。

范文虎打算在至元十年三月后进军襄阳。可是，襄阳正月就陷落了。襄阳之所以能在元军包围之下坚持五年有余，一个很大的原因就是元世祖忽必烈忙于同弟弟阿里不哥内斗，未能倾全力攻打襄阳。当然，吕文焕的拼死抵抗让元军感到棘手也是事实。

可以说，决定襄阳命运的是“回回炮”。虽名为大炮，但当时还没有发射填充弹药的炮弹的技术。“回回炮”只是用引爆火药的力量发射巨石的武器。当重达一两百公斤的巨石从天而降，襄阳城内一片恐慌，一直顶过来的吕文焕走投无路，决定投降。而讽刺的是，借助回回炮攻下襄阳城的元军功臣，竟是降元的大宋武将刘整。据说交出襄阳城的时候，吕文焕咬牙切齿道：“混账范文虎，已至城下，为何按兵不攻。懦夫！”

数年后两人再见时，面对吕文焕的责问，范文虎淡然道：“不过是听从了天阳老师的话罢了。”不仅如此，他还以恩人自居，道：“幸亏听从了天阳老师的指教，你我二人保全了性命，方得今日再会。”

受绮儿的影响，范文虎已经虔诚地皈依在天阳老师门下。范文虎心中，天阳老师与绮儿孰重孰轻，恐怕连他自己也不清楚。他拜托马可·波罗的两件事，一件是代为照顾绮儿，另一件是向皇帝忽必烈进言保护道教。

天阳老师已于三年前仙逝，但范文虎对道教的信仰并没有因为老师去世而变得淡薄。在晓云园的送别宴上，范文虎仿佛发自内心地为道教而担忧。也许是为了给自己的所作所为找理由，他似乎相信让蒙古皇帝保护道教，是汉族在蒙古统治之下生存下去的唯一办法。

忽必烈皇帝笃信佛教尤其是喇嘛教的法力，并给予了庇护。但保护佛教并不等于保存汉族，因为蒙古族、藏族都是佛教信徒。在这一点上，道教信徒几乎只限于汉族。所以，只要让皇帝答应保护道教，汉族的生存就能得到保证。至少范文虎毫不怀疑地坚信这一点。

“波罗先生，您既不是佛教徒，也不是汉族，甚至不是回教徒。皇帝肯定会把您视为冷静的第三者，重视您对宗教的说法……我在这里鞠躬拜托了……请您一有机会就向陛下进言，告诉陛下道教很卓越，正一天师曾经说教并相传至今道教教义，乃是顺应天地之理的教诲……”

范文虎深深地鞠躬。绮儿也学着样，慢慢地鞠躬。她容貌美丽，鞠躬的姿态也很优雅，难以用语言描述。

道教始于汉代张道陵，正一天师是道教教祖的称号。自从第四代天师张盛定居龙虎山以来代代相传，至今已是第三十六代张宗演，号称正一天师。范文虎所皈依的天阳老师，继承的是正一天师的教统。

“绮儿的事和道教的事，都请放心……”马可回答道。但他的内心却回荡起一个疑问：“喂，你能保证自己做得到吗？是不是承诺得太草率了？！”

三

在卢沟桥畔的晓云园，范文虎将绮儿交给了马可。

马可·波罗与范文虎之间的友谊，是通过远征日本的反对派李锡等人间接建立起来的。范文虎一直把爱妾绮儿带在身边，片刻不离左右，连旅行也形影不离，生怕留下她一人就会被别人抢走，可是总不能带着她远征日本。那么，如果必须托付给别人照顾，为什么不选择比马可更亲近的朋友，比如李锡呢？

"他好像还没有把我当作一个男人，不，一个正常人。"马可苦笑。红发碧眼的拉丁人作为一名异类，大概反倒让人放心。为什么会选中他照顾绮儿？马可左思右想，认为只能这样解释。

范文虎不愧是武将，出了晓云园上马跨过卢沟桥时，他头也没回。范文虎骑马的身影消失后，绮儿问道："虽然将军那么说，但这样是不是会给波罗先生添麻烦？"

"哪里，我不觉得是麻烦。虽说是受人之托，但能照顾您这样一位美人，我非但不觉得麻烦，还非常高兴。"马可这么说，是想让绮儿舒服一些。

"可是，万一不能把我还给将军……"

"怎么会……"马可·波罗不知该怎么理解绮儿这时说的这句话。

绮儿是范文虎将军金屋藏娇的爱妾，人称“将军的宝贝”。送别宴上，范文虎红着脸对马可说道：“万物皆可丢，唯绮儿不可失。我珍惜绮儿就像珍惜自己的性命！”

一位年届中年的将军迷恋美人到如此地步，只能说是非同寻常。许是绮儿的魅力非同凡响。襄阳之战已经过去近十年，若是一时激情，想必早已退去。不得不说，将军对绮儿的爱情是真感情。

范文虎听从天阳老师教诲，迟迟不出手援救襄阳，当然受到了杭州南宋朝廷的处分。当时，以铮铮铁骨著称的六君子之一陈宜中就极力主张对他处以死刑。陈宜中这个人物有过这样的经历：理宗时代，他曾因弹劾宠臣丁大全而获罪，遭到流放。此次危急时刻，范文虎因受到主子贾似道的庇护而得救，只被贬为安庆府知事了事。

范文虎是安庆府被元朝将军伯颜包围时降元的。他摇身一变成了元朝的两浙大都督，进攻昔日效忠的南宋都城杭州。南宋朝廷遂将留在杭州的范文虎一家满门抄斩，他的妻妾全部被杀，只有绮儿跟在他的身边，免于一死。范文虎一直把爱妾绮儿带在身边从不放手，大概就是因为过去那段惨痛的教训。

“希望远征日本早日结束……但愿日本不要做徒劳的抵抗……”马可道。

绮儿没有回答。或许是害羞，或许是装作害羞，既然是名闻天下的襄阳大堤名妓，这等演技当然得心应手。绮儿低着头，良久……

送走范文虎后，马可用轿子把绮儿带回了北京的住处。由于范文虎早有所托，马可已经仔细想好了如何安置绮儿。恰好李锡的妹妹少宝来到北京，马可决定让她二人住在一起。

李锡的妹妹突然进京，马可甚是惊讶，问她是否征得了兄长的同意，她莞尔一笑，答道："此番是兄妹同心。"

此前，兄长李锡认为远征日本会削弱江南汉人的势力，故而是远征日本的反对派。而小妹则以远征可以削弱元朝国力为由，是远征日本的促进派。如今皇帝忽必烈已经决定远征日本，两派已不必继续为此争执。她说兄长李锡也将于近日进京。

"进京所为何事？"马可问道。

少宝非常坦率地答道："为救文丞相。"

南宋业已灭亡，丞相文天祥被元军俘虏，已经押送入京。忽必烈对他的人格和才华评价很高，力劝他归顺元朝，但文天祥拒不听从。

"耐心等待吧。"忽必烈指望文天祥的亡国怨念能随着时间的流逝而淡化，一直把他关在狱中。元朝宫廷大员中有人主张处决文天祥，但忽必烈至今一直置之不理。

文天祥被关在北京城的地牢中。因为忽必烈不处决文天祥，文天祥的威望越来越高。宋已经灭亡，文天祥就成了江南人心中的大救星。复兴大宋已经无望，但由汉人建立文明的新王朝却绝非做梦。

人们梦想此事时，总会想起文天祥。他既是业已衰亡的大宋遗臣，又是人们建立新王朝的希望所在。

“什么？你是说他整天作诗？那就让他尽情作吧。”听说文天祥在狱中整日埋头作诗，忽必烈吩咐道。此时，文天祥正在倾尽心血地创作《正气歌》。

“此人当真危险。只要听到他的名字，汉人就会挺起胸膛……”忽必烈对文天祥的宽容相当危险，这种想法在蒙古朝廷的上层中依然根深蒂固。

其实，已经一统天下的北京蒙古朝廷一天都不曾忘记地牢中的文天祥。文天祥的存在也因此一直是个问题。“要救出文天祥。”少宝在侍奉元朝宫廷的马可·波罗面前说道，毫不避讳。

“听说文丞相被囚在宫中最深处的地牢里。少宝，你打算怎么到那里去？”马可问道。

“这可不能告诉你这个蒙古的仆从。”少宝正色答道。可是，来到蒙古仆从马可家借宿的恰恰正是她少宝！这太矛盾了。反正已经矛盾了，马可索性把降元将军的爱妾也塞给了少宝。

四

元朝皇帝忽必烈执意远征日本，是因为有人说日本是“黄金之国”。

在《马可·波罗行纪》中，马可这样描述日本

（Zipangu）：“他们拥有大量黄金。因为在这个国家发现了难以计数的黄金，无人会将黄金带出岛外……我来描述一下这个岛国君主的宫殿。他的宫殿异常宏伟，全部覆以纯金板。如同我们用铅板包裹房子和教堂一样，这里的宫殿全部用纯金包裹。宫殿大厅及房间地板铺着两指厚的黄金……”

这些话是马可波罗在中国听到的。忽必烈当然也听到过同样的话。因此他下了决心，无论付出多大的牺牲，都要征服这个黄金之国。

多年之后，马可亲口说了“日本是黄金之国”的话，并由别人记录下来。但他是否真的相信这话却令人生疑。他到过庆元、泉州等开港之地，对日本的真实情况，多少应该有所了解。

日本为何会被传为黄金之国呢？

可以想见的是，奥羽地区的黄金曾经越过日本海被出口至朝鲜、中国东北，甚或西伯利亚，因此人们便觉得日本是个巨大的黄金产地。这个认知又被不断地夸大了。

比起黄金，汉族人更喜欢白银。看看长久以来的银本位制就可以了解这一点。萨拉森人等西方商人在对华贸易中最早做的就是运来白银、买走黄金。

但游牧的蒙古族则更钟爱黄金。他们喜爱闪闪发光的东西。因为游牧生活，他们必须经常带着全部财产。在这个意义上，黄金之类的财物不占地方，也会受到青睐。蒙古皇帝忽必烈也对黄金情有独钟，所以，当然会异常热衷于征服有“黄金之国”之称的日本。

传言夸张是常有的事，但“屋顶和地面全部用纯金铺就”这样的夸张程度，多半是有意为之。关于日本的夸张传言源于最熟悉日本的对日贸易基地庆元，因而具有令人信服的力量。

“这是和日本做生意的庆元人说的，不会有错……”流言就这样传开了。可以说这是庆元搞的阴谋。蒙古已经控制华北，眼看就要让强大无比的军团南下了。为了避开锋芒，人们有意进一步放大了一直流传的“日本是黄金之国”的传言。

“攻打江南，还不如进攻日本来得快，因为能抢到黄金……”要让蒙古人这样去想。弄得好，说不定蒙古军会改变进军路线。庆元商人越发有意识地放出了流言。

“黄金正从日本通过秘密渠道流入江南。江南军费中的很大一部分来自日本……”如果这是事实，那么，欲吞并江南，必先拿下日本。

可以说，庆元人的这一做法以第一次远征日本的形式获得了成功。但蒙古在那次远征中主要使用了高丽兵，所以不能说削弱蒙古军事力量的目标已经成功。后来南宋灭亡，蒙古制定了第二次远征日本的计划，主要使用高丽军，同时动用原南宋军。范文虎被任命为司令官，率领原南宋的江南军，从庆元及舟山群岛出发杀奔日本。范文虎出征之际，忽必烈皇帝特地召见他，并下谕：“须严明军纪。不得忘记与他路军同心作战。”

他路军是指从朝鲜半岛南下的两支东路军队，包括两路人马，忻都、洪茶丘率领的汉蒙混成军团以及金方庆率领的高丽军团。忻都麾下军团中，还有不少囚犯编成的部队。《元史》可见这样的记载："诏以刑徒减死者付忻都为军。"将免死刑者编入远征军，军队的质量似不佳。忽必烈之所以担心军纪，是因为有这样的背景。

军队的结构复杂，有蒙古军、高丽军、汉军。汉军中还有早期归顺金、元的华北军和前几年才降元的江南军，他们的脾性差异很大，其中最富经验的是江南军的水军。

谁都看得出来，范文虎率领的江南军才是第二次远征军中的核心部队。然而，尽管东路军已经分乘耽罗（济州岛）等地船厂建造的九百艘战船，从合浦经巨济岛，于五月二十一日在对马登陆，江南军却还没有离开舟山。舟山一带集结了三千五百艘大小战船，出征却一拖再拖。尽管高级参谋中有人生病，但相比东路军的一万人，江南军有十万人之众，出征准备更加费事。

江南军原计划于六月中旬在壱岐岛与东路军汇合，但从舟山出发已是六月十八日。江南军行动延迟，而东路军却抢在计划之前行动，争夺了功名！

忽必烈担心的军纪，战争伊始已然乱套。日本方面任命大宰少弐景姿为总司令，派出了大友、岛津、菊池等西国大名的军队，沿海岸线布阵，准备在海边击退元军。东路军于六月六日进攻博多湾的志贺岛，这座岛因江户时代出土过金印而出名。竹崎季长的《蒙古袭来绘词》[1]中所描绘的正是这场战斗。

日本军队乘小艇穿插过来。元朝东路军将战船用铁索相连，防止日本穿插而来的部队靠近。而此刻，远征军主力江南军甚至尚未出发。六月十三日，东路军从志贺岛转移至五龙山，决定在那里等待江南军。五龙山即肥前的鹰岛。直到东路军转移至鹰岛五天之后，范文虎才终于起身出发，率领江南军离开了舟山。

五

“这个女人一央求，是个男人都会听吧。”有一次绮儿有事央求马可时，马可想起了先例范文虎，苦笑起来。

马可搞不清绮儿是健壮还是纤弱。她看似纤细柔弱，却是一位击鞠高手，这项运动可需要相当的体力。每次看她击鞠，马可都很奇怪，她的体力是哪儿来的？而穿上长摆衣裳走路时，她看上去又似弱柳扶风，让人担心。这时，不论她提出怎样的请求，男人都会倾尽全力满足她的愿望。

“希望您能帮助正一天师觐见皇帝。”这是绮儿对马可

---

① 又称《竹崎季长绘词》，是亲身参加过抵抗蒙古元朝进攻日本的肥后国武士竹崎季长（1246—？）命画师所作的绘画长卷。长卷描绘了日本抵抗蒙元进攻的战争场面，对研究那次战争、元朝军队各方面情况、蒙古文化以及蒙古元朝与日本的关系等有重要价值。

的请求。

前面说过，“正一天师”是道教中最高级别的称号，自张道陵以来，代代世袭。张道陵又叫张陵，于后汉末期在四川创立道教流派——五斗米道。当时，道教有两大流派，一个是号称大贤良师的张角在华北创立的太平道，另一个就是五斗米道。但太平道的张角发动“黄巾起义”后遭到镇压，只有五斗米道存续下来。张道陵之孙张鲁占据汉中，在三国初期算得上一个小军阀，后来投降曹操，保住了教主地位。

当时的正一天师是张道陵第三十六代孙张宗演。正一天师觐见皇帝并非初次。五年前，忽必烈平定江南时，就曾召见正一天师。前代正一天师，也就是张宗演的父亲没有见到忽必烈，但通过一个名叫王一清的道士献上了一个预言：“二十年后，天下混一。”所谓混一，就是统一之意。攻陷杭州，俘虏南宋皇帝那一年，算来正是其后二十年。

“神仙之言，于今验矣。”忽必烈大为感佩。这时正一天师已经仙逝。忽必烈召见了他的子张宗演，赐宴，并赐玉芙蓉冠、组金无缝服，授“主领江南道教”银印。

绮儿请求马可向皇帝进言：远征日本一事，不妨听听正一天师的“神仙之言”。

忽必烈对宗教宽容，他向宗教寻求的无非是所谓的“咒力”，因此在佛教中尤重密宗喇嘛教。远征日本之际，忽必烈命喇嘛教高僧亦怜真祈祷胜利。当时，忽必烈所皈依的喇嘛教高僧八思巴已于两年前归西，亦怜真是八思巴的弟弟。忽必烈还命其占卜远征能否成功，亦怜真道：“此事乃前所未闻之壮举。贫僧只能预测史有前例之事。此次远征超出贫僧能力。”

他以此为借口婉拒了占卜。占卜不能应验就会失去权威，对这个行业里的人来说，维护权威比什么都重要。

马可受绮儿所托，找了个机会向忽必烈皇帝进言道：“听说喇嘛们未行占卜，那正一天师如何？”

“嗄，是啊。正一天师的亲父曾经预言过二十年之后的事情……不如召正一天师一试？”忽必烈当天即着人办理手续，召正一天师进宫。正一天师五年前进京时，随同前来的张留孙留在了宫中。

“不必特地从江南召正一天师前来。张留孙不是还在宫中吗？”有人说道。于是，张留孙得到召见。

关于胜负之卜，张留孙回答道：“若无第一代教祖正一天师所传玉印和宝剑，占卜终究不准。能占卜此事的唯正一天师一人而已。”

正一天师从江南赶来，于宫殿楼上一室闭关，祭上玉印和宝剑，与神仙交会，听得神仙之言，然后转达给了皇帝。这次闭居历时一天一夜。据说神仙与凡人交会时厌光，入晚后仍不掌灯。白天则在所有漏光的缝隙上贴上黑纸，时刻保持黑暗状态。

修完黑暗行后，正一天师来到忽必烈皇帝面前，道：“神仙赐言：‘一切在于风浪。风浪强则大凶，风浪无则大吉。’”

“可有镇平风浪之法？”

“日本之海甚远……风浪之源当更远。玉印与宝剑之灵验能否到达彼处，在下并无自信。”正一天师伏地作答，谦恭的态度令众人心生好感。

“不论能否达到，请修镇平风浪之行。”忽必烈说道。

正一天师再次闭关一室，修黑暗行两天两夜。再次来到皇帝面前时，他心存诧异道：“不知为何没有回应。法力是否已达彼，处臣无自信上表，实在遗憾！”

正一天师张宗演又在寿宁宫连续修行五天五夜，祈求国家安宁。道士向神仙祈愿时，要把文字写在红纸上并朗读，称为“赤章”。

“命天师张宗演等即寿宁宫奏赤章于天五昼夜……”①《元史·世祖本纪》中可见上述记载。这是七月辛酉之事。范文虎率领的江南军到达日本近海已是六月底七月初。起初集合地定在壱岐岛，后改成了平户。

元朝的联合舰队在平户停留了二十天之久。要问为何逗留如此长的时间，那是为了做好登陆作战的准备。江南军号称兵力十万，但水军还有与士兵人数大体相同的水手。东路军也是如此。这是一个总人数接近二十万的大家庭，要做好登陆作战的准备，谈何容易。

遭此大军进攻，大宰府当无抵挡之力。元朝的联合军舰从平户出发静静地向鹰岛移动。这无疑是登陆攻打大宰府的预备行动。防守的日本军紧张地观察着。

---

① 《元史》中原记载为七昼夜，许是作者记录有误。——编者注

七月二十七日，元朝的联合舰队驶抵鹰岛，目标是博多湾，已经整装完毕。

四天以后，正当人们以为联合舰队即将进攻博多湾的时候，史上以“神风”闻名的强大的台风席卷而来。

转眼之间，大元的联合舰队沉没在波涛之间。数以万计的士兵和水手被怒涛吞噬。

六

当时，日本和元朝的历法对闰月的计法并不相同。神风袭来的那一天，在元朝历法中是八月一日，而在日本历法中则是闰七月一日。两者同为阴历，都是立春后两百一十天左右台风频仍的季节。

从江南到华北南部边缘经常有台风刮过。那里的居民比华北人更了解台风。正一天师张宗演一直在江南至华南巡游，非常清楚阴历七月船只在日本近海游弋的风险。他在号称黑暗修行之后所献上的预言内容，就展现了这些知识。

“一旦风浪来袭，再勇猛智慧的将军，都将无计可施。”正一天师近乎唠叨地反复向忽必烈进言。

听到大元舰队全军覆没的消息，忽必烈大失所望。但他仔细回味了正一天师的话后，没有动怒，也没有打算追究死里逃生的范文虎等各位将领的责任。

逃回舟山后，范文虎立即向北京呈上了详细的战况汇报，并说："朝廷如若问罪，微臣甘愿受刑。"他已经做好了赴死的准备。北京传来圣旨："飓风之过，不予问罪诸将。着即入宫。"

听到范文虎即将进京的消息，马可·波罗愁得唉声叹气，道："愁死人了……"范文虎托付给他的宝贝绮儿不知去向了。

"是我放走的。"面对马可·波罗，李锡的妹妹少宝坦然说道。

"怎么会是你……"马可傻了。他曾反复叮嘱少宝，绮儿是受人之托的宝贝，把嘴都说酸了。他也想过让少宝看好绮儿。性格倔强的少宝不该同情一个降将的爱妾。

"没错……不过，是绮儿自己说想离开范文虎的。"少宝道。

"绮儿跟范文虎在一起生活了十年啊。而且范文虎的妻妾已经全部被杀害了，只剩他们俩相依为命了。"

"一起生活十年，就该有深厚的感情吗？！这只是范文虎的想法，是他自欺欺人。"

"我不懂这些……我究竟该怎么向范将军解释呢？"

"明说就行啊……就说绮儿不喜欢你……"

"这太残忍了。"

"您觉得残忍，就给他换个说法。"

"怎么换呢？"

"就说绮儿有更喜欢的人了……她不讨厌范文虎，但有喜欢的男人……这总行了吧。没说讨厌他呀。"

“这样说还是太残忍。”

“这可是绮儿说的……不是我信口雌黄。”

“总之，她消失的这件事让我很为难。你能不能说得让人接受？”马可道。托自己照顾的人弄丢了，单凭这一点，委托者就不会接受。至少得把来龙去脉讲清楚。

“太麻烦了，直接告诉他绮儿消失了……消失总是没办法的事吧。日本附近起大风，刮翻了几千艘船，对吧？那是风刮的，没办法呀。蒙古皇帝都说不处死范将军了，都是一回事。波罗先生，你担个什么心！是她自己消失了呀。”

“那不行啊……好难啊……不，且不论怎么对范将军说，我本人也想知道来龙去脉啊。”

“是啊……或许，波罗先生有权知道真相。”少宝改变想法，说出了绮儿逃走的真相。

还是在襄阳大堤的青楼那会儿，就有一个男子跟绮儿定下了山盟海誓。这个人是吕文焕手下的年轻幕僚，名叫郭佐祥。据说他们都在汉水边的村子里长大，是青梅竹马。在襄阳重逢后，两人就誓死相约，要在战争结束后成家。

襄阳之战相持多年，小规模战斗反复不断。郭佐祥在一次战斗中失踪了。因为死未见尸，人们就说他可能被俘了。毕竟蒙古军一般不收容敌军遗弃的尸体。

一天，有一位高高瘦瘦、面色黝黑的老太婆来找绮儿，说：“郭佐祥被蒙古兵俘虏了。他的命运就握在你手中。”老太婆带来了郭佐祥的亲笔信。信很简短，字面的意思是说，他现在身在蒙古军中，身体无碍，让她放心。

“我该怎么办才好呢？”绮儿一心想救心上人。为了救郭佐祥一命，她愿意做任何事情。

“只要有这样的决心，那就跟我走。”老太婆道。

绮儿跟着老太婆，来到一座乡间茅屋。一个肥胖的蒙古军官在等她。那人吊梢眼、塌鼻梁、扁平脸，有着明显的蒙古人特征。但他讲的汉语完美无瑕，完全没有蒙古口音，大概在汉人中间长期生活过。

“范文虎将军即将率数万援军来到襄阳……他的军队杀进襄阳城之日，就是郭佐祥命绝之时。”蒙古军官突然开口说道。

绮儿听了他的话，一开始完全没懂他的意思。

“若能借你的力量，阻止范文虎进军，等我们攻陷了襄阳，郭佐祥就会被放出来。”听到这里，绮儿才明白对方的要求。绮儿能有什么力量呢？范文虎是个男人，绮儿能使出来的力量，一想就明白。绮儿是个女人，她一直靠着这一武器讨生活，不会不懂“你的力量”是什么意思。她的力量有时大到连她自己都感到震惊。

“难道是要用这种力量吗……”她点了点头。

“对手可是一个饱经世故的中年男人。单单靠女人的魅力恐怕会行不通的。”蒙古军官又说道。

“那还需要什么别的策略？”绮儿问道。

“搞乱一个大丈夫的方寸，需要女人和信仰。通过女人之口让男人信教，才是最厉害的……对了，听说你认识天阳老师？”

“是，略略识得。”绮儿答道。

绮儿的干妈皈依在天阳老师门下，绮儿也曾常常陪她去老师那里，渐渐被老师的话吸引，但不似干妈那样沉溺其中。不过，信教是怎么回事，她是了解的。只要是自己了解的，不管是什么，她都能演好，这点自信她还是有的。她横下心来，一切都为了自己爱的人。

武将范文虎比预料的纯情，瞬间就对绮儿和道教迷恋到不可自拔，绮儿根本不需要发挥太多的演技。

绮儿知道郭佐祥得救了，但她这时已成了范文虎的宝贝，成了他金屋藏娇的爱妾。她斩断与郭佐祥的情丝，委身于范文虎，受到他的关爱。这一切，也都是为了救郭佐祥一命。连她自己都认为，她已经成为一个再也不该出现在郭佐祥面前的人了。

可是，就在几年前，天阳老师仙逝后，绮儿偶遇襄阳大堤时代的朋友，听他们说，郭佐祥还在等着自己。郭佐祥得知来龙去脉以后，把绮儿当作救命恩人，为了随时能够接纳绮儿，连婚都不结。

绮儿开始动了逃离范文虎的念头。范将军被任命为远征日军的军队司令官，这正是她逃走的绝佳机会。她把一切告诉了同住一室的少宝。起初，少宝有很多瞧不起青楼女子绮儿的地方。但在听她毫无保留地讲出自己的身世后，少宝似乎被感动了。

“绮儿，你应该逃走。到郭佐祥的身边去吧……”她鼓动绮儿道。向马可·波罗讲述事情经过时，少宝兴奋起来，终于坦白了是自己教唆绮儿逃走的。

“原来如此……尽管如此还是不好办呐……这确实是和台风一样无可奈何的事，但又怎么跟范将军说呢？”马可摇头道。

七

舞台又回到卢沟桥畔的晓云园里。

隔着朱漆桌子，范文虎将军双肘支在桌上与马可相对而坐。经过了漫长夏季的海上生活，他的脸晒黑了。和送别宴时相比，他的身体似乎紧绷了一些。

“实在无颜面对将军，事情经过就是如此……”尽管有些地方令人痛苦，马可·波罗还是尽量详细地讲述了绮儿逃走的经过。马可说话时，范文虎没有插一句话。和送别宴时一样，他一直凝视着窗外美丽悠长的卢沟桥。

说完经过后，马可等着范文虎的反应。而他突突跳动的太阳穴，可以说是唯一的反应。范文虎表面上的不动声色，显然是装出来的。

沉默了一会儿，范文虎终于开了口，道：“这事我已经预料到了。一起生活了十年，不是摆摆样子的。”

“是吗……”这话接得有些蠢，但马可还能说什么呢？

“今日进宫，聆听了陛下的圣谕。当时……是啊，我就想，绮儿大概已经不在波罗先生这里了。”

“是预感吗？”

“是一种比预感更强烈的感觉。在陛下的话中，我仿佛听到了绮儿的声音。”

“陛下说了什么？”

“陛下说，一旦风浪来袭，再勇猛智慧的将军，都将无计可施。听说这是正一天师献上的预言，陛下说出了这个预言。”

“正一天师的……”

“没错……难道不是波罗先生向陛下进言，让正一天师占卜吉凶的吗？”

“这，是没错，可……”

“波罗先生可是一个基督徒，这是您的本意吗？”

“不……这个……”马可·波罗支吾起来。

“就算您瞒着我，我也知道，是绮儿央求您的吧？”

“是的……”马可答道。但想想又觉得不仅仅是这样，便又补充道：“的确是绮儿央求我向陛下进言的。但这也符合将军您的所托……将军曾对我说过，要我请求陛下保护道教……我把这话当成了将军的遗言，现在看来您并没有这么想啊。”

“您感觉到了？”

“就在刚才，隐隐约约地……”范文虎受到绮儿演技的影响，成了一名虔诚的道教信徒，甚至把汉族的未来寄托在道教身上。但除此之外，他也曾希望一旦战败，能够因为自己是道教中人而获救。

“我们并没有相互表白这个心迹。”范文虎道。

“是啊……但同居十年了，总该有些心心相印的东西了吧。”

“或许吧。”范文虎轻轻点头道。

身为远征军司令官，范文虎有过判断：只有遭到台风袭击，才会打败仗。要是因为台风而被问战败之罪处被处死，那就太冤了。

“因台风战败，免责。”他希望得到这样的保证。但作为司令官，他不能向皇帝开口说这些。即使说了，也很无力。他想用更强有力的话语上达天听，并且是在某种气氛下说出来。

若是采用道士修黑暗行进行占卜的形式，这些话就会给皇帝的耳朵带来强烈的冲击，让皇帝听进去。占卜道士的地位越高越好。道教界地位最高的道士就是正一天师张宗演。绮儿也很熟悉这位正一天师。

不讲君臣关系，忽必烈皇帝最能坦率地听进去的就是马可·波罗等人的话，因为他们对中国没有丝毫政治野心。通过绮儿，由马可·波罗向皇帝进言，传递正一天师的预言。范文虎留下那段遗嘱般的嘱托的目的就在这里。但是若依范文虎所言，他与绮儿并未事先沟通。

“无言之中，心心相通，绮儿像你所期待的那样，通过我把正一天师引荐到皇帝面前，成功地把台风免责一事灌输给了皇帝……但是，如果绮儿没有央求我，将军打算怎么办？”马可问道。

“那就是绮儿对我见死不救。如果真是这样，我还是死了的好。”范文虎答道。

“我好像搞明白了……绮儿另有所爱，但又不忍心对您见死不救……这正是您所期待的，但她逃离了您的身边。”

“这也是我所期待的。”

“啊？”

“我爱她，能清楚看透她的心思。她很犹豫，想立刻飞到郭某的身边，却又不忍心抛下我……社会上以为我用枷锁关住了绮儿这个‘宝贝’，真相却是她的良心给她的行动上了锁……我给她创造了一个易于她自己打开枷锁的环境。”

“所以……”

“是啊。若能救我，她的良心就会好过些……她施大恩于我……然后作为交换，她离我而去。这样绮儿就会多少减轻一些心里的负担，下定离开我的决心……这都是为了绮儿。真正爱一个人，不就该这样吗？”

“为了一个人牺牲自己，才是真爱。我们受的教育就是这样的。”马可道。

“人伦之道，四海皆同……都是一样的。”范文虎说着，终于把目光投向了马可·波罗。他在笑，眼睛却没有笑意。

“或许绮儿也明白您的心意……而且对您怀有深深的感激之情。”

“是吗？”

“今年二月，在卢沟桥晓云园的送别宴上，您把绮儿和道教的事情托付给了我。当时绮儿就该注意到您偏偏托付这两件事的意思……”

“事到如今，怎么样都无所谓了……”范文虎这才第一次伸手去拿酒杯。

据《元史》记载，第二次远征日本的生还者仅有三人。在中国正史中,《元史》是贴着“杜撰最甚”标签的史书。在《元史·范文虎传》中写道生还者是三人，而在《元史·本纪》中却记载为“十仅一二”，意思是十人中仅有一两个人生还。按全军二十万人计算，若“十仅一二”，则至少应有两三万人生还。据参加远征军的高丽方面的《高丽史》记载，生还的高丽兵人数为一万九千三百九十七名。包括士兵和水手在内，高丽军总共动用了两万七千人。

马可·波罗在他的游记里说，卢沟桥共有二十四个拱洞。想必他居住中国时，被桥的风景迷住了，根本没有数过拱洞的数量，被人一问，便大概地回答说约有两打，结果被人夸耀地写进了书里。前面已经讲过，卢沟桥共有十个拱洞。

马可·波罗在这座桥边送走了远征日本的司令官。不消说，他做梦也没有想到，六百多年后，这里竟成了日本侵华战争的爆发之地。

白色祝宴

一

世祖忽必烈在上都迎来了他至元十八年（1281）的生日。忽必烈跟往年一样举行了盛大的寿宴，情绪却不太好。很显然，就是因为远征日本失败了。

忽必烈出生的时候，成吉思汗还健在，但那时蒙古还没有年号。按西历的说法是一二一五年，他的生日是阴历八月二十八日。

根据日本的记载，蒙古第二次来袭，“神风”吹来的那天是弘安四年闰七月一日。前面已经说过，镰仓时代的日本与元朝时的中国历法略有不同，日本置闰的是七月，元朝则是八月。阴历中的闰月是把同一月份过两次。不过重大活动一般放在第一个月举行，忽必烈六十六岁生日也是按这个规矩办的。

按照元历，“神风”是在第一个八月一日刮的，而这个月的二十八日，是忽必烈接到元军在日本战败消息的不久后。

“全军覆没。”当时，他只接到了一份简单的报告，直到生日那天都没有收到详细报告。因为详情不明，忽必烈的情绪格外不好。

“我们清楚得很，皇上情绪不好。大臣们却说皇上跟去年一样……”皇帝生日之后，一名伺候在忽必烈身边的侍正府差官对马可说道。他们比谁都了解皇帝的动静，这似乎就是他们存在的价值。

“啊，是吗，陛下情绪不好吗？”马可撇起嘴巴做出吃惊的样子。其实不用侍正府差官说，马可也觉察到忽必烈皇帝情绪不佳。他只是觉得不这么做会对他们失礼。

“只有我们才看得出。”差官在说到“只有”时特地加重了语气，“所以我们商量好了，下次一定要小心翼翼地办一个完美的庆祝仪式。”

“下次？”马可问道。

“那不是铁定的吗，大年啊！一定要在大都可了皇上的心……我们反省过。我们不知道日本一战会让皇上那么痛心。早知如此，就该用心服侍，为皇上解除烦恼。”差官表情严肃地道。看得出他热心职守，但不得不说热心过头了。

元王朝建立礼乐制度的历史不长，始于至元八年，至今仅仅过了整十年而已。朝廷仪式中，最盛大的庆祝宴会是皇帝即位的时候，但即位仪式不常有。每年例行的节日活动中，最盛大的就是新年贺宴和皇帝寿宴，前者称作“元正受朝仪”，后者称作“天寿圣节受朝仪”。

蒙古族原本自诩“草原之民”，蔑视汉族为“城廓之民”。但统一了天下、在中国建立王朝以后，不建城廓和宫殿就不成体统。于是他们在现北京城的位置建造了都城，称为“大都”。但他们又割舍不下对草原的留恋，也难忍北京夏天的酷暑，于是在长城之外的开元府又建了一座都城当夏宫，称为“上都”。

每年两大例行庆祝活动中，元正受朝仪在大都举行，天寿圣节受朝仪在上都举行。按照宫廷岁时记的说法，过了天寿圣节，宫廷就会从上都移至大都。

远征日本失败那年是至元十八年，忽必烈是在闰八月丙午（十四日）回到大都的。范文虎等日本远征军将领在大都，即北京，向皇帝详细奏报了远征失败的过程。

“既是台风，便也无可奈何。”忽必烈说道。尽管嘴上这么说，但败了就是败了，他当然高兴不起来。

“不过，从效果来看，也未必算是失败了……”忽必烈心里忖道，但不能说出口。蒙古族以草原武装骑兵军团为核心，最不擅长的就是水战。剿灭南宋费了大力气，也是因为受到了复杂的江南水路和神出鬼没的南宋水军的困扰。如今江南水军已经投降，元朝统治了整个中国，但他们最忌惮的仍然是江南水军。

忽必烈想出来的解决办法是把这支令人畏惧的军队扔到海外去，即所谓“弃军”战略。他认为，只要他们占领日本，在那里定居就行。这样对元朝的威胁就可以相应减少。没想到一场台风就让江南水军覆灭了。从减轻水军威胁的目的上说，这个结果也不错。

《元史》记载，这年九月，朝廷将羊、马、衣服、币帛等物赐予了范文虎麾下的将士们。忽必烈皇帝将他们失败的原因归于狂风巨浪，不仅没有问罪，反而犒劳了他们。

二

“像我们这样能活着回来的真是万幸啊！死掉的兄弟们可怜得不得了！他们被抛在了那么远的地方，被海浪卷打着，沉到海底……活着的好不容易漂到岛上那还算好的，要是被日本兵抓住，还会被杀掉……多么可怜啊！”马可·波罗听到过那些生还的远征军士兵的哀诉。

这年的九月至十月，在中国被议论最多的话题就是远征日本。

日本是个什么样的国家？元军跟日本是怎样打仗的？说起好奇心，马可可是不落人后。而且他地位特殊，有很多机会实际听到生还者的讲述。他跟指挥官范文虎也很亲近，可以详细听到指挥部所看到的战斗情况。但马可并不满足于此，又找了几个生还的士兵，听他们讲述下层士兵所看到的战斗情形。对照两方面所说的情况，马可觉得他能还原出远征日本之战的真实情形。

“这一仗打得太惨了！”马可禁不住膝头打颤。那些从狂风暴雨的大海上九死一生逃回来的人的故事，确实惊心动魄。而那些被抛弃在日本孤岛上的人的故事，更是令人震撼。

据正史《新元史》记载："至元十八年七月，军至平壶岛，遇飓风坏舟。（范）文虎被溺，漂流一昼夜，幸附败板得生，遂择坚舰乘之。弃士卒十余万于五龙山下，尽为日本所歼……"①

对比日本的记载，元史所谓五龙山就是日本的鹰岛。被弃的元军在岛上伐木，收集破船板，赶造船只，准备乘船逃走。负责在这方面扫荡残敌的是大宰府少弍经资的弟弟景资，他将在岛上避难的元兵或斩首或俘虏。据记载，当时被俘元兵达数千人。日本方面将俘虏中的蒙古人和高丽人统统斩首于博多，江南人则被留下当了奴隶。在景资率领的日本军登陆之前，已经有不少人乘着赶造出来的船逃了出去。也有人在给日本人当了一段时间的奴隶后，又设法逃了回来。

马可听到了各阶段生还者的故事。后来他在口述中，是这样描写远征日本失败经过的：

……远征军的舰队是数量庞大的船队。由于风大浪高，船只互相猛撞，很多船只被撞破沉淹。只有那些没有组成船队而单独航行的船才免遭于难。恰好附近有一个不大的孤岛，爬上去的人保住了性

---

① 此处与《新元史》的原记载有出入，原文为至元十八年八月。

命，其数不下三万……一俟暴风雨停歇，两名总指挥官率领逃避到洋面上没有遇难的船只（相当多的船并未遇难）返回这座孤岛，仅把百夫长、千夫长、万夫长等全部军官收容到船上，其余的士兵因人数众多，实在无法收容，只好把他们留在了孤岛上，舰船朝祖国扬帆而去……

有两名士兵被弃孤岛，又设法逃了回来。他们在北京街头给游客讲这些故事赚钱，一时间引起热议。两人中一人负责抑扬顿挫地说故事，另一人吹笛子，有时也弹琵琶。

马可·波罗和西域人阿里一块儿走着，正好碰上这两个远征兵讲"远征故事"的现场。

"看，现在正在讲最近很出名的远征日本故事。我们听一听吧。"马可说道，阿里点头同意。阿里现在担任大乐署令，是管理礼生（司礼者）和乐工（乐师）共四百七十九户的官职。

百姓们看上去跟这对街头说书弹唱卖艺的二人组合十分熟悉，打招呼的打招呼，直呼其名的直呼其名。马可他们听了一会儿才弄明白，说故事的叫徐良，吹笛子的叫洪世义。徐良的声音又尖又高，简直让听的人都感到害臊。而原本应该很高调的笛声，反倒给人若有似无的感觉。

"被弃身于遥远的异国。仰望长空，白云中浮现出远方母亲的面容，海风送来小妹的声音。猛然起身，啊，这里竟是绝海孤岛……”故弄玄虚的开场白冗长拖沓，却没有一个听众想要离开。为了聚集听众，故意在开头罗列一堆伤感的词汇。大家都在期待，有趣的场面马上就来。听众里肯定有人已经听过两三遍了。

正如大家所期待的那样，很快是日本军登岛的场面。“率领五万大军，登上这五龙岛的是日本国的大将军，名叫……”说到这里，徐良突然打住。笛声也停了。只有区区几秒钟，但全场鸦雀无声。尽管他是个说书生手，但在反复说唱中，已经掌握了窍门。

在几秒钟充满期待的沉默之后，他缓缓地大声喊道：“Dazai，kubo！”“Dazai”就是大宰①，“kubo”也许是公方②吧。想必他是把在日本听到的一知半解的东西胡乱拼凑在了一起。

徐良绘声绘色地讲着五万大军悉数登岛的场景：“我方的军师张亮在岩石背后看到了这一切，他啪的一拍大腿，低声对大家说道：‘这可是天赐良机啊……’”

既然是满载五万大军前来，这五龙岛岸边自然挤满了战船；既然大军已登岛上岸，战船自然也都空了。军师张亮计划夺船。

这冒险故事叫人捏了一把汗。刚才还是思念白云那端的母亲面庞、听着风中小妹声音的懦弱士兵，转眼就成了

---

① 在日语中是百官之首的意思。

② 日本镰仓时代对将军的称呼。

豪气冲天的勇士。他们在军师张亮的号令下，有条不紊地进行控制，成功夺得了许多战船。

他们准备乘着这些战船回国吗？不！他们现在是英雄，是豪杰！他们不能不报一箭之仇就厚着脸皮回国。在张亮的提议下，大家决定乘着战船，去攻打日本的国都。

他们英勇奋战，终于攻陷了日本的国都。日本国大将军大宰公方连呼“可气，可恨，上当了”！他集合了各路兵马，率领数十万大军包围了已被大元军占领的国都。大元的勇士们顶住了包围的大军。但与故国远隔万顷波涛，音讯不通。以一己之力对战日本全国，不能指望前途一片光明。

于是转而讲和。日本提出的条件是“全体留下，编入日本军”，军师张亮接受了这个条件，双方讲和。因此那些被弃五龙岛的大元士兵，现在已被编入日本军，生活在那岛国……

“日本国王支给的薪水不低，待遇也不薄。但我们难忍思乡之情，趁着黑夜，偷偷划着渔船，逃了出来，目标直指大元国庆元府……”伴奏的笛子不知何时换成了琵琶。

掌声爆起。

“不知真假，但煞是有趣。哈哈哈…”

“张亮这名字好假啊，一听就是用前汉军师张良和蜀汉军师诸葛亮的名字拼凑起来的。这故事就是编造的。”

“把成百上千艘战船空在那儿去登岛，日本军再蠢也不会干出这种傻事吧。”马可听到背后有几个颇有学识的听众在议论。

故事确实有些不合道理。一群盗船逃跑的残兵败将轻易拿下一国国都，怎么想都不可能。不过那种让听众百听不厌、把听众一步步拉进故事的说书技巧，可以说还是很有魅力的。马可向转过来的袋子中投了一锭银子，他觉得自己挺大方。他扭头朝旁边一看，阿里的额头上沁出了汗珠。十月已经过半，北京城明显变冷了。这不是热出来的汗。再看阿里的表情，他好像也深受感动。因为过于激动，竟说不出话来了。

“阿里，你怎么了？”马可问道。

“太精彩了！”阿里感叹道，“只能用精彩来形容。多么好的演技！”

“可是好多地方无法理解啊！遭遇风暴，被弃荒岛，夺了敌船，攻陷了敌国的国都……听着，被包围了很久之后讲和……逃脱、回国……听说他们俩小一个月前开始在北京讲这些。可是，他们俩遭遇台风还不到两个月呢！这期间，有可能发生这么多事吗？”

“啊？”阿里露出惊讶的神情。

“我是在说刚才的故事呢。你不觉得有点奇怪吗？”

“啊，那故事啊……我根本没听进去。”

“啊？”这次轮到马可惊讶了。

“我是说笛子呢。那笛子吹得太好了。我从没听过这么美妙的笛声。故事我根本就没听进去……我一定要让他进乐队……”

阿里像被吸过去一样朝洪世义的身边走去，问道："你的笛子是在哪里学的？"

"自己练的……原来我学的是笙，在苏州……"洪世义语不成句地答道。

"跟我一起来吧，去大乐署。您可不是在这种地方吹笛子的人。"阿里热情地说道。

三

皇帝的大寿宴办得不够尽兴，因此这次新年宴会一定要办得尽善尽美，皇帝的心腹都憋着一股劲。

前面已经讲过，照料皇帝生活的部门是"侍正府"，里面有正二品侍正十四人。但具体照料皇上的则是从五品至六品的被称为"奉御"的内官，共有二十四人。他们各司其职，照料皇帝穿衣的是尚衣奉御，照料帽冠的是尚冠奉御，照料入浴的是尚沐奉御，等等。

明年正月的大宴主要由这些奉御们热心筹备。因为事关礼仪，必须跟掌管礼仪的大常寺联络。餐食、饮料、装饰，还有音乐……许多事情必须交给分管这些人去办。

侍正府的奉御来打招呼时，负责音乐的大乐署令阿里颇有自信地道："你们不说，我们也会卖力的，要给你们一个惊喜。我们这里高手云集，很有信心啊。比如说笙，我挖到了比天寿圣节时强得多的高手，整体都会很亮眼的。”

阿里一个劲地宣传洪世义的笙。大乐署有两名署令，另一个姓刘，是汉人。他正在大力宣传一名叫阿发的西域女歌手，说她唱得漂亮。西域人推荐汉人乐师，汉人推荐西域人歌手，这确实可以说是一个超越了民族偏见的公平舞台。大宴上都有乐队，元旦表演的叫作“乐音王队”，天寿圣节的叫作“寿星队”，其他朝会的称作“礼乐队”，乐队成员基本都是同一拨人。

元旦时举行的“元正受朝仪”一般被称为“白色祝宴”。届时会有一万两千名重臣应邀陪膳，大家都要身着白色服装出席。汉族称白色为素色，素衣是丧服。但蒙古族正相反，他们视白色为吉祥之色，非常喜爱，新年一定要穿喜庆的白色服装。每年正月各地会进贡十多万匹骏马，这些马也都是白马。如此一来，正月里到处是清一色的白色。

年内要在圣寿万安寺举行预演，提前两天就要在宫院中开始摆设宴会。

一万两千名参加者赴宴的人中，一半是常客。自丞相往下，依照官职爵位确定座次。另一半人则采取轮流制。同级别的人中，如果甲参加了天寿圣节，新年时则由乙参加。这次从外地宣一些人进京，下次一定会宣其他人，要让尽可能多的臣民参加进来。

此外，功臣会受到特邀。譬如这年十一月，剿灭了福建海盗陈吊眼，直接参加战斗的下级军官就会因功被特宣进京。

在至元十九年的元正宴会上，前一年参加远征军远征日本的下级军官引人注目。马可·波罗属于常客，年底在圣寿万安寺举行习仪（即预演）时，他得知邻座的人名叫郑孟，曾在日本远征军中担任副千户。副千户是尉官级的下级军官，在平时，大概一辈子都不会有机会受邀参加这样的大型祝宴。

“听说您是从日本回来的。辛苦了！听说在那边吃了不少苦啊。”马可向邻座的郑孟搭讪道。尽管是预演，郑孟还是很紧张，人僵硬得很。

“啊，对，嗯……总算是从五龙岛，这个……逃了回来……”他的回答断断续续。马可为了缓解郑孟的紧张，故意找些话题和他搭话。起初他回答起来很痛苦，到习仪快结束时，总算放松了下来。

“在宫院里，我们的坐席离陛下很远，几乎看不到陛下的脸，陛下也看不到我们，所以您不用担心，轻轻松松吃好喝好就行。”

或许是因为马可这样的鼓励，郑孟在元旦庆宴上就没那么紧张了。

“习仪的时候您挺紧张，今天放松多了呢。”马可道，想称赞他一句。

“和打仗一样，”郑孟歪了歪薄薄的嘴唇道，“敌人出现之前，怎么都会发抖。一旦敌人出现在眼前，就一点不觉得害怕了。只能听天由命了。”

“没错，慌乱也没用。”马可点头道。

等忽必烈皇帝驾到花了很长时间。皇上出现在臣子面前可没有那么简单。皇帝的圣辇来到大明殿外，登上高台御座之前，会传来鸣鞭三响。鞭响比人声清脆，能传得很远。

名为通班舍人的官员开始发出号令，他声音洪亮，经过特意的挑选。

“鞠躬！”

“平身！”

随后，反复传来“拜！”“兴！”的声音。坐在末席的人怕是不清楚发生了什么事。祝贺新年首先从后妃、王爷、驸马（公主夫婿）开始，皇族献礼完毕，丞相代表众臣致颂词。颂词的形式固定，内容简短。

“普天率土，祈天地之洪福。同上皇上、皇后万岁之寿……”丞相平素未经发声训练，跟在通斑舍人这些专家后面献词，声音听起来很是单薄。

当时的中书右丞相，是去年年底刚上任的瓮吉剌带。首次担此大任，他有点紧张。

四

致完颂词，右丞相瓮吉剌带退下。站立一旁的尚醖奉御递给他一只酒觞。丞相手捧酒觞面北而立。他站立许久，等待信号。这信号就是音乐。

俄而，舒缓的音乐响起。和着音乐的旋律，丞相缓缓趋前，将酒觞献给皇帝。皇上接过酒觞，宣赞官便高喊：“殿上殿下侍立臣僚——再拜——”

接着是“鞠躬”“拜”“兴”“拜”“兴”的喊声，最后以一声“平身”结束敬酒仪式。丞相的这个“进酒”仪式会反复进行三次。第一次参加的人对一切都好奇，会目不转睛地观看仪式的进行，而像马可这样的常客却因为程式的一成不变而感到无聊。

“合班！”喊声过后，展示贡品。这些贡品驮在数千头大象和骆驼的背上，被运至宫前。每年元旦这天，北京城的百姓都会把长长的象队和骆驼队当成最大的热闹来看。贡品在展现给皇帝与朝臣之前，已被百姓先睹为快了。

郑孟时不时地挺起身子，想看看远处的上座在进行着什么。

贡品展示完毕，音乐再次奏起，宴会开始。蒙古菜以羊肉为主，饮料是马奶，乳酪也摆放在桌上。马可在《马可·波罗行纪》中写道：“菜肴之丰富，简直难以置信，这里暂且割爱不说……”

菜肴的确丰盛，但吃惯了南宋江南菜的汉人并不觉得可口。郑孟吃的时候不时皱起眉头。尽管是天子赐宴，须得感恩领受，但是，不好吃就是不好吃。虽然菜是厨师精心烹制的，但味觉毕竟因人而异，差别很大。马可·波罗也觉得蒙古的宫廷菜不合自己的口味。因此，多年后他在口述时强调菜肴之“丰富”，却闭口不谈味道是否可口，找了个“令人难以置信”的借口巧妙地躲了过去。

音乐也是两位大乐署令精心准备的，拿手曲目丰富多彩。乐音王队共有十曲，一曲奏罢换下一曲。换人换的是舞姬，乐师的主要成员是不变的。

第一曲奏起了《万年欢》，取的是吉利的主题，并有伴舞。第二曲演奏的是《长春柳》，这支曲子在天寿圣节上也是要演奏的。第四曲的舞蹈全是男子，由戴着孔雀明王面具和毗沙神面具的两拨人勇猛搏斗。结束后，舞蹈告一段落，开始表演魔术杂技。

要在一万两千人的大场面表演，魔术和杂技都特意挑了大型节目。不愧是乘元正盛宴的余兴表演，其精湛程度展示了当时的顶级水平，与那些一人的街头表演不可同日而语。魔术和杂技表演也有音乐伴奏，但音乐的性质感觉有点不同。马可仔细一看，原来不是方才乐音王队那帮乐师，而是杂技团的专属乐队在演奏。

郑孟好像不懂音乐，但他看魔术和杂技却看得饶有兴味。这位远征日本的勇敢军官看上去得到了放松。

入席以后，有几个人跟郑孟打了招呼，也许是日本远征军中的同僚。马可他们的坐席恰好面向一条最宽的过道，直到皇帝进场之前还有很多人经过。这次盛宴邀请了许多日本远征军的相关人员，在百姓当中也收获了很好的口碑。跟郑孟打招呼的那些人，大多集中在隔着两条小过道的西侧最后面。

“你的伙伴们和你离得挺远啊。”马可问道。

“是的，我请习仪的时候奉御帮我调换的。这边的席位好得多呢。据说大乐署要塞一个人进来，但以那人的地位坐这个席位太扎眼，就让我替了他。”郑孟答道。

受邀出席元正的白色祝宴是一种荣誉。邀请谁由各部门决定。在日本，受邀参加天皇游园会的人也是由各团体推荐的，文部省、运输省或地方自治体、经济团体等推荐的人，都会直接受到邀请。元正的宴会也与此类似。因此各团体之间会争夺名额。

据郑孟讲，与宫廷关系紧密的大乐署靠着与侍正府的联络硬塞了一个人进来，肯定是音乐有关的人。但从此人的地位上看需要三思，不宜让他坐得太好。所以就想着要把他插到日本远征军下级军官集中的席位上去，而把原定分配在那里的一个人换到更好的席位上来。远征生还的军官，地位虽低却有战功，坐个好点的席位，想必谁都不会见怪。

“噢，原来还有这么一段啊。”马可点点头。他是常客，早已熟门熟路，所以习仪时他也是踩着点去的，并不知道预演前还有这些过程。

五

魔术与杂技结束后是第五曲，由带着龙王面具和扮成飞天夜叉的人开始舞蹈。

“嗯，果然大不一样……”马可自言自语道。杂技团专属乐队和大乐署乐队有天壤之别。前者是魔术表演的助兴，后者则是真正的音乐，舞蹈是音乐的陪衬。把中场休息时间全部交给杂技团，或许是大乐署的策略。中间放入其他节目一比，大乐署的卓越立见。

压轴的第十曲是全体乐师出场，要表演最叫座的女声独唱。西域女歌手阿发早已年过三十，但她的歌声摄人心魄。她穿着一件宽大的白裙，遮掩之下看不出体形。但从她富态的脸庞来看，她的体格应很健硕。

她演唱了《新水令》《沽美酒》《太平令》三支曲目。元正宴会上演唱的曲目是事先定好的，不得变更。若不是皇上亲临，现场一定会爆发出雷鸣般的掌声和“再来一个”的欢呼声。

“这歌声中，有种直达人心的内涵啊……”连不太懂音乐的郑孟都不胜感慨地说道。《太平令》的收尾部分由乐音王队全体成员合奏合唱。舞蹈演员全体起舞。男舞者雄劲有力，女舞者轻盈如花。真是一个华彩的结尾。

“啪！啪！啪！”曲终，空中传来三道无可言传的令人悚然的尖锐响声。

“宴毕，鸣鞭三。”十年前制定的《大元朝仪》上这样写道。

然后皇帝退席了。无论皇帝心情多好，留下与群臣同乐都是不被允许的。不得不说，此时此刻的皇帝真是身不由己。后妃、皇太子、皇族们也都一样，必须跟在皇帝后面离席。

皇帝一行退席后，群臣的宴会仍未结束。不，皇帝退席后，巨大的酒缸才被抬进庭院，酒才被频频斟上。赴宴者众多，或许有人会醉酒闹事。为避免有人在皇帝面前出丑，皇帝退席之前一直控制着不让上酒。

增添了美酒的宴会继续了很久，没有人退场。这是预演时负责人喋喋不休地叮嘱过的：乐队离开院门之前，任何人不得离席。

果不其然，皇帝一离开，场内就变得相当混乱。因为酒坛摆放在日精门和月华门附近，想喝酒的人需要起身去斟。

良久，乐音王队才完成重任退场。任务完成了，他们也松了口气。舞者跳着舞，乐师奏着乐，歌手唱着歌，走出了院门。人们在离去时没有刻意排队，随意摆着各种姿势。很多人晃动着身体吹笛子。马可在乐师群中看到了洪世义的身影，他一边大幅摇摆着身体一边吹着笙。据说这种乐器原本就是要这样吹奏，才能有效调节肺活量，吹得舒服。而且，这样吹还能营造出欢乐的气氛。

“他如鱼得水，吹得很欢乐啊……太好了，太好了……”

洪世义在街头为远征日本的故事吹笛伴奏，是阿里发现了他的才华。当时马可就跟阿里在一起。因为有这样一段缘分，当洪世义扭动身体吹着笙从面前走过时，马可不禁叫道：“洪世义，吹得好！”

不过洪世义并没有听到。即便天气这么寒冷，他还是吹得满脸汗水，而且身边乐音王队的同僚们有的吹笛，有的锵锵地敲钲，非常欢快。尤其是洪世义，他本是远征日本远的一名小卒，因才华莫名其妙地被赏识，才得以在这顶级团队中吹上了自己喜爱的笙。马可仔细观察，发现再没有人的表情像洪世义那般陶醉了。

为意外的幸运而兴奋的不止洪世义一人。郑孟作为一名下级军官，从军参加了远征日本，历尽艰辛得以生还，又被邀请参加了白色祝宴，可太高兴了。

“太好了……真是太好了！只有活着回来，才能亲眼看见这等盛事……太好了！太好了……”郑孟在马可身边，反反复复地道。看起来他很好酒，酒量却不太大。从他端着酒杯时的神情就能一眼看出他无比好酒。然而感觉他还没喝多少，刚刚开始分酒尽兴时，他就已经醉得不轻了。

“本以为，习仪时我也许就已经帮郑孟缓解掉了紧张的情绪，可这一点点好像对他还不够啊……紧张的情绪有时反而会更深地藏在心里。”看着郑孟的样子，马可心想。

宴会快结束时，郑孟还很精神，但似乎是在强打着精神。他很有军人的样子，腰板挺得笔直，不过看上去更像是在勉强支撑着马上要瘫倒的身体。

乐队经过之后，马可看了看旁边的座席。只见郑孟双臂摊在桌子上，脑袋埋在中间，像是睡着了。

“刚才还好好的呢……他肯定是一直在勉强撑着，等事情全都结束了，就一下子瘫倒了。”马可很理解郑孟的心情，觉得让他歇一歇也好，便又喝了两杯酒。他也趴在桌子，打算睡一会儿。

“两人排排坐，做个好朋友……”马可哼着小曲，学着郑孟的样子趴在桌上。但他没醉成那样，根本睡不着。

乐队离场后，大家可以自由行动。不，谈不上自由。

下面还要清场，得早点回去了。

“老郑，你睡得这么香，叫醒你不大好啊。可是，再不赶紧回，就要被赶出去了。”马可摇了摇郑孟的肩膀。

但郑孟毫无反应。两人是年底习仪时才认识的，马可不知道他住哪里，撇下他自己回去也是可以的。

马可站起身来，但还是放心不下。如果一直烂醉也罢了，可就在五分钟前他还在连声说“太好了，太好了”，看起来有些兴奋，但总体还是正常状态。这才一转眼，就烂醉如泥，摇都摇不醒了。想想不是有点不对劲吗？

“我得叫醒他再回去！”马可想着，比刚才更加用力地摇晃郑孟。可是，郑孟的双臂扫过桌面，呲溜一下从椅子上滑落下来。

六

马可一时不知如何是好，环顾了一下四周。

郑孟死了。

宫殿庭院的地面全部用石板铺就。石板上不长植物。尽管庭院到处种着石榴树，但都是种在填着泥土的大桶里的。马可抱起滑落到石板地上的郑孟，让他坐回到了椅子上。郑孟的样子很是古怪。无意中一看，他的喉咙上扎着一根好似细银针的东西。马可条件反射般地给郑孟搭脉——脉搏已经没有了。

马可看看四周，没人注意到异常。皇帝退席之后，到处是喝醉的人，从椅子上滑落这等事，没那么引人注目。

“这可是元旦……就像圣诞节一样……你可别犯糊涂！”马可对自己说道。

“这儿有人死了！”向差官这么告知一声不难，但得考虑地点。这里可是宫内庭院，是举办祝宴的地方。时间又是元旦，大家都在互道“恭喜，恭喜”。想想这样的时间和地点，马可觉得自己不能将此事冒失地告知差官。

蒙古人很重视吉凶之兆。例如，他们认为进门时踩到门槛就会发生不吉之事。成吉思汗时代的战时法中就规定：“踩踏司令官帐篷门槛者处死刑。”

到了世祖忽必烈时代，虽已不再处以死刑，但皇帝驾临之处仍有卫士把守大门左右，监视门槛。元旦宴会的入口也是如此。守门卫士挑选的都是彪形大汉，身高不到两米不能上岗。一旦有人误踩门槛，彪形大汉的卫士就会抓住他的后脖子把他拎出去，扒光衣服。违规者要领回衣服，就得支付罚款。

这一点在《马可·波罗行纪》中也有记载。宫中举办宴会时，进门检查异常严格，不过出门时没这么严格。进门时没有人喝醉酒，但离场时就会有很多人喝醉，于是便睁只眼闭只眼了。另外，皇帝已经离开，所以即使有人出门踩到门槛，也不会被当成那么不吉利的事。

总之，蒙古宫廷对于吉凶之兆是很神经质的。要是大过年的祝宴上就早早地死了人，可就真的不知道事情会如何发展了。

“算了，扛出去吧。”马可决定道。四下看看，有好几个人都喝得烂醉，胳膊搭在朋友肩上，正被架着往外走。学他们的样就行。

马可从郑孟的喉咙上拔下那根细细的银针，小心翼翼地用纸包好揣进怀里。尸体不好办，他吃力地半扶半背着，在宫院里迈开了脚步。尸体无法走路，只能由他拖着走。

马可·波罗还年轻，身上充满力气，但毕竟是在扛着一具尸体走路，心里总是非常不舒服的。尸体还没僵硬，但体温已经低了很多。

幸好卫士只是呆立在门口，根本没有注意出门的人。只有进门的人才需要警惕，没太大必要注意出门的人。在门口，马可使出浑身力气抬起尸体，总算跨了出去。他高个子，在这里占了便宜。

难关，就这样度过了。尸体该运到哪里去才好呢?

元代的大都就是现在的北京，但略有错位。皇帝还是住在紫禁城，这点没变。但元代时，紫禁城是靠近都城南侧的，现在则偏北。因此元代时出了皇城就是城墙，这里的城门叫作丽正门。现在俗称“前门”的正阳门在元代时并不存在，所在位置是城外。

出了皇城笔直前行，有一条东西走向的宽阔大路。路两旁种着杨柳。这是皇城前主干道，同为杨柳，这里选中的也是上好品种，棵棵树干粗壮，枝繁叶茂。马可·波罗找了一棵最大的柳树，把死去的郑孟平放在树根底下，看上去就像一位在正月祝宴上喝醉了酒的大叔倒卧路边。

马可放下他后去了一家相熟的搬运行。马可知道他们过年打烊，他只是想借一辆板车。搬运行的老板出门喝酒不在家，马可跟他的老婆和孩子也认识，凭信用借了一辆。

“这大过年的，您运什么呀？”搬运行的老板娘问道。

如实相告在搬运尸体的话，老板娘大概会吓一大跳。

“熟人喝醉走不了路了，我想找辆车拉他走。”马可答道。

“这样啊……这种事正月里常有。你说这男人为什么非要喝得烂醉如泥，喝醉了活像一具死尸。”老板娘摇摇头说道。听到“死尸”二字，马可的心怦怦直跳。

“唉，偶尔喝一喝，没事啦。”说罢，拉着空车出了门。马可打算，如果柳树下有人围观，自己就溜号。不过，现在往树下看过去只有郑孟的身体，分不清是尸体还是醉鬼。

七

“喂！醉汉来了，让一下！让一下！”马可拉着车，喊叫着跑进了大乐署的衙门。门口有几个男人扎堆，但谁也别想责备他。

“哟，今天刮的哪阵风，波罗先生亲自拉车了？”

“这大过年的，波罗先生是不是也得醉醉酒？”

“哪里哪里，车上那位才醉了呢。”

进门的时候，马可耳边传来大家的议论。看来脸熟也有好处，用车载着人冲进了大乐署的大门，竟然没人觉得奇怪，大家都以为喝醉的人跟大乐署有关，马可只是帮忙把他送了回来。

大约一刻钟后，马可·波罗已身处于大乐署令阿里的房间。在房间里，马可隔桌与洪世义相对而坐。阿里坐在离洪世义不远的椅子上。

地上躺着郑孟的尸体。

洪世义说自己只有三十二岁，但与去年街头相见时比，他仿佛老了五六岁。不，不必和去年比，就算和刚才在白色祝宴上吹笙时相比，他看上去也憔悴了许多。

洪世义低着头，断断续续地讲述道："我的笙和笛子都是跟苏州的一位王先生学的。我学的不光是音乐，王先生也教会了我许多东西。我不会忘记王先生的大恩大德。王先生有个独子叫王修中，我说这话很是难于启齿，但王修中就是个不肖子……干坏事被抓了起来……当时正在准备远征日本，王修中被判……充军……从军远征日本，当军夫（军中苦力）。前些年，王先生死了夫人，这个儿子是唯一的依靠。先生悲伤叹息……我在边上看不下去了……娇生惯养的王修中根本吃不消艰苦的军队生活……先生怕儿子会送命，日夜哭泣……如果可以，我愿意替他去打仗。但是规定不允许这么做……如果花钱找长官帮忙……可以带上私仆一起充军……不用说，我志愿做了随军仆从……"

洪世义的声音有时候小得都快听不见了。他自己发觉后就会自我鞭策，再次提高声音。

马可原以为在从军人员中，军夫就是最底层了，不料底层之下还有底层。若是肯私底下花钱，军夫是可以带仆从军的。马可一向见多识广，但这种事也是头一回听说。

“我们的顶头上司，就是这个人。”洪世义把目光投向地上，郑孟直挺挺地躺在那里。

“是他吗？”马可这才发现死去的男人嘴唇生得很薄。

“嗯，是他。他是副千户。”千户是指挥约一千名左右士兵的军官。千户手下有好几个副千户。他是一名副千户，大概是中队长。对小卒来说，在平时接触的长官中，可以说，副千户就是最大的了。

“他经常欺负你吗？”马可问道。

“也谈不上经常。”

“那为什么？”马可把目光转向了桌边，从郑孟喉咙拔下来的银针就放在那里。

马可的推理是对的。应该说无论是谁推理，都会得到相同的结论。扎在死去的郑孟喉咙上的那枚细银针的针尖上涂了剧毒，银针肯定是从某处飞来的。从哪里呢？若是用手扔投，这枚针太细。想想把它放进管状物中，倒是有可能像吹矢一样吹出来。

“啊，对。一定是笛子或笙。”话说到这里，谁都能想到了。乐音王队由好几十人组成，里面有不少人吹笛或吹笙。不过，既然被杀的是远征日本的下级军官，那么目标就缩小了很多。洪世义曾作为士兵参加远征日本，还在街头与另一人搭伴说唱九死一生的故事。在乐音王队中，除了他，无人能与日本远征扯上关系。

笙这种乐器，由十三根或十九根笙管纵向排列而成，需要用双手扶住，将笙立起来从侧面吹奏。若在笙管中装入银针，即使做了特殊处理，银针在正常状态下也会射向天空。但如果摆动身体把笙斜着吹，银针就能横向射出。

乐音王队退场时，乐手们摆弄乐器时的姿势都是随意的。当时马可确实看到洪世义在大幅度地扭动身体。

如吹矢般射出毒针、瞬间取了郑孟性命的人，正是吹笙高手洪世义。面对马可的追问，他痛快地承认了。现在马可正在追问他的杀人动机。既然痛下杀手，必定已经恨之入骨。但洪世义又说，这位副千户郑孟并没有经常欺负洪世义和王修中。

马可焦急地追问道："那又是为什么呢？"

"郑孟是个爱恨极端的人。"洪世义答道，"他把这个脾性隐藏得很深。他只有爱和恨，没有折中。我们这些当部下的在他心里是爱是恨，不到最后，自己都搞不清……不过，最后我们终于搞清了……"

"最后搞清楚了什么？"

"我们遭弃五龙岛……你知道这事吧。"

"嗯，听说过很多。"马可附和道。五龙岛就是日本所说的鹰岛，约三万蒙古残军被弃岛上是一段著名的史实。当时，郑孟、洪世义，还有那个不肖子王修中都侥幸没有葬身大海，被弃到这座绝海孤岛之上。大家知道，日本军迟早会登岛扫荡残军。

“必须趁早逃命！”大家把完好的和轻微破损的船只修理后，接二连三地逃了出去。军官们负责去寻找逃生用的船只。岛上没有高级军官了，郑孟等副千户成了岛上最高的军官。

郑孟终于弄到一艘船。

“我去最后修理一下。明天清早，在西边那块突出的岩石附近等我。我把船开到那边。”

郑孟吩咐洪世义等人道。可是，郑孟又悄悄告诉自己手下的五十几个亲信，让他们夜深了就去东边海湾等他。

郑孟只让自己的五十几个“宠臣”上了船。如果他就这么直接回国也就罢了，可郑孟居然特地把船开到了西边突出的岩石一带，朝着岛上大声叫喊：“老子愿意带回去的只有这五十人！这船还能坐下二三十人。但是，老子不喜欢的人，一个也不带！再见！”

“太过分了。”马可皱起了眉头。

“我们绝望了。王修中他们彻底绝望，一病呜呼了。不，不光是王修中，还有人绝望地自杀了……不止一个两个……”

“那么，你这是报仇喽？为了复仇而射出了毒针？”

“这……”洪世义好像不知道该如何回答，“这个，算报仇吗……可我没想过要报仇。”

“那为什么要杀他？”

“只是……”洪世义似乎在拼命思考，“只是……我只是觉得不能让他活着。”

“不能让他活着？”

“是的……您能理解吧？我正是为了这个，才和徐良结伴在大都城里走街卖艺的。”

“为什么要这样做呢？”

“我想，只要我吹笛子，懂音乐的人就一定会赏识我……然后我就可以进入乐音王队。我已经知道郑孟受邀参加白色祝宴了……是的，换席位也是我通过上司故意换的……郑孟一定深信不疑……”

“原来如此……你让郑孟坐在了容易被射中的位置上……”马可耸了耸肩。

“习仪的时候，我目测好了距离，回家就拼命练习。”

“可你不是在五龙岛被日本人俘虏了吗？”

“嗯，是的。被俘虏后，蒙古人和高丽人都被杀了，我是江南人，保住了一条命。”

“你做了奴隶？”

“是的……我坐渔船逃了出来。日本主人看见了，但又假装没看见。现在回想起来，那艘渔船或许也是主人帮我预备的……”

“那么，接下来怎么办？”一直没说话的大乐署令阿里这时开口说道，“这件事是波罗先生弄清楚的，最终怎么解决，我想也交给你吧。”

马可·波罗思考了片刻，道：“是啊……我就是不想输给日本人……输给日本人怎么成？”

明童真君瓶

一

池畔的小店里，除马可·波罗一行外，再无其他客人。这是一间为客人提供饮食的店家，可是都到了饭点，客人还如此之少，这生意还做得成吗？！马可担心起别人家的事来。不过，马可带了五个随从，这么一家萧条的小店能否备得出饭食，才是眼下的问题。

“六位客官，没问题。”老掌柜如此答道，马可松了口气，但看着气氛，还是忍不住叮嘱一句：“能快点上吗？”

“哦，当然当然，马上就上。”老掌柜泰然自若道。

“那太好了……这儿可比听说的还要萧条啊。”

“嗯，生意不好啊……幸亏我做这行年头长，有几个老主顾。”

“啊，老主顾啊……可除了我们，没有客人啊。”

“噢，我的买卖啊，不在堂吃，主要靠外卖啊。”

“哦，这样啊。原来如此……”马可点点头。就在这时，一个十五六岁的姑娘走进店里。

“大叔，做得了吗？”她笑盈盈地问道。

“哦哦，当然做得了。等着你呢，素莲。”

“好，那我就拿回去啦。”名叫素莲的姑娘消失在小店里面，很快又挑着扁担走了出来。扁担两头的篮子里的东西看上去没那么重，素莲步履轻盈。

目送她出了店门，马可对老掌柜说：“这姑娘真可爱啊。”

“噢，她可是个好姑娘！她是赵陶匠的女儿。以前她家雇着五十个人呢，最近啊，只叫十个人的饭了。”

“哦，原来是陶匠的女儿……”

“他家可是镇上好几代的出名陶匠……您有所不知啊，从前，赵家小姐可从不会自己挑着扁担来取饭的，毕竟人家是讲排场的……”

“讲究排场的陶匠？”

“不光讲排场，手艺也高，人品又好……受龙泉影响，镇上就萧条了，那么好的人都要受穷，太让人心寒了。”老人摇头道。

景德镇有大大小小、各式各样的窑，专烧白瓷。在坯面上雕以暗纹，施以青蓝釉料，内凹处的青蓝就会凸显出来。这种瓷器叫作影青，备受珍重。小镇原叫昌南，十一世纪初北宋景德年间，取当时的年号改称景德镇，随着陶瓷业的发展，小镇也日渐繁荣。可是南宋以后，人们的喜好发生了变化，青瓷开始倍受喜爱。不仅是中国，就连日本的订单也几乎都是青瓷，影青的需求一下子就断绝了。

青瓷烧制于浙江龙泉。南宋遭到金国的攻打后南逃，临时首都设在浙江杭州，龙泉因而繁荣起来，景德镇相应衰落。放弃景德镇而移居龙泉的陶匠不在少数。这些行家在龙泉窑也获得了成功。听到消息后，人便接踵而至。就这样，白瓷名镇景德镇败给了青瓷小镇龙泉。

留在景德镇的陶匠，不是做的产品质量差，在龙泉发挥不了作用，就是有特殊原因离不开景德镇。赵家之所以留在景德镇，并不是因为手艺不精，毕竟赵家名匠辈出。

“您就这么喜爱景德镇吗？”

听说祖辈一代的名匠赵义对这个问题的回答是：“这是我生我养我的镇子。我不会抛弃这里去别的地方。”

可是，父辈一代的赵亮却说：“我当然喜欢景德镇，但不去龙泉另有原因。”

后面他就含糊其辞了，无论怎样追问，他只是说：“反正，我的心情跟家父一样。”

到了赵茂这辈，他明确地说出了原因：“我喜欢景德镇窑白瓷，家父与祖父也都是这样。我们跟龙泉瓷不投缘。”

赵家祖祖辈辈烧制白瓷碗碟。白色器皿在中国并不受欢迎，或许它会使人联想到葬礼上的孝服（素衣——白衣），因此被敬而远之。因为需求少，无法大量供应，价钱也很低。

店掌柜解释一番后，又加了一句：“因迷恋白瓷而宁愿受穷，我可理解不了啊。”

“哦……竟然有如此迷恋白瓷的陶匠啊。”马可·波罗低语。

“接下来去那儿，就这么定了……”此刻，他终于确定了目的地。

“大叔，我们想去那位赵茂的陶窑，能指个路吗？”马可问道。

“去买瓷碗吗？”

“嗯，在想着呐。”

“他们会高兴的。毕竟日子过得清苦啊……就让他们赚点吧。”说着话，小店的老掌柜把去赵茂陶窑的路指给了马可。

二

带着草原野性的蒙古族建立起来的元帝国能够统治中国，虽然只有百年左右，但也堪称历史的奇迹。在中国大陆运行一个国家，财政基础首先必须牢固，历代王朝经常有因为财政破产而灭亡的。蒙古族几乎不具备运行国家所需要的财政管理才能，因此才被称为奇迹。

奇迹发生的原因极为简单。把话反过来说就是，蒙古族幸运的点在于他们完全不具备财政能力。靠军事征服了大片土地的民族，很容易认为军事以外的事情“只要干，就没有我们干不成的”……

军事上的辉煌胜利将荣光的余晖洒向了其他领域。然而，唯独在有关财政的领域里，蒙古族完全没有这样的自命不凡。他们是草原的游牧民族，对于绿洲和城市里人们赖以生活的手段——“做生意”，打心眼里瞧不起。

他们不以缺乏财政方面的才能为耻，反以为荣。即便当上了一国之主，他们对生意的事情依然不愿亲力亲为。

“做生意会脏了手。”这种想法在他们心里根深蒂固。幸好他们一开始就把不擅长的事交给了别人，元帝国把财政交给了色目人——伊朗人、土耳其人等西域民族，他们被称为天生的商人。蒙古人很了解西域人的这种才能。

“这事交给他们，一定能办好。”这样的思考，带来了好的结果。游牧的蒙古民族一向把农工商阶层当作压榨对象，如果他们用这种方式管理国家，老百姓的生计肯定早就破产了。

在元世祖忽必烈统治的前半期，一位名叫阿合马的西域人掌管着国家的财政经济。这个人在人品上存在很多问题，在工作上却极其能干，能够关注到细枝末节。他在为国家打开财源的同时，也在中饱私囊。

这位阿合马注意到，烧白瓷的景德镇窑在竞争中败给了烧青瓷的龙泉窑，已经疲惫不堪。他不但经营过丝绸之路的贸易，还经管过途径南海的贸易，商品知识无人能出其右，而且，他很有想法。

“景德镇的商品如此优良，为什么卖不出去呢？”白瓷不如青瓷受欢迎，漂亮的白色反成祸患了。阿合马用商人的直觉思考着把滞销商品卖出去的办法。白瓷独有韵味，但恰恰因这白色被人敬而远之，卖不出去。有没有一种方法，既能留住白瓷的韵味，又能把它卖出去呢？

西域人阿合马是回教徒。伊斯兰风格的设计基础就是人为地将空间填满，因为沙漠之民对“空无一物”怀有恐惧心理。蒙古族建立了元帝国，将中国商品的销路拓宽了，但景德镇的白瓷却没有受惠。

“着色怎么样？但如果涂满颜色，独特的景德镇白瓷就不存在了。局部着色，线条也行，简单的图案也可以……行，这样一定好卖。用色彩来衬托白色，一定可以……”

阿合马脑子转得很快，立刻就想到了用什么颜色可以衬托出白色：“蓝色！”回教徒钟爱白色与蓝色的搭配。想要为中国瓷器打开新的销路，那就在景德镇的白色上着蓝色！连他自己都觉得这是个好主意。

“那帮家伙以前怎么就没想到呢？”阿合马考虑得很周到，迅速解决了问题。或许有人想到过，但是中国没有适合做瓷器釉料的、鲜艳的蓝色颜料。

“柯巴尔特[①]！有了！能产生蓝色的柯巴尔特矿物再合适不过了。”这是一种产于中近东的颜料。阿合马年轻时经常把这种蓝色颜料卖给波斯的瓷器作坊，所以很熟悉这种商品。柯巴尔特用作陶瓷颜料的历史很悠久，并不是新开发的不明底细之物，而是一种已经合格的商品。问题在于如何利用它来创造出新瓷器。阿合马身居财政大臣这一国家要职，没有时间亲手经办这些具体事务。于是他唤来马可的父亲，说了自己的想法。

“如果这样景德镇能够复苏，大青色的柯巴尔特能够大

① 柯巴尔特（Kobalt）是欧洲中世纪人对辉钴矿物的称呼，从这种矿物中得到的一种釉下蓝色颜料“苏麻离青”可使瓷器烧出的青花纹饰呈色优良，发色艳丽。

量销出的话，这个生意就让波罗商会独家经营。干得好，就会有大量瓷器出口到全世界。垄断烧瓷器的颜料进口，这买卖不会赖。怎么样？跑趟景德镇研究研究？”阿合马商量道。

这不是件坏事，干得好还能大赚。

“好，让我试一试。”马可的父亲当场答应了下来。但当时交通不便，从北京到景德镇路途艰辛。于是他决定让儿子跑一趟。

就这样，马可把大量柯巴尔特颜料的样品装在车上，千里迢迢从北京来到了江西的景德镇。

“去景德镇。”马可心中只有这个想法，没有明确的计划。景德镇已经萧条了，但还有几座窑，这就是他对景德镇的全部了解。景德镇已经展现在眼前了，但他还没有决定去哪座窑谈这事。不，就算他想定下来，他也不知道镇上有哪些窑。

在池畔小店，马可才第一次知道陶匠赵茂的窑口，了解到赵氏家族世代热爱景德镇白瓷。

只能去那里了，马可自然而然地这样决定。

三

“这样就能拯救白瓷吗？”听了马可的解释，赵茂把双臂抱在胸前，喃喃低语道。马可首先赞美了景德镇的白瓷，然后重点解释了柯巴尔特颜料能为白瓷提色。马可从池畔小店的掌柜那里听说赵茂沉迷于白瓷的白色，所以他尽量少提柯巴尔特颜料鲜艳的蓝色。

赵茂满脑子只有景德镇白瓷的白色瓷面，就算跟他讲蓝色的美，他也不会感兴趣。不，如果只当作耳旁风倒也罢了，一旦有点差池，还会引起他的反感。马可小心翼翼地介绍柯巴尔特颜料的功能时，尽量突出它能为白瓷增色这一点。

“有反应了！”对赵茂的低语，马可条件反射地这样认为。

马可带着一些设计图样，都是伊斯兰人喜欢的几何图形和蔓藤花纹之类。赵茂只是瞟了一眼这些用蓝色颜料画在纸上的图样。倒是他的女儿素莲站在马可身旁望着图样，似乎很感兴趣。赵茂很快挪开了目光，素莲却凝视着图样良久。

“小姐怎么看？”马可问道。

听到马可问话，素莲终于把目光从图样上移开，转到了房间的墙壁上。这个动作似乎在告诉马可什么。

墙上挂着很多画轴。不知道的人还以为这里是卖字画的人开的店，不是磁窑主人的房间。或许人们会奇怪，为什么房间里挂的都是同一位画家的作品。其实，这里只挂同一位画家的画是理所当然的，因为这些画都是主人赵茂画的。

赵茂年少时就热爱绘画。这里就是他的画室。烧制碗碟是为了谋生，绘画才是兴趣所在。虽说是业余爱好，他却相当沉湎于其中。

“景德镇　赵茂”，每一幅画上都有签名，钤有印章。

画作中有山水花鸟，但大多数是人物画。陶匠赵茂的兴趣爱好——绘画，背后有一种对人的深切关注。

“哦，老板您会画画呀……人物的个性画得呼之欲出啊。”马可道。

“您可别夸他了，更得飘飘然了。哈哈哈……”素莲紧跟着道。赵茂绷起了脸。

在那个时代，与山水花鸟画相对，人物画被称为“道释画”。道指道教，释指佛教。因为人物画主要是画道教和佛教人物的。但是挂在赵茂房间墙壁上的画作中，没有一幅与佛像有关。

道教人物，无论是老子，太上老君抑或太乙玉君，都没有佛像那样的背光和莲花座，取的都是普通人的形象，多为骑在牛背上或拄着拐的老人。女性多是西王母或仙姑、仙女，不过也跟当时上流社会女性的风俗相同。道教是一种有人情味的信仰，跟这个信仰有关的人物，形象都极为平常，不像佛教那样画得很庄严。

赵茂的画可以视为道释画，但看作描绘普通人的作品也未尝不可。

“净画些老人多郁闷呀。”素莲道。的确，老人画很多。

“不上年纪，人就活不出味道。”赵茂道，把嘴撇成了八字形。

马可目不转睛地看着墙上的画。他不太懂画，之所以凝视赵茂的画作，是在看赵茂绘画的空间安排。他的每幅画上都有大片的留白。

“为什么不把纸画满呢？”马可问道。

“把那个拄拐的老人画得很大，填满整张纸，你，觉得美吗？”赵茂有点沉闷地反问道。

马可又将画端详一番，笑着摇了摇头：“还是现在这样好。”

“没错吧。老人在仰望天空……留白不是单纯的空白，里面充满了老人的人生经验和喜怒哀乐。老人凝视着这一切。这空白可不是死的，而是鲜活的空间。”

“对，对！就是鲜活的空间……瓷器上也是……”马可说着，咳嗽起来。

赵茂继续抱着双臂，望着自己的作品。他正在心里思考，要把纸上的图样转变成瓷器。

“有些美，只有用纸才能表现出来。”赵茂自言自语地喃喃道。

“没错……瓷器不也可以表现出别样的美吗？”

“我正在想这件事……”赵茂把目光投向了放在房间角落装着柯巴尔特颜料的袋子。

“怎么样？要不先试试？”

“是啊……”赵茂深深地点了点头。

四

从形式上看，是赵茂听从了马可·波罗的劝诱，但对赵茂而言，这是一段幸福的日子，他做到了生计和兴趣两不误。

赵茂制作了一些碗、碟、瓶和花盆，然后用柯巴尔特颜料绘上图案。他通过调整颜料比例，试验各种温段的火力，研究了着色。他是一旦干起来就会很投入的性格，所以有时会一连熬上好几个夜。

“多亏您，我爹才有了生气。谢谢您让他感到活着是有价值的。”起初素莲很开心，但又担心起父亲的投入程度太过异常。然而，全身心的投入让白瓷着色的崭新试验在极短时间内取得了成功。

“成败就看这次了。”一天，赵茂将前面的试验品统统砸碎，大声说道，既像是对外宣告，又像是说给自己听。

此前都是试验，下面才是正式制作。

赵茂制作了一只高达五十厘米的大瓶，上面绘了一位头戴华冠的少年。华冠是用鲜花装饰帽子，没有帽檐。一脸稚气的少年仰望着天空。他目光投向的空间是一片景德镇引以为豪的白瓷瓷面，润泽如玉。

在这里，白瓷活了。透过少年的形象，不，少年的目光，白瓷正在向观赏者传递着生命的气息。

景德镇附近有座山，叫高岭山。那里的瓷土是白瓷的原料。经过一千度以上的高温焙烧后，瓷土变得坚硬紧致。景德镇的白瓷坚硬而有韧性，靠着这种强度，白瓷可以做得很薄。后来到了清代，这里烧制的薄胎极薄，甚至被称为“纸瓷”。

赵茂把瓷瓶摆放在了自家陶窑边的作坊前，过往行人看后无不瞠目结舌。瓷瓶制作精美，人们在感受精美工艺的同时，感受到了着色的新想法带来的冲击。

这是习作阶段结束后烧制的第一件作品，可以说是赵茂白瓷着色的处女作。它是一件大型瓷器作品，体大胎薄，观其厚度，薄得甚至让人感到可以看透瓷面。烧制薄胎，赵茂是景德镇第一高手。但大型作品通常不会做得很薄，因为怕烧制时出现裂纹、变形。只有那些能做到造型稳定、胎体均匀、火候控制自如的高手才能制作大型的薄胎瓷器。

“到底是赵陶匠……”

“这画是怎么画上去的呀？”

“用的是什么颜料呀？”

这里是瓷器名镇，来往行人也多与陶瓷业有关。很多熟人，甚至只有一面之交的人，都受到吸引，涌进作坊里来。

“赵茂，教教我们吧！”大家纷纷道。

“当然行。我不会藏着掖着的。”为了自己热爱的景德镇能够复苏，赵茂决定向众多陶匠公开着色技术。

眼看带来的柯巴尔特颜料样品越来越少，马可派人去北京找阿合马联系，请他运来大量柯巴尔特颜料。阿合马补充了柯巴尔特颜料，但在信中指示：“第一次颜料是样品，可以免费。但这次以后要收钱。成本你清楚，卖给窑户的价格，可以由你来定。”

赵茂作坊前的处女作成了日渐复苏的景德镇的象征。为了激励其他陶匠，赵茂特意将它放在了大路上。眼看已经发挥出了效果，赵茂把它收进屋里。然而，人们却不同意了。

“瓷瓶不在那里，心里空落落的。你就一直放在那里吧。”甚至有人央求道。

“不仅我爹，整个景德镇都重新有了生气。多亏您了。”素莲感谢马可道。马可被当成了镇上的救世主。他住得开心，就决定再住上一阵子。

“我想在景德镇多住些日子，调查一下柯巴尔特颜料的用量。”马可在信中对父亲说道。对他而言，在这里住得开心多半是因为素莲。他对瓷器是门外汉，对白瓷瓷面的莹润度也毫无兴趣。比起白瓷，倒是素莲那温润的肌肤魅力大得多。

马可借住在赵茂家的隔壁，随时都能从自己房间的窗口看到作坊前的瓷瓶。瓷瓶上画的是一个十二三岁的童子，但马可知道，原型就是赵茂的女儿素莲。制作者赵茂没有给瓷瓶题过名，但人们在不知不觉中开始称它为“明童真君瓶”，过去在道教经典《大洞真经》中有关于明童真君的记载。明童真君名玄阳，字少明，与明女真官和明钟神君这两位神仙一同居于明堂宫。上述教典这样吟咏这三位神仙：

谁为父母

自然虚生

华冠紫盖

佩流金铃

龙衣虎带

……

赵茂所绘之少年像，的确头顶华冠，但并无天盖，未佩流金铃，也未穿龙衣。他只系一条普通腰带，带扣上也没有驱邪的虎饰。《大洞真经》中描绘的明童真君是个刚降生婴儿的模样，而赵茂所绘的形象至少十岁。而且，作者赵茂本人也从未说过他所绘的少年就是明童真君。

尽管如此，人们还是要用道教神仙的名字称呼这个瓷瓶。个中似有缘由。

当时，受命于世祖忽必烈统治江南佛教的是喇嘛杨琏真加。他经常扛着一件名为“吉祥天母瓶”的瓷瓶四处云游。这件事也传到了景德镇。据说大瓷瓶上绘着美丽的吉祥天母像。传说这位吉祥天母很灵验，能给心怀善意靠近它的人带来吉祥，并能粉碎心怀恶意靠近它的人。

要想近距离朝拜吉祥天母瓶，必须献出相当高额的香火钱，朝拜还要择日进行，让人等候，煞有介事。以佛教人物吉祥天母命名的瓷瓶太过出名，所以尽管赵茂什么都没说，人们还是用道教的神仙来命名赵茂的瓷瓶了。大家深信赵茂画在瓷瓶上的童子像就是明童真君。赵茂对此不置可否。

“既然大家都这么叫，那就这么叫吧。被这么叫，也是这件瓷瓶的命……”听说赵茂对女儿如是说。

杨琏真加背着吉祥天母瓶，专在杭州、苏州、扬州等有钱人多的地方化缘赚钱，景德镇上还没有人拜过实物瓷瓶。南昌有个财主特地前往杭州拜瓶，回来时途径景德镇，据他说，“吉祥天母瓶”是一件绿底上有黄红二色的瓷瓶。

“想必就是三彩喽。”烧瓷行家听说后这样猜测道。三彩陶器色泽艳丽，原本是当作随葬品烧制的，不是实用器皿，因此不需要高温焙烧。三彩陶器第一就是追求造型饱满，外观美丽，质地酥脆。既然不需要努力提高强度，人们便把精力投在了造型的精巧上。唐三彩的人物、骏马、骆驼等的精美之处，至今能抓住人心。杨琏真加的“吉祥天母瓶”，想必也是靠华美打动善男信女的。

五

杨琏真加要来景德镇的消息传开了。

“他来这穷镇干吗？”起初，镇上的人不愿相信。杨琏真加是江南释教总统，却以贪婪著称。他不该有什么事要来萧条的景德镇办。靠着马可·波罗带来的柯巴尔特颜料，小镇总算生出一丝希望，虽然恢复生气了，但新商品要变成钱尚需一段时日。喇嘛妖僧想从这个穷镇上榨取什么呢？

“他是去庐山路过这里。”也有消息这样说。庐山是中国的佛教圣地，海拔一千四百米的山顶附近是极好的避暑地。阴历六月正值酷暑，杨琏真加去庐山也是可以理解的。但人们听到这个解释后仍然感到奇怪。

“为什么不乘船从长江走呢？”据说杨琏真加目前人在金陵（南京）。从金陵坐船逆江而上去九江，轻松就能到达庐山脚下。而景德镇一带的酷暑全国闻名，人送外号“火锅底”，听起来有点夸张，意思是说这里的夏天如同被架在火上的锅底一样炽热。

为什么不选择躺在船上，走一条有随从扇风送凉的凉爽水路，偏要选择山多路险的线路呢？大家无法理解。很快，传来了一条有说服力的消息。

“那个，赵茂陶窑后面不是住着一个卖包子的老崔嘛。听说夫妇二人很是恩爱，死在了同一天……女儿被卖到扬州……差不多是五年前吧。叫什么名字忘了，小姑娘长得蛮可爱。当时十四五岁，现在应该正是漂亮的时候……这孩子，可了不得了，她在扬州的妓院卖艺，被杨琏真加看上了……现在可是被炙手可热的释教总统宠着……听说总统大人的这位小妾很想念离开了五年的景德镇，缠着要在去庐山途中绕道过来……”

即使在这萧条的景德镇，卖包子的老崔家也算穷人，没人瞧得起。要不是发生了夫妇二人同一天病死这种离奇事，大概早被人遗忘了。其实，那姑娘的名字几乎没人知道。不是忘了，而是一开始就没人记住。

“啊，是小月容。”这位当年要好的邻居姐姐的名字，素莲并未忘记——崔月容。听说她现在是释教总统的小妾。虽说是小妾，但鉴于主人是不能娶妻有家的僧侣，她的地位可以视作正室，说话也很管用。听说这位释教总统对月容言听计从，答应了她的请求。

“吉祥天母瓶也会来景德镇了！”这个消息对景德镇人有着特殊意义。听说瓶子是三彩的，那么也是件烧制的陶器。而这里就是陶瓷之乡，哪怕与陶瓷无关的人也关心陶瓷。所以，几乎所有人都从吉祥天母瓶联想到了明童真君瓶。

杨琏真加到达前几天，衙门的人来了，命令大家清扫街道。镇上最大的一座宅院被征用为总统大人的下榻处，宅院主人则必须暂避别处。

至元十八年（1281）阴历六月十五日，杨琏真加抵达景德镇。这一天是阳历七月二日，天气已经非常炎热。顺便提一句，这件事发生的时候，元朝第二次远征军已经开赴日本。

“崔家姑娘肯定会在街上招摇一番，多么威风啊……就是回来报复我们的吧。”镇上的人想象的都是这种情景，只有素莲坚持道：“月容姐不是那种人。她是个好姐姐，不会对我们要威风的。”

但别人告诉她：“你认识的是五年前的穷姑娘。现在人家是总统大人的宠儿了，变成什么样，你怎么会知道？！”

素莲也被说得没了信心。五年前，素莲刚刚十一岁，她不确定儿时的印象是否依然可靠，她内心的不安无法抹去。

事实上，当年的穷姑娘崔月容正如素莲所说的那样，依然保持着心地善良的本质。她不但没有在镇上招摇过市，甚至都没有在镇上的人面前露面。每当有垂着帘子的轿子从街上抬过，人们都会相互谈论道："大概就在这台轿子里吧？"

"肯定是的。"每当此时，后面一定会出现一两乘同样的轿子。隔着帘子看看久别的故乡，崔月容已经心满意足。而且看上去，她是故意不让大家认出自己所乘的轿子的。当然，这并不说明她傲慢，相反正说明了她的谦逊。

"果然……"释教总统一行抵达景德镇的第二天夜晚，当打杂的女佣告诉她有客来访时，素莲这样想。女佣告知此事时声音颤抖，表情恐惧。

素莲知道这位夜里的来客是谁：除了月容，还会是谁？！

素莲急忙去了客厅。月容果然在那里。她并没有在椅子上落座，而是站在那里，两颊潮湿。

六

整个景德镇沸腾了。江南释教总统杨琏真加到了镇上，仅此一事就足够大家兴奋的了。

“肯定要出事……”人们期待着。

然而，与人们的期待正相反，五年前的穷姑娘出人头地后回到故乡大耍威风的场景一次也没有发生。可是，几乎所有人都认为，既然臭名昭著的人物来了，一切就不会悄无声息地结束。他们不知道会发生什么，心里却在等待着什么。

听到消息的那一刻，人们在心中发出了欢呼：“太棒了！”很多人松了一口气。妖僧来了，什么事都没有发生就走了，那才怪呢。

这个消息，只能用非常离奇来形容。杨琏真加扬言要向景德镇人展示那件拥有伟大神力的吉祥天母瓶。摆出那么大的架势，不敛巨财就不让观看的吉祥天母瓶，他居然说要展示给大家，而且分文不取！

展示方法更是奇妙。衙门门口的布告牌上贴出了告示，意思是：“兹决定，将吉祥天母瓶与明童真君瓶相撞，以向众人展现破邪之真场面。”

“说是相撞，怎么个撞法啊？”

“可总统又是怎么知道明童真君瓶的呢？”

“不是好评如潮吗？”

“说是好评，对赵茂那件瓷瓶的好评不就在这小小的景德镇周围流传吗。”

“说的也是……前些日子我去了隔壁的万年县，那儿根本没人知道明童真君瓶。”

“或许是来了镇上，听衙门的人说的。”

“可究竟会发生什么呢？破邪，是怎么回事呀？”

“就是打破邪恶、正义胜利吧。”

镇上的人在布告牌前议论着，很兴奋。这种兴奋转眼间传遍了小镇的每个角落。

时辰都定了，在六月十九日晌午。地点就在衙门前的广场上。衙门正门前搭起了舞台，上面摆着红漆椅子。规定时辰前一小时，红色华盖竖了起来，黄色缨穗下垂，没人怀疑妖僧总统将会坐在那里。

据说杨琏真加到达景德镇后就一直躺在下榻宅院的后屋里。三套马车来的时候，看不见车篷里面。马车直接驶入宅院内，没人见到大名鼎鼎的杨琏真加的真容。能看到衙门前舞台上坐着的杨琏真加，冒着酷暑来看一趟也算值了。晌午前就来了很多人。衙门的人拉起绳子，不让人群太靠近舞台。

一辆小车四角固定在广场上，明童真君瓶就放在低低的车板上，用细绳打着十字捆绑固定着。

不久，热闹的奏乐声响起。这音乐景德镇人不太熟悉。一种名为哈兰嘎的铜锣，发出的声音尤为尖锐，而那种名为巴拉班的大鼓则声音沉闷。名为干单的笛子用人骨制成，而且非是年轻男人的腿骨不行。每次做笛子都要杀死年轻的奴隶。用这些乐器奏出的音乐，本身就已经给周围笼罩上了一团妖气。

这时，从衙门里走出一个人，头戴红帽，黑衣的衣摆拖在地上。这人在左右搀扶下登上舞台，缓缓地坐到椅子上。人群鸦雀无声，连咳嗽的人都没有一个。这人坐在椅子上，停歇了一会儿之后，人群中才出现了骚动声。

舞台上有两名白衣少年，手拿巨大的蒲扇，为椅子上的人物扇风。台下还跪着两位少年，那是准备替换执扇的。

妖气越来越重。一度安静下来的骚动声又在东边重新响起，迅速蔓延全场。

鼎鼎大名的“吉祥天母瓶”现身了，同样被放在板车上。或许是碰巧，两只瓷瓶几乎一样大小，相隔十米，相对而立。每只瓷瓶旁边都有两个人。

看热闹的人眼睛忙坏了。既要看舞台上的人物，又要看板车上的吉祥天母瓶，时不时还要看一眼熟悉的明童真君瓶，目光得不断移动才行，哪个都看一点。

舞台上，杨琏真加坐在华盖的阴影里，高高的红帽两边垂着红布，无法看真切他的表情。他的脸色比想象的黑。细细的眼睛，从远处望去，看不清是睁着还是闭着。

骚动平静下来之后，传来了妖僧的声音：“各位！哪个是正，哪个是邪，你们要看清楚喽！”

舞台上的人物看上去，不仅眼睛没动，嘴也没太动。瓮声瓮气的声音像是从舞台对面传来的。看到舞台上的这些装置，再迟钝的人也猜到了要上演什么戏码。

马可·波罗也混在人群中，盯着场上的情形。看这意思，好像是要让绑在板车上的两只瓷瓶相撞，根据结果来证明孰正孰邪。

元帝国对宗教很宽容。主干民族蒙古族是少数，必须利用各民族人士来管理国家。对宗教的宽容就源于政权的这种性质。世祖忽必烈本人奉喇嘛高僧八思巴为帝师，皈依喇嘛教。喇嘛被赋予众多特权。同时，道教的正一天师也受到了忽必烈的厚待。在历史上，不久后就发生了道教教典被焚事件，原因是被焚的是伪经。老子的《道德经》被公认为真作，免于被焚，道教本身也没有遭到镇压。正一天师的后代继续世袭江南道教总统一职。

杨琏真加权力极大，但也未能正面镇压道教。跟他一样，受忽必烈委托管理江南道教的总统另有其人。但杨琏真加作为喇嘛，一直对道教心怀敌意。他算计着，如果民众对道教的信仰减少，相应那部分的布施就会落进自己的腰包。妖僧的心理，马可·波罗看得清清楚楚。

贪婪的喇嘛来到景德镇后，听说了明童真君瓶的故事，便想制造机会打击道教的权威。既然不能用镇压的方法，那么就请上天作证，让对手形象受损。妖僧一定听说了明童真君瓶的瓶身极薄。而吉祥天母瓶是三彩陶器，看上去厚实坚固，色彩也有冲击力。

明童真君瓶不仅瓶体单薄，而且只用蓝彩一色；为了激活空间，瓶身留白较多，看起来寂寥单调，给人以纤弱之感。若从外观比较两只瓷瓶，两者相撞，碎掉的似乎肯定是明童真君瓶。

不知杨琏真加是自己偷偷去看过，还是派亲信侦查过，他认定自己不会输。既然是必胜无疑之仗，就要拿出胆魄，大摆架势，示于众人。

在景德镇待久了，马可对瓷器有了些基本认识。他感到妖僧似乎是打错了算盘。三彩陶器是冥器（随葬品），无须具备实用的强度和耐久性。用现在的话说就是“软陶”，是用一千度一下的火力烧制的，比想象的松脆。赵茂陶窑烧制的瓷器都是用一千五百度左右的烈焰煅烧的，看似纤脆，实则坚固。

杨琏真加庄严地举起一只手，那动作仿佛在演戏。这大概就是信号。紧接着，立于板车边的蓝衣青年们将两辆车向前推出。说是板车，其实它的车板是为瓷瓶量身定做的，只能放下瓷瓶，一经推动，仿佛就是瓷瓶本身在动。两只瓷瓶瞬间靠近。

“砰！”金属般的声音响起。两只瓷瓶撞在一起。不可思议的是，两只瓷瓶如同相拥一般，片刻未动。

人们的目光与注意力都集中在这两只瓷瓶上。

两只瓷瓶撞在一起，相互接触后，静止了。仅仅数秒间，人们屏息注目。一只瓷瓶宛若融化在空中一般，崩裂落下。车板离地面只有十几厘米，破碎的瓷片几乎全部散落地面，让人愈发强烈地意识到一只瓶消失了。当然，也伴随着神秘的气息。

“天意如此……”这个念头程度不同地掠过围观人们的心中。这才是杨琏真加期待的效果，只是与妖僧的期待相反，破碎的不是明童真君瓶。

“咣……”听到一声闷响，人们调转目光，妖僧的身影已从舞台上消失。

结果太出乎意料，杨琏真加惊呆了，从椅子上跌了下来。左右急忙上前，一起将他抬进了衙门。

七

“杨琏真加死了。”虽然有流言这样说，但当时他只是受到过度惊吓从椅子上跌落下来而已，并无大伤。尽管如此，景德镇里依然有很多人相信妖僧已死，长久未绝。即使听到妖僧的消息，他们也会反驳道：“不，那是替身。”

吉祥天母瓶被撞碎之后，杨琏真加一行着急忙慌地离开了景德镇。跟来时一样，没有人目睹他的真容。镇上的人只看到他从舞台跌落地面、被人们抬进衙门的场面。因此，人们深信妖僧已死也不难理解。目击的画面给人们留下了太强烈的印象。

瓷瓶大战十天后，马可·波罗离开了景德镇。那是阴历六月二十九日。这一天，元军试图登陆日本壱岐岛，但在大宰少弐经资与岛津久经的奋力抵抗之下被击退。当然，马可无从知晓日本之战的过程。景德镇的话题，除了瓷瓶和杨琏真加之外，可以说再无其他。

“那个喇嘛是怎么想出撞瓷瓶这种怪点子的呢？”收拾好行李，就等出发了。都到这时了，马可与素莲聊的话题依然离不开十天前发生的事情。

“喇嘛的脑子天生就怪吧。”素莲笑嘻嘻地答道。

“真的吗？”马可把头一歪道，“依我看，那喇嘛和尚的脑袋精明得很，很理智呢。所以才那么会捞钱。”

“那倒也是……”

“如果碎掉的是明童真君瓶，就能证明吉祥天母瓶十分灵验，金钱就会滚滚而来……这很合理。”

“可是，结果恰恰相反。”

“外行人以为厚就一定结实……”

“是的，看起来是这样的。”

“正因为看起来是这样，所以才会有人让他认定吉祥天母瓶肯定更结实……是有人撺掇喇嘛的吧。”

“这？！”素莲貌似老练，但毕竟不过是一个十五六岁的小姑娘，所以没能掩饰住自己的狼狈。

马可趁机追问道：“那个喇嘛贪婪得很，人人都恨他。被他压榨盘剥太久，不少人都想报一箭之仇呢。瓷瓶大战中喇嘛败下阵来，大家心中肯定都在拍手称快。这并不是因为大家喜爱明童真君胜过吉祥天母，而是因为瓷瓶的主人，大家憎恨吉祥天母的主人……普遍遭人恨的人一旦失败，我这种疑心重的人立刻就会怀疑，他是不是被人下了套。”

“是吗？”素莲不安地注视着马可的脸。

马可为了缓解她的紧张，笑着说道：“我要为这个下套的人使劲鼓掌呢……因为她为大家出了一口恶气。太了不起了……这个人不就是你吗，素莲？”

“啊？！”素莲惊叫一声，近乎悲鸣。

马可索性把话说开了，道：“不要再隐瞒了……你没做错什么。你不仅没做错事，还给大家带来了惊喜。”

“哪有……那天我是第一次见到杨琏真加。怎么可能去撺掇他呢？”

“你不是有朋友在杨琏真加身边吗？对啊，月容姑娘……通过她不就行了吗？”

“不，真的不是我……是月容姐提出来的……”

在马可的诱导之下，素莲开始道出整件事情的内幕。据她说，五年未见的两个儿时玩伴那天一直聊到夜深。月容透露了自己的烦恼：现在不像以前那样受穷受累了，但对同居的杨琏真加怎么也喜欢不起来。

“可话说回来，就算在妓院，一样不能拒绝自己讨厌的客人，就当作一回事算了。但总想着要找个法子挫挫他的威风。”

“倒也不是没有法子。”好强的素莲用话来撺掇她。

“可我是个女人啊，一个弱女子……”

“谁说女子就弱？”

“天生就没有力气呀。”

“看起来这样罢了。瞧我家门前的瓷瓶。看起来弱不禁风，但它可是经过高温焙烧的，粗笨汉子撞上去也纹丝不动呢。女人，不也有内在的力量吗？”

“粗笨汉子撞上去……”月容之所以在嘴上重复素莲

的话，是因为联想到了吉祥天母瓶。她生长在景德镇，虽然是包子铺店主的女儿，但也懂瓷器。她家附近都是磁窑，还有素莲这样磁窑世家的姑娘做朋友。她早已看出用烧制唐三彩的方法做出来的吉祥天母瓶就是个花架子。这瓷瓶就在她身边，她摸过很多次，心里边清楚它的状况。她敢保这瓶子不结实。

“你怎么了？”见月容陷入沉思，素莲问道。

“用我家的粗笨汉子撞撞看怎么样？一下子就会撞得粉碎，一准……”月容道。

“不知道你在说什么。”

“我在说我家的瓷瓶。”月容想出了一个点子，让吉祥天母瓶与明童真君瓶相撞。两人为自己想到的主意兴奋不已。这样做好，不，在这里这么做才好……两人沉溺在战法研究之中。

起初，两人只是在脑子里想想，撒撒闷气。但说着说着，发现此事当真可行。“管他能不能成，试试呗。”最后就这样定了。

撺掇杨琏真加的角色当然是月容。二人的策略集中在了如何才能让杨琏真加自己先开口提出“来一场瓷瓶大战”上。月容需要将明童真君瓶的名声、瓷瓶纤脆的感觉等灌输给喇嘛。怎么做才能勾起他贪婪的欲望呢？两人甚至连说什么话、用什么语调说话都研究到了。

自己提出来的事，就算失败了也没法把责任推卸给别人。但要是撺掇得露骨，月容的处境就会有危险。不，不仅是处境危险，还会有性命之虞。那是会用人骨做笛子的人，对他小心谨慎才是上策。

那晚以后，两人再未相见。月容也没有出现在瓷瓶大战的现场。但素莲说，今早收到了月容的信。

“我跟以前一样，精神很好，还在庐山继续游山玩水。”听说信就写得这么简单，但足以说明她们两人的计策大获成功。

“下次，就把你那聪明劲用在景德镇上吧。”离别时，马可对素莲道。

男子千年志

一

马可·波罗的汉语不太好，听起来有点咬字不清。为了掩饰这一点，他说话的声音总是很响。平常讲话听着就像在喊叫，而真的喊叫起来，声音就大得吓人了。

“喂，怎么样？出水了吗？”连马可自己都觉得是在喊叫了，在别人听来可就声如破钟了。

他在冲着地下高喊。世祖忽必烈赐给波罗家一块土地，就在大都（北京）一隅，现在正打算造房子。要造房子，必须先打井，确保水源。现在挖井工正挖井。马可有些焦急不安。如果打不出水，就得放弃造房子，他是因此才大声喊叫起来。

“出不出水，你去问问水神吧。我们可不知道。哈哈哈……”地下传来嗡嗡的回答声。

“要是遇见水神，就请你代问喽——”马可又喊道。

脚手架都搭上了，工程规模相当大。每天至少有五六个人来上工。波罗家经工部（相当于建设部）官员介绍，把工程包给了挖井工头吴太初。工人都是吴太初那里派来的，轮流上工，但有两人是每天必到的，一个人叫曲建，另一个人叫梁宏中，他们关系很好，搭档做工。有一天，曲建说正逢父亲忌辰，提早下工了。当时，梁宏中也就提前收工回家去了。

“梁宏中父亲的忌辰也是今天吗？”马可问剩下的工人道。

“老梁的父亲在南方活得好着呢。他们俩不肯单独干活。”人们答道。

方才从地下发出嗡嗡笑声的就是梁宏中。因为天天接触，哪怕声音再闷，马可也能听得出曲建和梁宏中的声音。

“我还没见到水神呐，好像藏在更深的地方啊。”很快，曲建就边说边爬了上来，后面跟着梁宏中。这两人总是这样。他们说话都有些南方口音，一问才知道都是江南人。前些年，元军南下讨伐南宋军时，只是把俘虏中有些手艺的押去了北方。北方有很多建筑工程，挖井工也被押了来。这两人就在其中。

“怎么样？想回老家吗？”马可向爬上来的两人问道。

“不想。”曲建生硬地回答道。

“为什么？北方不冷吗？”如今已是二月。阴历的二月底已经暖和了许多，挖井也不再是那么辛苦的工程了。但两个在江南长大的人或许对冷还是有点反应的，故而马可这样问道。

“比起被拉去打仗……冷可以忍啊……”梁宏中道。

至元十九年（1282），是第二次日本远征军大败而归的第二年，但对下一场战争已有零星传言了。

“听说这次是要打缅国。”

“缅国在哪里？”

“南边啊。听说那里热得很，一年到头都是夏天。”

“那北方兵派不上用场啊。”大都当地人就此可以松口气。这次派出去的恐怕又是江南人吧，远征日本时派的也是江南兵和高丽兵。

北方兵不熟悉水战。借着这个理由，蒙古兵几乎没有参加过远征日本之战，部分参加的军官也只是随军而已。

“原来如此。挖井总比打仗强……那倒也是……”马可点点头。身为侍奉皇帝左右的近臣，马可掌握的消息比街谈巷议更可靠。远征缅国的军队首脑人事安排已经确定，将拜太卜定为右丞，也罕的斤定为参政。建造千艘战船的命令也已发到江南。

远征计划制定完毕后，世祖忽必烈去了上都。上都本是避暑宫殿，但忽必烈却将其视作一片保持蒙古族尚武传统的土地。北京是辽金以来的王城，在这里住久了，蒙古铁骑那震撼世界的勇武气质恐怕就会被磨蚀掉。因此，朝政告一段落时，忽必烈总会突然提出要去朔北的上都。

蒙古皇帝行幸上都时，皇太子等皇族、蒙古族重臣等必须随驾。但那些实际担任行政、财政、军政的官员们则无法轻易离开上都。马可被视为宠臣，本应随驾去上都，但因蒙赐土地造房，此番就留在了大都。

元大都与现在的北京城基本重合，只是北向延伸略长。现在的天安门一带位于元大都南端，而现在北京市北部的鼓楼一带，则是元大都的中心。波罗家受赐的空地，就位于由此向东约一公里处。

国都中心有近卫部队的练兵场，因此宽敞而开阔。大规模的练兵多在城外进行，故而城内的练兵场要缩小。皇帝把原来练兵场的部分土地赐给了宠臣。波罗家受赐的空地也在练兵场一角，兵马司衙门边上。兵马司是官名，负责抓捕国都里的盗贼奸伪，大多兼着司狱司。

二

马可·波罗每天都骑马来工地。目前还处在挖井阶段，所谓监工，也不需要多说什么。只是以监工为由，没有随驾前往上都，最好还是在工地露露面。工地上搭起了一座小棚，原本是用来摆放工具的，曾几何时曲建和梁宏中住了进去。两人每天都上工，比起远路往返，住在小棚里的确方便。

小棚里摆着两张简单的床，是他们俩睡觉的地方。两人都是二十七岁，还是单身，倒也轻松。马可一般都是在工地上大致看看就回家的。这天，他回到住处躺下休息，吴太初精神焕发地走了进来。

“出来了，出来了，终于出来了！”

“啊，出来了？！太好了！太好了！”马可握住吴太初的手，很是高兴。

不说也知道出来了什么：肯定是出水了！

“这下终于可以开工造房了。”吴太初仿佛在说自家事情一般。

“我一定会遵守约定的。放心吧，大叔！”

挖井的，只要把井挖好，活儿就结束了。但吴太初主张造房前的地基工程也跟挖井一样，由他们来做。这种主张是一种匠人哲学，并不是冲着金钱去的。马可对此很是欣赏，约定造房的地基工程也交给他做。

“木工没问题吧？”吴太初问道。

“找的是韩添才，应该没问题。”

“是他呀……”吴太初看不太上木工工头韩添才，但想了想又道，“嗯，手艺还是不错的。”仿佛是说给自己听的，还自顾自地点了点头。

“没办法呀，来龙去脉你是知道的。”马可所说的“来龙去脉”，指的是受赐这块土地的经过。当时，大元朝廷有一个进一步建设大都城市的计划，用现在的话说就是城市规划。把军队练兵场尽量移出城外也是这个计划的一环。但蒙古族是草原游牧民族，不像定居民族那样对城市建设感兴趣，只能把城市规划交给汉族去做。后来降元的南宋末年丞相留梦炎曾经主持过临安（杭州）的城市改造，因而得到赏识，担任了大都改造顾问一职。

赐大臣土地，给谁、给哪里、给多大，全由留梦炎一人说了算。在城市规划方面，留梦炎是皇帝的顾问。但在具体执行时，他又请了木工工头韩添才做私人顾问。波罗家精通宫廷内幕，为了受赐一块好地，跟韩添才通过气。

当然，这得花招呼费，修建宅邸也得包给他。韩添才选了兵马司边上的一块土地分配给波罗家。

“就在捉贼的衙门旁边，没有比这里更安全的地方了。”韩添才向波罗家卖人情道。

马可的父亲连连道谢，马可却不认为这块地有多好。警察局的确就在旁边，但前面讲过，当时的兵马司还兼着司狱司，监狱也在旁边。不过，从靠近国都中心这一点讲，这里的确是块好地。

“是啊……来龙去脉归来龙去脉，可是波罗先生，你们在皇上面前也是说得上话的。就这块地，不用找他韩添才也办得到吧？”吴太初道。

“哪里，陛下主张专业的事交给专家办……赐地这事，别人是插不上嘴的。”

“当真如此？”吴太初似乎并不认同。

“您好像不太买他的账啊……”

“哦不，不是说手艺好坏，人啊……靠嘴很难解释得清楚。呃，凭一闪念的感觉，我总觉得不靠谱……他请人来向我闺女提亲，被我给拒绝了。”

“还有这事？”马可对宫廷的事消息灵通，但街谈巷议之事，信息并不很多。马可反省了自己。韩添才三十岁，仍然单身。在当时，像曲建和梁宏中这样年近三十依然单身的人，都是因为拿不出彩礼。而韩添才年纪轻轻就当上了木工工头，他还单身，恐怕是挑剔容貌的缘故。吴太初有个女儿叫阿环，是个标致的美人。她和马可在庆元（现宁波）认识的少宝姑娘一样利落能干。

“当爹的回绝了这门亲事，真是太好了……”马可心里想道。许配给韩添才，那可是委屈了阿环姑娘。

“我的感觉一向很准。”挖井工的老板神色认真地道。

“那韩添才现在还跟您来往吗？”马可问道。

“哎呀，经常来啊。我闺女是不露面的，可他总也不死心……”

“真够贪恋的……被拒绝了还要去，他就不难为情吗？”

“找其他借口呀……那两个挖井工是他老乡，他说来找老乡说说家乡话。”

“是曲建和梁宏中吧……那两人现在住小棚里呢，这下韩添才没有借口去您那里了吧？”

“没错，那两人好像是嫌韩添才烦才住进小棚的。”

“哈，哈，哈，”马可笑了起来，“不仅你闺女烦他，他的老乡也烦他啊……他还说自己挺有人缘呢……这工头，真古怪啊。”

“真是个古怪的家伙！”吴太初说着点了点头。

“换个不机灵的，怕是早被他那张嘴骗了。”马可说着，想起了请韩添才担任城市改造计划顾问的留梦炎。

三

元朝决定从云南经陆路去远征缅国。走海路太过遥远，而且有了远征日本失败的教训，他们对走海路没有信心。

正当波罗家在兵马司旁边热火朝天地造房时，大都发生了一件大事：一个名叫王著的益都（青州）下级军官刺杀了副宰相兼财政大臣的西域人阿合马。虽说阿合马只是副宰相，但实权远在宰相之上，因为忽必烈信任他。要问皇帝为何信任他，就是因为阿合马总能办到皇帝提出的税收要求。这一点，除他之外没有任何人能够做得到。

阿合马的确很有能力，但也做了很多坏事。要想迅速筹到皇上要求的金额，只能搜刮老百姓。“阿合马，回回人也，不知其所由进……”《元史·列传》关于他的章节中可见如上记载。只知道他是回人，即维吾尔族，既不知他出身何地，也不知他何时开始侍奉蒙古政权。自古以来，西域就居住着粟特人等极富商业天赋的民族。蒙古政权毫无财政管理能力，当然会在这一领域登用西域人。

“那家伙简直是个变戏法的。”忽必烈曾佩服地说道。无论金钱还是粮食，只要交给他就一定能办妥，连皇帝都半信半惊。如此人才，忽必烈皇帝知道他名声不好，却又离不开他。

阿合马不会把搜刮的民脂民膏全部上缴朝廷，他会中饱私囊。他拉帮结派，串通一气，搜刮无度。宿卫士秦长卿义愤填膺，上书揭露其奸，严厉弹劾阿合马。然而，秦长卿反遭逮捕，惨死狱中。憎恨阿合马的人甚众，但有了秦长卿的前车之鉴，无人敢上书弹劾他。阿合马是皇帝需要的人。

“上书弹劾之类的太温和了。阿合马当诛……”王著秘密聚集同志。第一个同志是一个妖僧，叫作高和尚。蒙古军队有带法师出征的习惯，开战前命其施展秘术令屈敌之兵。但法师是个玩命的差事，一旦被判秘术不灵，就会有杀身之祸。在一场没有被记载的战斗中，高和尚的秘术未能灵验，部队打了败仗，铩羽而归。当时他找了个替身，自己逃跑了。许是替身太像他了，大家都以为高和尚已死。因此，高和尚在明面上是个已死之人。

王著与高和尚过从甚密，是为数不多知道高和尚仍然在世的密友之一。

“能为我再死一次吗，师父？”王著发话道。王著是个年轻的热血军官。他现在毅然舍命，断然欲为者是何事，密友高和尚已然猜到。除此以外，别无可能。

“死多少次都行！我心中早有计划要除掉他。敢问施主的计划？”高和尚问道。

“他是谁？”王著反问道。

“当然是阿合马！”

“嗯，不愧是高僧！我想锤死他，已命人做好大铜锤……”

“哈哈哈，博浪沙吗？失败了！你可知道原因吗，施主？”高和尚所说的“博浪沙”，是指距当时一千五百年前，张良曾雇壮士暗杀秦始皇未遂的一段历史。张良铸大铁锤，命大力士在一个叫作博浪沙的地方掷出铁锤，类似于今天投掷链球。可惜毫厘之差，铁锤未能击中秦始皇的车辇。若是击中，秦始皇必死无疑。

“连张良他们都失败了……”

“因为他们没能靠近秦始皇。秦始皇贵为天子，所经道路都设有卫兵严密把守。就算是大锤，也得从护卫们看不到的地方……从远处投掷。要让这次行动不失败，必须得靠近阿合马。不，要让阿合马靠近我们。”

“让阿合马靠近我们？”

“这就是我的计划。本以为只能在脑子里想想，现在真能放手一干，快哉，快哉……”高和尚显得非常高兴。

王著是一个满腔热血的汉子，但没有制定周密计划的头脑。高和尚能制定出周密的计划，但只是一介僧人，既没有武艺，也没有部下。而且明面上他是已死之人，甚至不能光明正大地在大街上行走。王著与高和尚的结合，可谓是取长补短，既有了头脑，又具备了行动力。接下来就等实施了。

“施主勇猛有余，但这次除了勇猛之外，还要演戏。”

“演戏？”听了高和尚的话，王著有些不解。

“首先要搭一个舞台，需要人手……你能调集到多少人？”

“信得过的……目前有十人。”

“太少，太少！十人，连站在舞台上当道具都不够。”高和尚直摇头。

“但人数太多，泄露了秘密可就麻烦了。”

“可以不告诉他们真相。能调集到多少不明真相的士兵？”

“要是不说真相……”王著思考片刻。他担任的官职是益都千户，原则上可以指挥一千士兵，但那是在战时。若在平时，他的部下不到战时的一半，而且大部分在山东益都，不可能带进北京。调动军队需要繁琐的手续。

王著在想，不办手续能调动多少人。找个借口，也许可以调百人左右进京。

“百人……”刚要说出口，又怕一百人太扎眼，心里不安起来。

“五十人。”开口时，他把人数减了一半。

王著能想到的借口只有领军粮和武器。从益都到北京，快的话只需三日。但以前领军粮武器最多带三四十人。因为大都的兵部（国防部）会安排人手，用于警卫的，三四十人即可。若是一百人，就算不办手续也能调动，恐怕也会引起怀疑。若是五十人，则只比平时多十人左右。

“太少了。”高和尚立即说道。

“八十人。”王著进京是为了跟枢密院（参谋本部）沟通。这种情况下，他这个级别的军官可带领三十名护卫进京。因此，他身边现在就有三十名部下。这是他根据信任度挑选出的三十人，他打算再从中严格挑选出十人，一起去刺杀阿合马。从益都调集五十人，加上现有的三十人，总共八十人。

“哈哈哈……”高和尚放声大笑。

“有什么可笑的吗？”

“施主只想着自己亲兵的人数了。不过是站在舞台上摆摆样子，难道就不能借别人的部队一用吗？”

“别人的部队？怎么借？”

“我教你怎么借。这不是什么难事。”高和尚是死过一次的人，世上已经没有什么能让他害怕的人，也没有什么能难倒他的事情了。

四

阿合马被刺杀时，马可·波罗也在现场。这不是事出偶然，他是奉命前往的。

至元十九年（1282）三月，《元史·本纪》中记载为壬午日，而《元史·阿合马传》中记载的则是戊寅日。总之都是阴历三月十日前后，彼时北京已是接近晚春的气象。

“皇太子即将回宫。着即于殿前迎驾。”接到通知时，马可·波罗正在自家工地上，和挖井的曲建、梁宏中悠然闲聊。井已挖好，他们现在正在挖做地基的坑，挖喷水池。因此，来上工的仍是吴太初那里的工人。

“不行，我得马上去更衣迎驾……”马可匆匆骑马赶回住处，急忙换上朝服，直奔东宫前，迎接皇太子。皇太子住在东宫。

“殿下突然回京，没有任何前兆啊。”

“哦不，听说今早皇太子殿下的使者通知中书省，殿下回大都行佛事。”

“哦，中书省啊……对啊，佛事用具得向中书省借……”

“这样也就不算是毫无前兆了。”留守大都的重臣们聚集在东宫前，纷纷议论着。这时，枢密副使张易率三百仪仗兵挥汗赶到。

“太好了！太好了！总算赶上了！”这位忠厚的副参谋长欣喜道。若是皇太子先到，那负责大都留守部队的张易就会颜面扫地，也许还会受到训诫处分。

留守大都的重臣中，官位最高的是副宰相阿合马。王著亲自上门，对阿合马道：“在下是太子殿下的使者。殿下现在已进居庸关。请于东宫前迎驾……”

副宰相阿合马当然不会认识一个乡下的年轻军官。

“有劳使者了……即刻派人前往城外迎驾。”阿合马道。

王著战战兢兢地走出阿合马的家，立即找高和尚商量对策。现在一切行动完全仰仗这位军师了。他们已安排好假皇太子在城外待命，提前联系，办妥了入城的手续。假皇太子一行人就在城门外的不远处。如果副宰相的人出城迎接，可就有点不妙了。

“好，让假皇太子后退一程。然后埋好伏兵。”高和尚利落地下达命令。不得不说，他出家是选错了路，如果他当了军人或政治家，恐怕早就功成名就了。

用的是假太子，白天进城多有不便，所以选在傍晚尚未掌灯的时间行动。因阿合马要派人来迎驾，行动比计划晚了一些。聚集在东宫前的人们已在那里等了很久。等待是件无聊的事情。马可·波罗在那里想了很多事情，打发时间。

马可并没有把时间花在胡思乱想上，有件事他没想好：自家新房的院子……有些不对劲。那两个挖井工已经在小棚里住了一个月了，井已经挖好，地基和水池也完工了八成……很蹊跷。

别人也许不知道，但马可知道有蹊跷。他每天都去工地，有时清早去，有时下午去，有时傍晚公事结束后去。在未完工的自家院子里，总有个什么东西在让人无法心情舒畅地点头认可，说“这就可以了”。

“到底是什么呢？难道……不可能吧……也不是不能理解……蹊跷啊！”马可的脑海中反复浮现出同样的情景。挖水池的地方还没有注水，是个空池。干池的旁边堆起了干土山。那是挖水池的土堆在地面形成的土山……

其实，马可今天去了两次：清晨和接近傍晚时分。太子返京的消息就是在接近傍晚时接到的。昨天只去了一次，也是在接近傍晚时分。当时工人们都已经回去了，只剩住在小棚里的两个人。两人没在干活，说马上吃好饭，就打算睡觉了。当时，马可出神地望着池边的土山。他有了些联想。

当年他从威尼斯不远万里来中国，途中穿越塔克拉玛干大沙漠，看到很多带有风纹的黄色沙丘。他联想到了这些沙丘，黄色的山……没错，水池边堆起的土山也是黄色的。今早再去工地时，却没能继续关于大漠沙丘的联想。

马可觉得很奇怪。为什么？水池边的土山绝对不是黄色的，已经变成了黑色……马可揉了揉眼睛，方才临近傍晚时，池边的土山又成黄色的了。在为埋基石挖开的基坑旁边，也堆起了一座小土山，那也是黄色的。等在东宫前的重臣们大多感到无聊。只有马可·波罗想了这许多事，丝毫没有觉得无聊。

后来他们知道，就在他们等待期间，城外出事了。阿合马派去迎皇太子驾的是右司郎中脱欢察儿等数骑人马。他们在出城后约五公里处，遭伏兵袭击，全部被杀。为了迎接太子驾，他们都是骑马去的，一行人中没有一个人想到要打仗，一转眼的工夫全被杀光，到死都没有明白发生了什么事。

假太子一行进大都城北门健德门时，天色已完全黑了下来，四处开始燃起篝火。家皇太子一行马蹄得得，穿过篝火，进了皇城北门德胜门。

“太子殿下进入皇城，马上就到——”身穿近卫兵制服的开道军人骑在马上，向等候在东宫前的重臣们高声通报道。听到洪亮的声音，马可·波罗回过神来，把池边土山颜色的事逐出脑海。

五

事后回想起来，那一行人骑马进城的样子太不讲究了。可当时并未感到有什么可疑之处，因为正下着小雨，比平时赶得急了些，也没什么奇怪的。

头上戴着一顶蒙古贵族喜欢的、形似现在热带头盔的帽子，假皇太子只身一人骑马来到了东宫前，扈从人员则按规矩下马跑步前行。跑在最前面追上来的军官实际上是王著。他不是从城外下马跑过来的，而是一直就等在皇城里的，因此不像其他人那样累。

“阿合马向太子行礼——”王著大声喊道。

“奇怪……”马可心中觉得蹊跷。迎太子驾时，从未有过扈从催促大臣上前行礼的规矩，都是由官位最高的大臣缓步上前，毕恭毕敬，致辞恭贺平安抵达。

“大人，快……”阿合马的左右传来催促声。他走上前来，双臂仿佛被人架着。在左右架住他双臂的不是他的家臣，而是陌生人。想必这时阿合马也感到了不对劲：以前从来没有出现过这种情况啊……

假皇太子骑在马上，用一只手掩着嘴和下巴，遮住了自己的脸。但阿合马经常接触太子，走近一看，发现这是假的皇太子。

“啊，不是……”阿合马冒出了一句话。但站在远处的人即便听到他的声音，也不会知道“不是”的意思是什么。而阿合马，则再也说不出别的话了。

王著秘密令人铸造的大铜锤，就随意地挂在东宫大门边上。王著抄起铜锤抡过头顶，大喝一声：“害人虫，你可知罪？”他一边大喊，一边劈头盖脸锤了下去。

阿合马天灵破碎，当场毙命。

“郝祯何在？”此时，别处传来一句喊话。喊话的是高和尚，聚集在此的人没有认识他的。郝祯任左丞一职，是阿合马的右臂。他也被架着双臂走上前来。不，他不像阿合马那样是自己走的，而是被推上前来的。

郝祯正要逃跑，却被王著的大铜锤从后面击碎了脑瓜。不消说，当场一命呜呼。

大家一下子没搞明白到底发生了什么。在场的有枢密院、御史台（监察厅）、留守司的官员。最先反应过来这是暗杀、谋反的人是尚书张九思。

“贼人，贼人！太子是假的！这伙人假扮太子作恶呐——”张九思一边大喊，一边四处乱跑。他不知道哪里是敌人，哪里是自己人，只能四处奔跑。他一边跑，一边在找自己人——自己认识的人。

“明白了！干掉他们——”留守司长官博敦喊着，拎着板斧冲上前去，没人拦他。

这场刺杀行动中，王著一方人数极少。而得到信任、知道真相的只有假太子的那十来个人。原来，王著和高和尚的确集结了不少人马，但并没有把计划告诉大部分人。枢密院副使张易他们率领着三百仪仗兵，但没有一人被告知真相。

博敦是一位勇猛无双的军人。他抡起板斧，一斧将骑在马上的假皇太子砍下马。失去主人的马四处狂奔。博敦没有丝毫犹豫，又一斧砸向倒在地上的假皇太子的脊梁处。

直到这时，其他人才明白过来，这是一场谋反，而且参与人数极少，只有假皇太子身边那一小撮人。既然如此，就没什么好怕的了。如果他们现在不行动，论功行赏时会很不利的。

箭雨点般地射向了那些被认为是敌人的人……

王著没打算逃跑，也没有抵抗，他甘愿当了俘虏。高和尚逃离了现场，但几天后在一个叫作高梁河的地方被俘。

在东宫前暗杀阿合马，只在一瞬之间。战斗是单方面的，箭雨很快停歇。但现场的人们兴奋不已，不愿离去。不过，马可·波罗却速速离开了皇城。他惦记着一件事。他沿着漆黑的夜路，一路向东奔去，他要去波罗家的新房工地。

六

再磨蹭一会儿，马可·波罗恐怕就出不了皇城了，至少要在皇城里被关上一整天。因为在他出来不久，皇城所有城门就全部关闭了。工地的小棚子里没有点灯。那个时代灯油昂贵，人们尽量节约着点灯，没点灯绝不意味着里面没人。

马可·波罗在小棚前点上了预备好的灯笼，然后推门走了进去。这只是一座简陋的小棚，门不上锁。马可将灯笼举到齐眼的高度，把屋子里照了一圈。只有曲建在里面。他被不速之客吓了一跳，从床上坐了起来，好像自刚才起他就一直睡在那里。

“我当谁呢，是波罗先生啊！吓了我一跳，这么晚了，什么事啊？”曲建问道。

“正好到这附近，顺便过来一趟……梁宏中呢？”马可·波罗反问道。

“欸，去哪儿啦？刚才还在呢……都是大人了，也不好细问人家去哪儿……”曲建答道。马可盯着他的眼睛，曲建稍稍垂下了目光。

“那我就待在这里，等他回来吧。”

“不知道他啥时候才回来……也可能不回来呢……”

“是吗？我想他现在该回来了……人不会像鼹鼠一样，总钻在地底下。马上就要爬上来了。”

“啊！”曲建眼睛本来就大，这下瞪得更大了。

“挖到哪里了？快挖到兵马司地牢了吧？”马可问道，脸上的微笑就没消失过。

“你，你怎么知道的？到底怎么回事？”曲建的眼中有恐惧之色。

“你问我怎么知道的？这个呀，泥土的颜色是关键。”

“泥土的颜色？”

“不是吗？这一带地表是黄土，深下去就是黑土……你们挖井的肯定清楚。现在井已经挖好了……水池不需要挖太深，挖出来的土是黄色的，所以池边的土山也是黄色的。昨天傍晚，土山的确是黄色的……可是今天就变成黑色土山了……这是怎么回事呢？”

“原来是泥土的颜色……”

“井已经挖好了，我只能认为你们是在挖更深的地方。”

“那波罗先生，您打算怎么处置我们呢？”

“怎么处置，我正在想……嗯，要看你怎么回答我了……首先我想知道，你们为什么要救兵马司监狱里的人？”

“因为他们是我们的老乡。”曲建答道。

兵马司狱中之人不是别人，正是南宋名相文天祥。

“只有这些吗？”

“因为他是大宋忠臣。”

“只有这些吗？”

“还能有什么？此外还能有什么？”

“这是你们俩的想法吗？你们是受人之托，还是听人之劝，才这么做的？”曲建没有回答马可的问题，四下张望了一下。

“我经常待在宫中，”马可继续道，“所以，各种事情知道得比你们多。所以我觉得，你们要做的事，路子不对。”

“路子不对？”曲建咽了口唾沫反问道。

“大宋丞相想出狱，随时可以出狱。之所以现在还在狱中，是因为他不想出狱。你们地道挖得是好……这个你们是行家，肯定能顺利挖到丞相的地牢下面。但是，丞相肯定会摇头拒绝你们，说你们多管闲事。”

“怎么可能……”

“怎么不可能！我可以向上帝发誓，不，可以跟你赌一大笔钱：你们的老乡、大忠臣文天祥肯定会怒斥你们，问你们为什么要做如此愚蠢的事……我的猜测不会错的。”

“不可能，我们如此千辛万苦，是想救他啊！他为什么要斥责我们？每天在那又黑又窄的地方挖地道时，我，我满脑子浮现的，都是丞相欣喜流泪的场面。”曲建叫了出声。

“你不懂丞相的心。我在宫中听很多人说起过丞相，其中有经常与丞相见面的人。对了，隔壁兵马司的长官也是我的熟人呢。我从他们那里听闻了丞相的表态。我是对的，你们错了，你们肯定听从了错误的建议。到底是谁建议你们这样做的？”马可追问着。曲建表情悲哀，微微摇头。

“你觉得难开口的话，我就把灯笼灭掉，谁也看不见谁，说说心里话，表表心迹呗。”马可吹灭了灯笼，小棚里一下变得漆黑。

这时，黑暗中响起了咚咚的声音，敲击声从马可和曲建正坐着的床铺下面传来。床铺是箱子的形状，就像在这个小棚里又搭了个小棚。床的四周被围起来了，看不到床底。提着灯笼进屋时，马可已经看到了。

“等等，有人来了。”曲建说着，弄出一阵咔嗒咔嗒的声音，床铺边上的板子可以拆卸。好像曲建正在拆板子。

“噢……有人来了？是阿环吗？好久没见了……”这是梁宏中的声音，像是已经从床下爬出来，站了起来。

“不是阿环。”曲建道。

“那是韩添才喽？又来催了？我们也没偷懒啊！我们俩轮流挖，觉都睡不好呢。这活儿又不能白天干……”梁宏中说着，呸的吐了一口唾沫。

“也不是老韩。”曲建说着，咳嗽了一声。

“啊，那，是谁？”

“是波罗先生……我，正想听听他要怎么说呢。唉，宏中，你也一起听听吧……我们好像不太了解情况……来，波罗先生，能请您点上灯吗？”曲建的话中，听得出叹息的意思。

七

文天祥，字宋瑞，江西省吉州人。吉州位于南昌以南，距后来中国共产党建立根据地的井冈山不远。二十上下的年纪，文天祥就通过了科举最高一级的考试，成了进士，而且是第一名。但他并不是个顽冥的书呆子。他不喜进宫做官，选择了在家乡以诗书为乐。若逢太平盛世，他也许会做个幸福的逸民，终此一生。不幸的是，南宋已进入末期，衰相毕露，人才严重不足，不允许这位状元（第一名进士）悠闲自在地独善其身。他奉召进宫，被授丞相。

文天祥作为丞相，主要做的是与围困首都临安的元军谈判。谈判的对手是蒙古将军伯颜。伯颜对文天祥的人品甚为欣赏。蒙古人对汉人中的南方人很轻蔑，称他们为“蛮子”。但文天祥改变了伯颜对南方蛮子的印象。

“江南也有真汉子！”伯颜将军道。所以他拘留了文天祥，押往北京。途中，文天祥逃走，又投身于逃至福建的南宋流亡政权，在家乡江西展开了游击战。那时，文天祥四十一岁。为日薄西山的南宋拼死抗战两年后，文天祥在广东兵败被俘。在广东崖山，南宋的流亡政权全军溃败，小皇帝被人背着，投海而死。文天祥在元军的船上目睹了这一惨状，后以《南海》为题赋诗一首：

> 朅来南海上，人死乱如麻。
> 腥浪拍心碎，飙风吹鬓华。
> 一山还一水，无国又无家。
> 男子千年志，吾生未有涯。

在大都，文天祥成为元朝的阶下囚已经四年。被他的人格所迷倒的不仅仅是伯颜，忽必烈皇帝也成了俘虏文天祥的俘虏，甚于任何人。他亲自去劝文天祥为大元做事。

文天祥郑重推辞，这种情况不止一次两次了。

“皇上大可不必如此。”大臣们议论纷纷。

作为君临中国的皇帝，忽必烈渴求良相。因祖父成吉思汗身边有千古名相耶律楚材，忽必烈对祖父羡慕不已。现在忽必烈身边有阿合马，他虽有才干，但缺学识，略有缺憾，为人不够深厚，但又拿他毫无办法。

文天祥在华美的宫殿中受到过款待，但最终还是被投进了非人待遇的兵马司地牢。多数人会在这里投降，就连在临安降元的南宋幼帝也在忽必烈的授意下劝降文天祥。旧主的劝降是文天祥不可再得的投降机会，但文天祥依然拒绝仕元。

文天祥超越了生死，他怀抱的是“男子千年志”。男儿壮志，将穿越千秋，照亮历史，代代鼓舞人们的精神。

他苟活狱中，是为了将千年壮志以有形的方式保存下来。所谓“形”，就是诗文。他倾尽心血，写成了《正气歌》。这是一首用以下诗句开头的长诗：

天地有正气，杂然赋流形。
下则为河岳，上则为日星。
于人曰浩然，沛乎塞苍冥。
………

《正气歌》已于去年完成。文天祥再无可恋，唯余一死。就连商人马可·波罗都隐约明白了文天祥的志向。文天祥被召进宫时，马可见过他几次。

“他是准备从容赴死。了不起……”马可感觉道。马可对当时留有的这一印象至今深信不疑。想救他出来，岂非蠢事一件？！如此愚蠢的点子，是谁想出来的？背后莫非隐藏着什么邪恶？马可很担心这一点。他既在为文天祥担心，也在为这两位天真无邪的挖井工担心。

这段关于文天祥的慷慨陈词，强烈地撼动了曲建和梁宏中的心，让他们说出了一切。

原来是木工工头韩添才巧妙地欺骗了他们，试图煽起他们的侠义心肠，演一出营救文天祥的大戏。但是，韩添才的背后，肯定还有黑幕。

“是留梦炎……”马可立刻猜到了。

他可是个在南宋丞相任上降元的人物。他觉得，只要文天祥还活着，就会如同镜子般照出自己的丑恶。在这样的心理压力之外，还有一点：万一文天祥改变主意，被任命为大元宰相就是顺理成章的了。在南宋朝廷中，留梦炎就与文天祥合不来。原本他算是前辈，可这样以后文天祥就要高过自己。留梦炎是个降臣，并没怎么受到过重用。

“怎能屈居他之下……”留梦炎比任何人都盼着文天祥死。不，对待死亡，也许文天祥自己的赴死意愿更为强烈……

要置文天祥于死地，最好的办法就是让他试图逃跑的想法曝光。只要能证明还残存着一股企图营救文天祥的势力，定可加速他的死亡。

“那我们怎么办才好？”梁宏中表情痛苦地问道。

“关于营救计划，韩添才给你们的指示是什么？”马可问道。

“他说最后一步是机密中的机密，以后再给我们指示……韩说，总之，挖到距离地牢地面最后一尺的时候向他报告就行了……其余事情到时再定。”梁宏中答道。

“我知道了。我告诉你们该怎么办吧。把洞填掉，要快！填好后报告韩添才说只剩下最后一尺了……他会来查看地道吗？”马可说道。

“不会，韩添才说他最讨厌黑暗潮湿的地方。到这儿来也从没进过地道。”曲建答道。

“好。按我刚才说的做，然后报告给老韩。不管他说什么，你们都不要听，得马上逃出大都。你们回吉州老家吧，盘缠我来出。”马可说着站了起来。

锤杀阿合马的犯人王著、高和尚在刑场被斩首，肉被腌成了咸肉。可怜的是派出三百名仪仗兵的枢密副使张易，因未能识破王著的计划，也被问了死罪。然而，就在阿合马死后，他压榨百姓、中饱私囊的罪行败露了。

“王著杀阿合马，杀得对！”世祖怒极叫道。

阿合马家被满门抄斩，没收全部财产。

大事接二连三地发生，掩住了人们的视线，没有人注意到宫中发生了另一件怪事。此事太过蹊跷，在史书上都未见记载。留梦炎上书皇帝，称：“臣闻有人企图营救文天祥，他们已将暗道挖至兵马司地牢下面……”

兵马司立即展开调查，在全部地牢挖地五尺，却丝毫未发现暗道的痕迹。

“这只是无凭无据的传言……本该问罪于你，又恐其为事实。想必是你过于谨慎，暂且不再追究了。”御史台对留梦炎道。回府后，他叫来韩添才，大发雷霆，骂道“你去死吧”。从那以后，大都再无人听到过木匠工头韩添才的名字。

那年秋天，世祖忽必烈尝试对文天祥进行了最后一次劝降。

“无奈啊！死了这条心啦……”忽必烈意识到，赐死才是对文天祥的最高恩宠。

据传，是年十二月九日，文天祥被斩于北京柴市。

狮子不吼

一

马可·波罗在中国居住了十七年，这期间他不仅游历了中国各地，还至少出了两次中国。两次都是奉世祖忽必烈之命而行，目的地是占城和印度。

据《马可·波罗行纪》记载，马可于一二八五年（不同版本对年代有不同记载）前往占城。不过书中照例没有提及具体差事。一二八五年是元世祖至元二十二年，即处决文天祥后三年、第二次远征日本四年后。尽管书中没有记载差事，但看年代，大致可以推测出马可·波罗此行的目的。

“Tchampa”的汉语名写作“占城”。现今的越南在十三世纪时分为南北两个国家，北越是“安南”国，南越就是这个“占城”国。一般认为，北纬十五度线是两国的国境线。占城国与西南邻国真腊国（柬埔寨）交恶。就在马可·波罗到访前约一百年，占城攻打了真腊。一一九九年，真腊发动报复战争，俘虏了占城国的国王，并吞并了他的土地。国名“占城”意思就是占领中，似与“柬埔寨”这个名称有关。

“占城近琼州，顺风舟行一日可抵其国。”《元史》中如此记载，可见它不是多么遥远的国家。南宋灭亡后，元左丞唆都派部下前往占城宣告此事，目的是宣扬元朝的强盛，劝占城归顺。占城国王表达了归顺大元之意，忽必烈决定授其荣禄大夫之位，封其为占城郡王。可是这样一来，占城国王就必须入朝了。

至元十六年（1279）十二月，忽必烈派兵部侍郎（国防部副部长）教化的和总管孟庆元等人，劝说占城国王入朝。占城国王年事已高，无法亲自入朝，就派遣使者前往，献上贡品，同时呈上归顺誓约文书。这是第二年，即一二八零年二月的事。《元史》中记载了这位占城国王的名字，冗长而滑稽，曰“保宝旦拏啰耶邛南詖占把地啰耶”。

元朝打算就此将占城纳为藩属国，试图将占城作为称霸东南亚各国的前沿基地。对已经归顺的范树国，元朝一向很蛮横。这是成吉思汗时代传下来的传统。元朝送来的文书中，措辞非常骄横。

“岂有此理！当我们是家仆、奴隶吗？”王子反感道。年迈的国王已将朝政大权交给了王子补的。

一二八二年，派驻暹国的元朝使节何子志和皇甫杰等人在占城遭到拘押。他们原打算在藩属国的港口停靠，中途休息一下。

“安排好吃住啊！然后找几个漂亮女人！”这样劈头盖脸的命令激怒了年轻的王子。

“这帮家伙，傲什么傲！哼，就让他们见识见识！”他把使节给绑了。

忽必烈听到消息后大为震怒，下令道：“老国王无罪，有罪的是乳臭未干的王子。立刻派兵去讨伐，让他们好好看看大元的威风！”

第二次远征日本失败后，忽必烈正着手准备第三次远征。这场讨伐战恰好用来小试牛刀。一二八三年正月，琼州安抚使陈仲达等率领的五千元军攻陷了占城国都。面对强势蛮横的元军，占城人展开了激烈的抵抗。国都虽然沦陷了，各地依然在打游击战，令元军大伤脑筋。此外，远征日本的失败也再次重演。元军遭遇了台风，停靠在占城海岸的两百五十艘战船半数以上破损。

“乞求增援。”占城传来急报。原本打算小试牛刀，没承想对手竟如此难缠。忽必烈决定将为第三次远征日本准备的兵力和辎重投到占城，派出了一万五千人的增援大军。

“虽有兵力，但走海路不行啊。海上总没好事。”蒙古人祖祖辈辈没见过大海，当然不擅长与大海打交道。两次远征日本失败，都不是因为打仗，而是在海上遭遇了风暴。忽必烈的恐海症并非事出无由。

“可是，去占城就得渡海啊。”大臣伏地进言道。

“不，此言差矣。你看地图，日本是海里的岛，而占城不是有陆地相连吗？”

“啊，确实如此。但是占城与我国之间，还隔着一个安南国……”

“可以借道安南。着即照办。”忽必烈下令道。

忽必烈想得简单了。在宪宗蒙哥时代（当时蒙古尚未定国号为元），蒙古军自云南南下，攻陷安南国都河内后旋风般离去。此后即开始了两国的谈判。蒙古在首先宣示威力，然后要求安南臣服。蒙哥去世，忽必烈即位后，两国谈判达成协议，约定安南国三年朝贡一次，蒙古册封安南国陈王朝的国王为安南国王。这一年是中统二年（1261）。

忽必烈认为，既然安南国是藩属国，借道给大元就是天经地义的。而在安南看来，藩属关系是被迫结成的，内心希望尽量摆脱这种关系。安南与南方邻国占城的关系未必就好，但把道借给别国攻打占城从而恶化两国关系，也没有意义。于是安南找出种种借口推脱，拒绝借道。

“哼，言而无信的安南！等我收拾了占城，再来惩罚你们这些反贼！”忽必烈怒道。所谓言而无信，是指二十多年来，安南并未遵守中统二年在河内的约定。所谓约定，是指安南国王亲自入朝，或派王族入朝当人质。以前，忽必烈对安南不守约这件事一直睁只眼闭只眼。但借道讨伐占城遭拒后，他又一件一件地想起了这些过去的事。

无奈之下，元军经海路攻入占城。面对大军来袭，再不顺从的占城也只得屈服了。这事发生在一二八四年四月。翌年二年，马可·波罗被派往占城，去落实当时的媾和协定。

根据协定，占城要进贡二十头驯象和大量沉香。伴随着这些贡品的运输，两国间展开了相当大规模的交易。马可·波罗此去占城，就是为了运送贡品和监督交易。“对占城要宽容”，这是忽必烈亲自下的命令。为了惩罚安南的不逊，元朝动用了数十万大军。这样一来，就必须与占城保持友好关系。若是派去的人借大元帝国的荣威到处作威作福，恐怕会招来反感，破坏友好关系。所以皇帝才选定温和的基督徒、外国商人马可·波罗当了代表。

二

占城的贡品中，特别让忽必烈开心的是大象。

蒙古族在大草原上靠牧马放羊为生，天生喜爱动物。看到从没见过的动物，会高兴得像个孩子。在成吉思汗留下的遗产中，东边的元帝国和西边的伊儿汗国是最大的国家。两大国亲戚交往时相互总有馈赠。西边赠给东边的礼品中，狮子最受欢迎。狮子在西亚霸主伊尔汗国并不那么稀罕，但东亚却没有这种动物栖息。

在大都和上都的御苑里放养着各种动物。在御苑里建起象舍饲养大象，让这位世界王者开心得不得了。

“你刚从南边回来，又得往西边跑一趟了。”忽必烈对马可道。

“西边是……”

“帮我送一头大象给安西王。”

“是，遵命！”马可·波罗低头领命。连行装都没时间卸，他就又赶着巨象西行了。

忽必烈有四位皇后，生了很多儿子。皇太子真金比忽必烈早逝，后来是皇太孙铁穆耳继承的汗位。继皇太子之后，忽必烈最喜欢的就是忙哥剌，把他封为安西王，让他住在京兆府（现西安市）。但忙哥剌也死得很早，他的儿子阿难答继承了安西王。在忽必烈眼中，这个孙子和皇太孙铁穆耳一样可爱。不，应该说这位祖父有一种强烈的心情，认为大元帝国的重任等着铁穆耳双肩担起，不能骄纵他。他觉得对阿难答，自己可以当一个慈祥的爷爷。

“大象一头——”这是爷爷送给爱孙的礼物。马可·波罗负责送大象。回到家后，他把这件事告诉了父亲。

“啊，什么？京兆府！”尼科洛·波罗凝视着儿子的脸，一时语塞。

“京兆府怎么了？”

“现在，杨琏真加就在京兆府。”

“啊……这……”马可也觉察到事情的严重性。近几年来，马可·波罗一直作为忽必烈皇帝的耳目巡游各地，上报民情，其中揭发了杨琏真加一派的不少恶行。人称妖僧的杨琏真加知道自己手下几个人失事的原因，都在于马可·波罗的奏报。

“走着瞧，你个碧眼坏种！”听说担任江南佛教界总统的杨琏真加这样骂道，透着报仇的意思。

波罗家和杨琏真加派之间的暗中对立越来越厉害。波罗家也密切关注着对手的动静。这次杨琏真加去京兆府并非正式出行，一般人并不知情。这个情报，只有特别留心打探的波罗家掌握着。

“莫非就是那个喇嘛做了工作，把你弄到安西王那里去的？”马可的父亲尼科洛甚至担心到这一点。

“不会吧，当今陛下可宠爱安西王阿难答了……肯定是巧合吧。”马可想打消父亲的担心。

“是巧合就好……但没准那个喇嘛会利用这次巧合。你可得当心啊！”

“好，我一定小心。”马可点了点头。对手就是对手，小心点总没错。对这个杨琏真加再怎么小心都不为过。

“吃的喝的都要特别小心。喇嘛手里有好多毒药呢。”尼科洛·波罗来中国后，一直在做把中国草药出口到欧洲的生意。人道是药毒同源，尼科洛多少也了解了一些关于毒药的知识。他知道，毒药的原料产地在云南、贵州、四川、青海、西藏等地，是喇嘛教地区。而且在这些地区研究药学的，基本上都是喇嘛。

“不知道喇嘛会用什么毒。”尼科洛如此害怕是有原因的。

“我带个厨师去。”马可想消解父亲的担心。

“只带厨师，我还是不放心啊。要是用他们提供的食材……对了，你这次不是送大象去嘛，索性顺便带些牛羊去吧。”尼科洛从头至尾都非常谨慎。

这时，马可的叔叔马费奥插话道：“对了对了，把顺安也一起带去吧……一定能帮到你。”

“噢，对了，她早就想去京兆府了……”马可想起了顺安姑娘。顺安和她姐姐贞安因为奇妙的缘分，曾在波罗家住过一年。两姐妹的父亲名叫曾居隆，是个很不走运的人。他是有名的计算高手。阿合马当财政大臣时，曾在官府当差，做过账房总管。阿合马掌管着大元帝国的财政，一时盛气凌人、权倾朝野，无人可与之比肩。但他大肆中饱私囊，因袭遭人憎恶，树敌太多，最终遇刺身亡。死后，他侵吞国家收入的罪行暴露，被满门抄斩。曾居隆不过是个记账的，但作为账房总管，他当然清楚阿合马的贪污行为。他知情不报，也被问罪，处以死刑。

按规定，死罪之人的妻子儿女都要被充作奴婢。那些受阿合马事件牵连而被处死的罪犯的遗属，也被分配给皇帝的家臣当奴隶。当时曾居隆的妻子已死，两个女儿就遭此厄运了。妹妹顺安被分配到波罗家，姐姐贞安被分配给一个住在大都的阿拉伯占星师。

波罗家从事通商方面业务，与大元朝廷也有生意往来，因此跟账房总管曾居隆也是熟人。曾居隆不过奉雇主阿合马之命，记录往来账目而已，绝非贪污的同伙。他是因知情不报被治罪的，但揭发雇主的事情他做不出来。不，不仅是他，换作任何人都做不到。

“太可怜啦！”波罗一家出于同情，从阿拉伯占星师那里买来了贞安，让姐妹俩一起在波罗家生活。奴隶和物品一样，可以随意买卖。曾家姐妹虽为奴隶身份，却在波罗家受到了宾客礼遇。

“尽快找个机会，帮她们恢复良民身份吧。”波罗家的一家之主尼科洛道。

“良民”不是善良人民的意思，而是指非奴隶身份的人，近似于自由人的说法。自由人不会像奴隶那样被卖掉。奴隶变成自由人可非易事。奴隶一定有主人，解放奴隶必须主人同意才行。奴隶是一种财产，解放奴隶对主人而言，是一种财产损失。此外还需要办理法律手续。最快捷的办法就是与自由人结婚。

波罗家先让曾家姐妹中的姐姐贞安结了婚。对象是在尚供总管府供职的青年，名叫叶贯。马费奥·波罗早就看中了这个年轻人，贞安也不讨厌。这是一段良缘，贞安也机会难得地变成了良民。

但新婚燕尔，叶贯就被调到京兆府工作去了。尚供总管府这个衙门，主要负责离宫管理和狩猎事务。叶贯的差事就是照看离宫中饲养的动物，相当于动物园里的饲养员。去年忽必烈皇帝从伊儿汗国赠送的十头狮子中，分了两头送给了安西王。这次马可·波罗只是把大象送去，而上次饲养员叶贯是带着两头狮子去的京兆府，然后就留在了那里。皇帝送给爱孙的礼物不仅仅是狮子，还有照看狮子的饲养员。

姐姐去了京兆府，妹妹留在了波罗家，倍感寂寞。听说她经常对波罗家的女佣说，希望能有机会去京兆府看姐姐。这次马可去京兆府，就是一个机会。

“好，就这么定了！就让顺安跟你们一起去！”马可的父亲尼科洛拍着膝盖说道。

三

现在的陕西省西安市，原来一直被称为京兆府，到了元十六年（1279）改称安西路。改名至今已经六年，旧称却依然通用。后来马可在口述游记时，仍称此地为“Quengianfu”。

安西王阿难答的王府位于京兆府郊外，是一座壮丽的宫殿，总长五英里的城墙建得很高。宫殿柱子上贴着金箔，墙壁上绘有绚丽的壁画。人们私底下称安西王为“副皇帝”，他的宫殿也配得上副皇帝这一称呼，其宏伟仅次于大都（北京）的皇宫。安西王府中有禽兽舍，换个说法就是动物园。安西王阿难答喜爱动物是无人能比的。皇帝祖父忽必烈知道他的爱好，随便找个什么由头就会送他动物。在这位祖父心中，似乎除了皇位不能让他继承外，什么都要给他。

一向被娇惯的安西王长大后也脱不了孩子气。马可·波罗在交接占城大象见到安西王时也有这种感觉。安西王连说话都有点口齿不清，“我常常听人说起你，很想亲眼见见你的神力。你在宿舍等我召你哦，说好了啊……”安西王阿难答道。

马可知道，因为头发颜色不同，自己的名字经常被人传来传去，但不十分清楚别人怎样议论自己。若是不负责任的八卦，自己可能会被人说得很夸张。

“见见你的神力……”马可猜不出这是什么意思。自己只有普通人的能力，并没有什么超人的力量。马可纳闷地回到宿舍。

贞安来宿舍看妹妹顺安。见到马可，贞安问道：“您在哪里学的降伏恶魔猛兽的法术啊？我在您府上时，可从没听说过啊……您是在占城学的吗？”

“啊？降伏术？”马可感到莫名其妙。

“恶魔……恶魔我们可看不见，但猛兽看得见。”

“你们到底在说什么啊？”

“听说猛兽一到您面前，当场就会软绵无力地耷拉下脑袋，倒在地上呢。”

“怎么可能……这是谁说的呀？”

“大家都在说……马可大人您不会这种法术吗？”

“当然不会啦！哪有这么神奇的法术……”马可此时隐约明白了安西王阿难答口中的“神力”。

坊间好像已经传遍马可·波罗会使神秘法术的谣言。这话传进了安西王的耳朵。

“这就奇怪了！”贞安道。

“我本人根本不知道，这事的确蹊跷了。到底是谁散布了这个谣言？”

“也许半是玩笑……”说到这里，贞安正了正姿势，

“不，半是期待地生出了这个谣言的吧。”

“期待？期待谁？”

“期待您啊。”

“期待我？真不可思议！我只在七年前去云南的路上，曾到这京兆府逗留过四五天。我和这里缘分不深，怎么会有人期待我呢？”

“因为对方的名声太坏。”

“对方？我越发不懂了。”

“这里有一人叫董实，能用眼神降伏猛兽，曾做过杨琏真加的随从。这人的名声不太好。您的名声会传开，或许是因为大家期待能有一个比董实法术更高明的人，来煞一煞董实的威风……对，炮制这个谣言，最初可能是为了消解郁闷。”杨琏真加的名字一出现，马可心中猛然一惊。他感到贞安话里的有些东西似乎不能一听而过。

“那人真的靠瞪眼就能放倒猛兽吗？贞安，你见过他降伏猛兽吗？”马可问道。

“我没有机会亲眼看到。不过这是真的，绝对没错……我丈夫亲眼看到过。他说他看到过两次呢……”贞安答道。她的丈夫叶贯是禽兽舍的饲养员，因此有机会看到董实使用降伏猛兽的法术。

“董实用的是什么法术？”

“呃……听我丈夫说，双手合十……就像西藏喇嘛做祈祷那样……据说是杨琏真加传授给他的，这降服术大概是喇嘛的秘术吧！”

“我想仔细听听。能请你丈夫有空时来一趟吗？”

“当然可以。他也说要来拜访您一下呢……”

“真没治了！我这是莫名其妙就成了耍妖术的了……”

“听说西洋的降伏法术比喇嘛的更有效。大家都在传呢，说这次肯定是董实输……”

“输？”

“大家都在传您要和董实比试法术呢。”

“竟有这样的谣传吗？”

“那可是不胫而走啊……”

“是呀……”马可·波罗不安起来。贞安说，董实这个人贪得无厌，名声很差。他的法术的确灵验，但要价高得惊人。这原本是一种咒人死亡的危险法术，所以好像不向外公开。

“法术灵验，指的就是能把人咒死吗？”马可想得入神，自言自语起来。

“是呀……据说被施了法术的人，很快就会死掉。”贞安答道。

“我会西洋降伏术的谣言，是什么时候开始传开的？”

“嗯……就是最近啊……大约一个月前，我开始听说您会使法术……嗯，没错，肯定是一个月之前开始的。”

“一个月前啊……”那应该是在基本内定派马可·波罗前往京兆府之后的事。派他来是四十天前决定的。知道他要来京兆府之后，谣言才传开。马可隐约感到这是有人故意所为。

四

安西王阿难答非常骄蛮。许是因为太受宠爱，只要话一出口，他就一定要办到。对家臣来说，他是个难侍候的王爷。世祖忽必烈的长子朵儿只早逝，次子真金被立为皇太子，三子忙哥剌就是阿难答的父亲。这三子都是察必皇后所生，忽必烈特别重视。忙哥剌死得早，因此在孙辈中，阿难答最受忽必烈的宠爱。

忙哥剌在世时出落得很好。马可在他的游记中也讲道：“他正义公正，堪当统治王国之任，深受臣子敬爱。”可是，忙哥剌的儿子阿难答虽然继承了父亲的安西王位，却没有继承父亲的长处，他的结局很悲惨。悲剧发生在现在这个故事的二十二年之后。顺便在这里简单聊一下吧。

现在这个故事的九年以后，忽必烈以八十岁高龄驾崩，皇太子铁穆耳即位，是为元成宗。成宗统治十三年后去世。成宗无子，在他的兄弟中，嫡出的答剌麻八剌也已去世。答剌麻八剌的儿子怀宁王海山正从军，在塞北同海都作战。阿难答相信在世祖忽必烈的嫡亲中，自己最接近皇统。于是他企图先建立起由成宗的皇后称制（摄政）的体制，再通过辅佐的方式登上皇位。

但是怀宁王海山在军中很有威望，尽管他正出征塞北，他的亲信却在国都发动政变，推翻了他的叔父阿难答。阿难答被诛。

从这场失败来看，只能说阿难答过于天真简单了。败给了自己出征在外的侄儿，可见他是个不严谨的人。无论什么东西，只要他想要，就非弄到手不可。他当安西王时，动辄找借口向堂兄弟成宗要钱。有时说闹饥荒了，有时说军费不足了，频频讨得援助。只要死缠烂打，钱总能要到手，可皇位就不同了。

故事回到至元二十二年（1285）的京兆府安西王宫中。安西王阿难答提出："我想看董实与马可·波罗比试法术。让他们俩比一比降伏术，我要欣赏。"

这个骄纵的皇孙想要什么就必须弄到手。他一旦开口说想看降伏术比赛，那么无论家臣们再怎么说"做不到"，他都充耳不闻。

"马可·波罗说，他不会使这种法术。"他的乳娘道，乳娘在他面前说话算是相当有分量的。

"没有的事！马可·波罗在耍我吗？人人都知道他会降伏术。如果他坚持不给我看，我也是会有想法的！"

安西王停顿了一下，狠狠扫视了一圈在场的家臣，简短地吐出一个字："斩！"

家臣们暗自摇头，无计可施。

"马可·波罗可是陛下的宠臣啊……"乳娘忍不住道。

阿难答嗤笑道："你们以为我会怕吗？你们啊，不必担心。这次比赛我想看，杨琏真加师父也很期待呢。"

忽必烈皇帝拜八思巴为帝师，杨琏真加是八思巴的高徒。既然是帝师高徒的强烈愿望，若不予满足，哪怕是皇上的宠臣，也是可以问斩的。

“他不是因为不听我的话才被斩杀的，是因为他忤逆了杨琏真加师父的意思。”有了这个借口，那个宠爱孙子的爷爷就不会责怪爱孙了吧。阿难答心中早已盘算好了。

“斩……他是这么说的啊。”马可·波罗从贞安的丈夫叶贯那里听到安西王的话后，脸上露出了复杂的笑容，既不是苦笑，也不是冷笑。“事已至此，我得赶紧学降伏术了。叶贯，你见过两次，能教教我吗？”

“这恐怕有点为难啊……我也只有点模糊的记忆。”叶贯挠着脑袋拼命回忆。看他那样子好像没有什么信心，但从一点一点的讲述中，听得出他还是记住了相当多的细节。降伏术的诅咒方式毕竟形式怪异，已经烙在他的记忆中了。

降伏是护摩法的一种，藏语叫“多拉古休儿”，主要是用忿怒之相来降伏怨敌和恶魔等。降伏有各种动作，但用一句话来说，都是表现忿怒和威严的。叶贯看到过这种诅咒的形式，却没有一字一句地听到咒语。

“早知如此，我该注意听听的。”叶贯抱歉道。

“没关系。反正咒语是藏语的，你竖起耳朵也听不懂。就算我能让他教我这些咒语……恐怕我也记不住……”马可·波罗安慰叶贯道。其实诅咒的形式和咒语都是次要的，他想知道是什么能令眼前的猛兽扑通倒地。

据叶贯讲，董实两次都是踮起脚尖，挺起身子施法。

栅栏门打开后，凶猛的狮子一步一步慢慢走向挺身合掌的董实。但蹊跷的是，没走几步，狮子的脚步突然沉重起来。不仅脚步沉重，还踉跄起来。狮子张大了嘴巴，但更像是在打呵欠。如果狮子张大嘴巴，后面跟着的一定是可怕的咆哮声。但这两次很奇怪，狮子还没咆哮，就无精打采地慢慢合上了嘴，嘴角流下了口水一样的东西，最终合上了大嘴，嚅动了几下以后，很快就懒洋洋地倒在了地上。

“不会是死了吧？”马可追问道。

“死倒没死……呼呼大睡了几个时辰后又爬了起来，好像什么事都没有发生过。”叶贯道。饲养员说的话肯定没错。

“我们再研究一下吧……只剩下三天了。”马可咽了一口唾沫。三天后，马可就不得不站在狮笼前了。笼门打开会发生什么？想象一下那场景，身体就会由内而外地颤抖。

“您说要研究，研究什么呢？”叶贯皱起了眉头。

“有事想请你帮我向禽兽舍的朋友打听打听……”马可探身道。

五

降伏术比赛的情景十分怪异。

安西王宫的院子里建起了围子，用粗圆木围出一片三十米见方的场地。圈子中间又牢牢打下了一排粗圆木，把场地隔成两半。西洋降伏术高手马可·波罗和琏真加亲传弟子精通秘术的喇嘛董实，将在相邻的两块场地上同时比试法术。

观众席设在栅栏外面，搭起看台，可容纳几十人坐着观看。坐在中央红漆座椅上的，不用说就是安西王阿难答。观众席上有全副武装的威猛武将，但大多是宫女。

“哎呀，好可怕……”

“我已经在晕了。”

“我都不敢睁开眼睛了。”

宫女们说着，既害怕又想看，兴奋不已。她们双颊绯红，并非化妆的缘故。

安西王阿难答的旁边摆着一张黄椅子，上坐一位身穿法衣、头戴法帽的僧人。不说也知道，这僧人就是喇嘛杨琏真加。他身为江南佛教总统，来到管辖之外的京兆府，所为何事？

为的是佛迹巡礼。在那个年代，僧侣们外出旅行是很容易得到认可的。京兆府有很多来历不凡的古寺，例如大慈恩寺，寺中矗立着唐代三藏法师玄奘建造的大雁塔。

马可·波罗走到安西王的面前行了一个礼。董实从对面方向走出，厚嘴唇的唇角微微抽动，在马可身边跪了下来。

乐声响起，马可想起四年前在景德镇的情景。当时他混在人群中，观看了明童真君瓶和吉祥天母瓶相撞的瓷瓶大战。那时猛烈相撞的是两只瓷瓶，这次却是人和狮子。而且马可被迫成为当事人，不再是悠闲的看客。

“你们二人要用心降伏狮子，先降伏者为胜。”安西王说道。他声音尖锐，但照样口齿不清。

“遵命。”只有董实答道。

马可双膝头颤抖，无法控制。此事攸关性命，该做的都做了，但他真能顺利逃过一劫吗？他想起小时候听到过的罗马时代奴隶与狮子搏斗的故事。奴隶是千真万确地持刀与狮子搏斗的。可现在，马可手中没有武器。

马可没有武器，取而代之的是手中的一本《圣经》。一旁的董实也抱着一部厚大的经卷。

经卷的封面上写着“千光眼观自在菩萨秘密法经”。

“胜者有赏。说说你们的愿望吧……”安西王晃着身子道。

“贫僧的愿望就是希望能满足杨琏真加师父的愿望。贫僧自己没有任何要求。”董实说完，抬起低着的头，瞟了一眼马可，厚嘴唇撇了一下，露出一丝轻蔑的神情，仿佛在说：“你去喂狮子吧。”

马可双膝颤抖不止。董实大概也看到了。

“退下时，一定要步伐稳健！”马可说给自己听道。

“马可·波罗，说说你的愿望。”年轻的安西王催他回答。

“是。如能降伏狮子，我想带走这里的一位旧识，结伴回大都……他现在在殿下宫中做杂役。”马可答道。

“好，你们二人的愿望我听明白了。获胜者的愿望可以得到满足。不过，马可·波罗，你想带回大都的人在我宫中什么地方干活？”

“在禽兽舍。他叫叶贯，是我父亲在大都看中的人……”

“啊，好的。准了，准了！”一直微微向前探出身子的安西王阿难答说完，靠在了红漆座椅的椅背上。他以为自己的得力家臣会被要走，结果马可要的居然是在动物园里干活的人，这似乎让安西王松了一口气。

一度停止的音乐又响了起来。西藏巴拉班大鼓那如喘息般的沉闷鼓声，在马可胸中重重地回响。

“二人准备——”手持长矛侍立一旁、满脸胡须的武将厉声喝道。董实应声站起身来，迈步之前做了一个深呼吸，然后用低得只有身边的马可才能听到的声音道：“你还打算活着回大都吗？不知死活的家伙！你啊，就要去喂狮子喽！”

这句低语激怒了马可。“还不知道是谁喂狮子呢！狮子的食饵……”他回敬道。两人就此左右分开，分别从围栏对面的入口走进栅栏。也许是和董实的低声口仗起了作用，马可的心情完全平静了下来，刚才还因担心而颤抖的双膝也静止了。他步伐沉稳地走进了栅栏。

满脸胡子的武将已事先将规定的位置告诉了他们。他们在围栏边上，背靠栅栏，席地而坐。马可·波罗盘腿坐着，将《圣经》在面前的地上摊开。与隔壁的圆木栅栏之间有缝隙，他看得见董实的情形。董实正襟危坐。

不一会儿，关着狮子的笼子放在车上，拉进了围栏。拉车进来的人把大块羊肉扔进笼子后，都到围栏外面去了。笼子上的铁格门用粗绳左右绑着，绳子一直拖到圆木围栏外面。从外面一拉绳子，铁格门就会打开，狮子就会从笼子里一跃而出。董实那边也送来了笼车。隔着圆木栅栏，两边情况完全一样。

马可抬头看了看天空，秋天真是天高云淡。他想起了故乡威尼斯的天空。百兽之王狮子就在三十米外的笼子里。

六

笼中的狮子扑向扔进去的羊肉块。隔着铁格门看不大清楚情形，但可以清楚地听到声音。那羊肉块在人看来不小，但对狮子来说恐怕吃不饱。只要打开铁格门，狮子肯定会扑向对面的人。

或许狮子也有凶猛和温顺之分。为了公正起见，众人决定用抽签来决定哪只狮子放进哪边的场地。安西王亲自抽签。降伏时间规定为一刻钟，即十五分钟。运笼子的人走到围栏外面，紧紧关上栅栏门后，音乐声戛然而止。乐声停止后，降伏就要开始。这时狮子已经吞掉了羊肉块。

栅栏对面传来了念经的声音。声音很大，马可听得出是藏语，但完全听不懂意思。那声音不仅洪亮，还很有气势。马可也开始朗读圣经。他用拉丁语朗读，但实在发不出隔壁场地那么大的声音。如果提高嗓门，嗓子很快就会嘶哑。

“能过关吗？”叶贯曾经目睹董实降伏猛兽的情景，马可向他打听到很多细节。马可是个凡事追求合理的人，他根本不相信咒语能够降伏猛兽。他相信背后一定有名堂。不，一定有诡计。

董实降伏猛兽时，需要禽兽舍的饲养员叶贯帮点忙。因此，叶贯离降服舞台的后台很近。

“降伏之前，董实最在意的是什么？”

被马可这么一问，叶贯想了想道：“给狮子吃的肉。他很在意给狮子吃什么肉。”

“肉是谁准备的？”

“是我的同事。我也切过羊肉。”

“是你直接把肉扔进笼子的吗？”

“不是。肉一定要交给一个叫张六的人。”

“一定？为什么？”

“什么为什么？就是这么定的，是规矩……对了，张六把肉拿进了冰室。他是管冰室的。”

“冰室？不对劲啊！这么说，肉不是当天准备的……”

“是前一天准备的。”

“这就奇怪了。”特意提前一天准备猛兽的饲料，这很奇怪。京兆府王宫附近的羊要多少有多少，弄到羊肉并不难。而且新鲜的肉不是更好吗？马可认为诡计的关键就在这里。

“给我说说你所了解的张六吧。”马可拜托叶贯道。叶贯谈了很多，张六特别亲近的人、张六佩服的人……说着说着，叶贯想起了一件重要的事。听说，张六的母亲得重病的时候，多贵的药都用上了，这些药与他的身份不符。张六嗤笑道：“我认识关草药先生，是他帮我想的办法。”

京兆府的确有位姓关的草药先生。他是草药界的权威，人称关草药。张六暗示自己与那位关草药先生有特别的关系。

“肯定有问题。”马可委托叶贯去套出张六的真情。

“肉放进冰室前，你不是要把肉拿去关先生那儿嘛。关先生要用多久啊？”马可让叶贯这么问。

“啊，你怎么知道的？”

“我在大都干过一样的差事。当然，在大都找的是崔先生。”

“是吗？你也干过这种差事啊。那你在大都要多少时间？”张六反问叶贯道。

“在大都的崔先生那里，嗯，一刻钟左右。”

“那太长了。关先生那儿，喝杯茶的工夫，就把肉给还回来啦。”张六对叶贯似乎产生了一种因有共同秘密而产生的亲切感。马可得知后，决定让叶贯再施一计。他给了叶贯一种阿拉伯秘药。喝下此药，不会送命，但会高烧两天，卧床不起。

降伏术比赛的前一天中午，叶贯邀张六去喝酒，悄悄将那药放入了对方酒杯中。张六突然就发起了高烧，叶贯把他扛回家中。

“我还得去准备肉呢……”张六梦呓般地道。

“我帮你准备吧。反正这活儿我也做惯了。”叶贯道。

“是吗，那太好了。你可帮了我大忙了……切两块肉，只要送一块去关先生那里……送关先生的肉放进地冰室，另一块放进黄冰室……就交给你啦，千万别弄错。”

“明白了。送关先生那儿的肉放进地冰室，不送去的放进黄冰室。对吧？”

“没错。下面就可以找和尚拿赏钱了……”张六后面的话全成了梦话。

安西王府内有好几座冰室，按照《千字文》中“天、地、玄、黄……”的顺序编号，相当于日本按照《伊吕波歌》里文字的顺序编号一样。按地冰室和黄冰室分开放的话，急用时就不会弄错。

这件做手脚的差事似乎是分工制，肉放入冰室后，下面的事就由其他人负责了。叶贯来到关先生家，说自己是代张六来的，然后将肉交给了关先生。

“好了。”关先生道。不到半刻钟，他就亲自把那包肉交给了叶贯。

“我拿走了。”叶贯把本应放入“地”冰室的肉拿去了“黄”冰室，然后把没动过手脚的肉放入了“地”冰室。他把两块肉掉了个包。下在肉里的麻药会在十五分钟内行遍狮子全身，这大约是关先生经过多次试验算出的时间。据亲眼见过降伏术的叶贯说，狮子出笼时还能勉强迈步，走上十米左右，就会扑通一声倒地。

“万一麻药不灵……”马可念着圣经，但一想到这里，膝盖再次颤抖起来。其实他也做好了准备，以防万一。

马可的目光投向了与隔壁分界的栅栏。他已经让叶贯动了手脚，将那里的一根圆木拔起来过，并在木头根部撒上白粉做了记号。拔掉这根木头，栅栏便会露出一个空隙，刚好可容一人侧身勉强通过，但狮子的大脑袋会被栅栏卡住。

七

不到五分钟，狮子就把羊肉块吃了个精光。

藏语和拉丁语念咒声越来越高。狮子吃完肉开始吼叫：“吼……”这是百兽之王高傲的咆哮。

马可想起来中国途中，在沙漠中听到过远处传来的狼嚎声。当时他还是个少年，吓得缩起身子，手脚不听使唤。他原本就是个胆小的人，没见到狼就已经如此害怕，现在狮子就在眼前，而且笼子的铁格门马上就要打开。

现在乐声停了，但一旦乐声再次奏响，就是打开铁格门的信号。时间一分一秒地逼近。

“哎呀……”马可发现狮子的吼声有些怪。边上的场地倒是传来了咆哮声，关在他面前的狮子并没有吼叫。肯定是麻药起效了。

还有五分钟……突然，隔壁的大声藏语乱掉了，藏语的念经声变成了汉语的惨叫声。

“救命啊！”董实也发现了情况异常。狮子吃完食后不一定都吼叫。但吃了下过麻药的食物后最多十分钟，狮子就吼不出来了。可是，放在董实面前的笼子里的狮子，过去了十分钟还在不停地吼叫，而隔壁的狮子却一直没有吼。

“难道……”想到这里，董实害怕起来。

“弄错了！弄错了！”呼救的惨叫声中，还夹杂着这样的喊声。

“别打开！别打开！”接着又是高声喊叫的声音。

惊恐之下，董实的舌头也不听使唤了。他本人以为在呼喊，但只有隔壁产地里的马可能听清，坐在稍远地方的观众却好像并没有听清，以为是某种咒语呢。董实扔下《千光眼观自在菩萨秘密法经》，跃身高喊。人们以为这些动作也是一种降伏术。

“啊——啊——”董实口中喊出的已经不是人话了。

无数小铜钱在铁桶里晃动般的声音响起。这是哈兰嘎[①]的声音。

---

① 西藏铜锣。

“不要开！不要开门！”董实又喊出了人话，却被那喧嚣的哈兰嘎声淹没了。三十米开外，笼子的铁格门被拉开了。感觉拉得很轻，轻到让人不过瘾。

“吼——”隔壁栅栏中传来了吼叫声。他站起身来，不经意地瞅了一眼自己面前的狮子。狮子从笼子里摇摇晃晃地走出来，半张着嘴，但既不是要吼叫，也不是要咬猎物。它已经连闭上嘴的力气也没有了。口水样的液体从嘴角滴下，滴成了一条线。

马可·波罗瞥了一眼这只摇摇晃晃的狮子，便拔起那根撒有白粉的栅栏圆木，把它推倒。

“董实！从这儿出来！”马可喊道。

浑身是血的董实从栅栏的窄缝中挤了过来。他背后的衣服已被撕碎，双臂满是被抓伤的痕迹，露出了血淋淋的红肉。头和脸没受什么伤，大概是他用双臂去护头，狮子抓了他的双臂。

“太好了……”看到董实保住了性命，马可低声道。这时，他才想起来看看自己这边的狮子。

这只没有吼叫的狮子在距离笼子十米左右的地方，懒懒地趴着。

在景德镇，吉祥天母瓶被撞碎时，杨琏真加大感意外，从椅子上跌落下来。但在京兆府降伏猛兽的这次比赛中，结果同样大出意外，这位喇嘛妖僧却只是惊得紧握住了椅子的扶手。

“决不能善罢甘休……一定要叫马可·波罗这小子知道我的厉害！”杨琏真加紧咬嘴唇道。

这天傍晚前，马可·波罗一行人离开了京兆府。一行人中当然有叶贯夫妇，两手缠着绷带的董实也躺在大车上被运走了。当晚，他们在临潼的旅店过夜，当年唐朝玄宗皇帝赐浴杨贵妃的华清池温泉宫就在附近。

一位半老男人在旅店等着他们。“让我跟你们一块儿走吧。我在这京兆府已经待不下去了。”那人道。

这人就是关草药先生。他把下了麻药的肉给错了人，如果继续留在京兆府，不知何时杨琏真加的魔手就会伸过来。与其这样，还不如跟着马可·波罗一行人去大都。马可是奉旨正式出行的，凭敕书会在沿途受到守将的保护，再安全不过了。

回大都的路上，马可一行人不断听到南方远征军的消息。安南不借道的事激怒了忽必烈，他派出了五十万大军，要去惩罚不逊的安南。结果从南方传回了消息，说受罚的倒是大元军队。传来的净是元军苦战的消息。

“七十一岁了……皇帝老矣。我在这个国家住得太久了……”马可在马上喃喃自语。

解　说

白石一郎

陈舜臣先生于昭和46年（1971）在中央公论社出版了中篇小说集《异乡的门槛中》。他在跋中这样说道：

> 小说的远祖是“说书”。在中国，唐宋以后，人们把说书人在繁华闹市每次给人讲一个短篇故事的形式称作“小说”，把耗时多日连续讲给人听的长篇故事称作“讲史”。这样，短篇与长篇就在名称上区分开来，人们也把它们视为不同种类的东西了。现在，短篇和长篇二词被涵盖在了“小说”这个通名中，从语感上也容易被认为是同一种东西了。然而，还是把短篇小说和长篇小说理解为完全不同种类的东西为好。至少从写作一方看，这样界定清楚了然。

我认为，理解陈舜臣这位作家的钥匙在这段文字中就能找到。我作为一个读者与陈先生的作品邂逅，他给我留下难忘印象的作品有两部：一部是短篇小说，另一部是长篇小说。

遗憾的是，我手头没有那部短篇作品，书店里也找不到，只好凭记忆谈了。那是他第一部获得直木奖的作品《祈求上帝宽恕》，十多年前发表在《文艺春秋》增刊上。还记得小说的主人公是一个西班牙士兵，名字用日语拼写出来，叫萨尔马那扎尔。小说讲述巧妙，出人意料，结尾充满哀愁，给我留下的印象远比这部小说斩获直木奖来得强烈，我当时感叹这才是历史短篇小说的一个典型。这种感受，我至今不能忘怀。

不仅如此，我还记得，受到这部作品的启发后，我很快着手整理了雪藏箱底多年的有关日本列岛沉没传说的素材，使之重见天日，可见我所受的感动之深。

陈先生的短篇小说，在漫不经心的笔触背后潜藏着了不起的浪漫。由于在描写时回避了夸张和强调的手法，粗心大意的读者有时会漏看这些浪漫之处。比如，收在短篇小说集《蝴蝶阵》里的《海山仙馆记》便是例子。乍看好像是一篇浓彩淡抹的历史小说，但内容的新奇和浪漫的芳醇却着实令人惊讶。前面介绍的《祈求上帝宽恕》也是同系列的作品。我相信，陈先生的历史主题短篇小说的精髓就在于奔放的浪漫之香醇，而陈先生则是一个世所罕见的浪漫主义者。

说到长篇小说，趣味就有所变化了。坦率地说，通读之后让我惊艳的是昭和 42 年（1967）讲谈社出版的上中下三卷本《鸦片战争》。读毕第三卷，我实际感受到："不一样！这不是日本作家的小说。"我表达得不好，但脑海里可是真切地浮现出了长江。大江，宽阔得让人以为是大海，在广袤的大陆上蜿蜒，悠然地流淌。人间的喜怒哀乐、荣枯盛衰，世上的俗事俗情，统统淹没在大江里，宛若泡沫，瞬间消灭，唯余时代的大河流水滔滔，再不见他物。

辽怅的读后感跟以往的日本历史小说划出了一条明显的界线。陈舜臣这位中国台湾籍作家的确为日本历史小说加入了与以往不同的厚重感。

本文开头介绍的陈先生所说的“讲史”具体成小说，大约就是这部了吧。陈先生的历史小说以中国为舞台，描写众多的中国人物，同时又常常不忘关照同时代的日本，必会让日本人登场，让日本的国情和政情与中国的情形相得益彰，娓娓道来。

陈先生所写的历史小说的特征、在这个领域里的独特性，大概就体现在这一点上。

《马可·波罗》是一部自昭和 53 年（1978）2 月至昭和 54 年（1979）一月在《全科读物》(オール読物）杂志上连载的长篇小说。

说是长篇，形式上却是各章可以独立的系列短篇，每章均可作为一部短篇小说来欣赏。

马可·波罗是历史上最伟大的旅行家、冒险家，毋庸我在此赘言介绍。这个人物于十三世纪中叶出生在一个威尼斯商人家庭。他毅然进行了前后长达二十三年的伟大旅行，其中十七年逗留在元朝统治下的中国，对当时的中国各地进行了实地调查。回到威尼斯后，他创作完成了公认的名著《东方见闻录》(即《马可·波罗行纪》)。可是，马可·波罗在世时，这本著作被当作无稽之谈，无人相信，甚至连马可的名字都被当成了说谎的代名词。据说“那是马可·波罗”这句话成了社会上的常用语，意思是“那是谎言”。

马可·波罗在元朝受到忽必烈汗的宠信，作为重臣赴各地旅行，却对旅行的目的和差事内容缄口不谈。陈舜臣先生关注到了这一点，他认为：“于是按我的推测，马可·波罗在忽必烈身边发挥的作用，说得明白点，不就是秘密工作吗？拿德川幕府来说，就是将军的密探，幕府的特务。”

在这个独到见解和前提的基础上，他开始创作总计十章的系列作品。

他把时间聚焦在了马可·波罗逗留中国的十七年间，舞台也是元朝统治下的中国。可以这样理解：这不是一部马可·波罗的生平传记，而是一部以马可为不可或缺角色的中国史话或曰奇谈。

全篇多达十章，在此不再一一介绍。这部系列作品的特征是通篇按照推理结构创作，读者会在每章结尾读到侦探推理式的大逆转。而且每章都精心设计了不同的结构，读者可以同时享受到推理小说的愉悦和历史小说的乐趣，堪称是一道奢侈的大菜。可以说，这是一部非以江户川乱步奖出道的陈舜臣而不可为的作品。

而且，与陈先生的过往作品一样，这部作品也没有忘记关照日本。马可·波罗逗留中国期间，恰逢元朝向日本派遣远征军之时，作品中随处可见从中国方面看到的“蒙古来袭”，挑逗着读者的兴趣。

> “还是得远征日本吗？”
>
> “那当然。大宋帝国灭亡，降元宋军数十万众。这些壮丁受过训练，拿着武器，忽必烈放不下心？把他们扔到海外才是上策。”
>
> “扔到海外？”
>
> “正是。远征日本，忽必烈无所谓胜败。胜了，元朝版图扩大；败了，则有弃兵之效。如此轻松的战争，忽必烈不会放弃的！”

这段《移情曲晚》的摘要所反映的“蒙古来袭”观，是以往日本历史小说中从来没有描写过的。换一个角度看同一个历史事件，就会形成这种情况。我认为，这就是一个很好的例子。

小说《马可·波罗》是推理作家兼历史作家陈舜臣的拿手作品。